우리 시작할래요

우리 시작할래요

지은이 | 이호연

발행일 | 2022년 10월 16일
발행처 | 만물상자_부코_북키앙
ISBN | 978-89-90509-57-4   03810

출판 등록번호 | 제22-2190호
출판 등록일자 | 2002.08.07

홈페이지 | www.booko.kr
트위터 | @www_booko_kr

전화 | 010-5575-0308
팩스 | 0504-392-5810

주소 | 서울 서대문구 북아현동 3-68 부코빌딩 501호
메일 | bxp@daum.net

저희 출판사는 여러분의 소중한 원고를 기다리고 있습니다. 메일로 투고해주십시오.

우리 시작할래요

이 호 연 장편소설

만물상자

목 차

터널 속에서 기차가 빠져 나왔다.

터널의 긴 어둠 속에서 빠져 나왔을 때 차창을 통해 들어오는 빛줄기가 잠들어 있는 한 남자의 얼굴 위로 쏟아져 내렸다.

늘어진 하품과 함께 잠에서 깬 남자가 창문 밖을 바라보며 얼굴에 작은 미소를 머금는다.

마치 긴 세월 동안 찾아 헤맨 끝에 마음속에 안도감을 찾은 표정이다.

바스락 소리를 내며 남자의 팔을 붙잡고 잠이 들었던 여자 아이가 눈을 떴다.

"우리 지은이 일어났니?"

단정한 원피스 차림에 중학생 정도로 보이는 여자 아이는 조그마한 얼굴에 똘망똘망한 눈이 특히 예쁜 아이였다. 적당히 높은 콧대와 작은 입술이 조화를 이룬 얼굴은 학교에서 남학생들에게 꽤나 인기가 많을 것 같았다.

잠에서 깬 아이의 흐트러진 머리카락을 남자가 손으로 살며시 정돈해 주었다.

남자의 손가락을 따라 뒤엉켜 있던 아이의 머리카락이 정리 되었다. 흐트러졌던 머리카락이 아직 젖살이 통통한 두 볼에 살며시 내려앉았다. 아이의 단발머리는 연한 갈색 빛이었고, 햇빛이 닿으면 갈색 빛이 더욱 선명하게 보였다. 아이의 얼굴과 참으로 잘 어울리는 색깔이었다. 짙은 검은색인 남자의 머리카락과는 다소 차이가 있는 것으로 보아, 아마도 엄마의 것을 물려받은 듯 했다.

아이가 눈을 들어 달리는 기차의 차창 밖을 바라보았다. 터널을 지나 온 기차는 넓은 강을 옆에 끼고 물이 흐르는 길을 따라 달리고 있었다. 둑을 따라 흐드러지게 핀 벚꽃이 연분홍 색종이를 하늘 위로 뿌려대고 있었다. 바람에 따라 흩날리는 그 꽃잎을 아이는 말없이 바라보았다. 하지만 아이의 표정에서는 아무런 감정도 담겨 있지 않았다. 그저 멍한 표정으로 차창 밖 풍경이 지나가는 것을 응시할 뿐이었다.

잠시 후 기차 안에서는 다음에 정차하는 역을 안내하는 방송이 나왔고, 남자는 천천히 내릴 준비를 하기 시작했다. 아이는 말없이 남자의 무릎 위에 놓여 있던 작은 상자를 제게로 가져와 품에 끌어안았다.

그 모습을 남자는 잠시 가만히 바라보다 다시 내릴 준비를 시작하였다.

쇠끼리 맞닿은 다소 시끄러운 소음이 한차례 지나간 후 기차는 역에 멈추어 섰다. 불어오는 바람에 날리는 벚꽃이 아름다운 작은 역이었다. 아직 이곳의 벚꽃이 아름답다는 소문이 나지 않은 탓인지, 이 조그만 역에 내리는 사람은 지극히 적었으며, 내린 사람들은 대부분 이곳에 터를 잡고 생활을 하는 사람들이었다. 그래서인지, 기차에서 내린 사람들은 하나같이 모두 갈 곳이 정해져 있는 듯 바쁜 걸음으로 역을 빠져 나갔고, 얼마 지나지 않아 승강장에는 남자와 아이 둘만 덩그러니 남게 되었다.

아이는 품에 작은 상자를 안고, 시선은 바닥을 향한 채 서 있었으며, 남자는 큰 배낭을 등에 메고, 한 손에는 큰 여행용 캐리어를, 그리고 다른 한 손에도 꽤 큰 여행용 가방을 들고 있었다.

둘은 한동안 아무 말 없이 승강장에 서 있었다.

남자의 표정은 기차 안에서 보였던 미소는 찾아 볼 수 없고, 금세라도 눈물을 쏟아 낼 것 같은 얼굴을 하고 있었다. 그리고 그런 남자 옆에 조용히 서 있는 아이의 얼굴은 여전히 아무런 표정이 담겨 있지 않았다. 간혹 불어오는 조용한 바람 소리만 그 둘 사이를 지나가고 있었고, 바람결에 날리는 아이의 원피스 치맛자락만 살며시 흔들리고 있었다.

얼마 뒤 어느 정도 감정의 정리가 되었는지 남자가 출구를 향해 천천히 걸어 나갔다. 아이도 말없이 그 뒤를 따라 기차역을 나왔다.

"철환아!"

철환, 어디선가 남자의 이름을 부르는 소리가 들렸고, 남자와 아이는 소리가 들려온 방향으로 몸을 돌렸다.

"영진아."

철환은 자신과 자신의 아이 지은을 마중 나온 친구 영진을 보자마자 목이 멨다.

그리고 자신에게 달려오는 영진을 만나자 마자 들고 있던 가방을 내려놓고는 영진을 끌어 앉았다. 그리고는 서럽게 소리를 내며 눈물을 흘리기 시작했다. 영진은 그런 철환의 어깨를 툭툭 치며 그가 울음을 그치기까지 아무 말도 하지 않고 기다렸다.

"미안하다."

얼마 뒤 울음을 그친 철환이 영진에게 사과를 건넸다.

"미안하긴 뭐가 미안해 인마, 마음고생 많았지?"

철환의 어깨를 한 번 더 다독인 영진은 고개를 돌려 지은에게도 인사를 건넸다.

"지은이 진짜 많이 컸구나, 이젠 숙녀가 다 됐네."

"안녕하셨어요? 아저씨."

지은도 영진이 구면인 듯 영진에게 깍듯이 인사를 했다.

그렇게 눈물겨웠던 인사를 마치고, 영진은 철환의 여행용 가방을 집어 들고는 앞장서서 본인의 차가 세워져 있는 곳으로 걸어갔다.

두 눈이 벌겋게 충혈 된 철환은 소매로 눈물을 닦아 내고는 영진의 뒤를 따라갔고, 지은도 그 뒤를 따라 조용히 걸었다.

차에 탄 뒤에도 셋은 아무 말이 없었다. 라디오조차 켜지 않은 차 안은 무거운 적막함만이 가득 내려 앉아 있었다.

영진이 운전하는 차는 기차의 차창 밖으로 보았던 벚꽃이 흐드러지게 피어있는 길을 따라 달렸다.

기차에서 바라보던 풍경과는 또 다른 아름다움이 흩날리고 있었지만, 그 누구도 풍경에 대해 감탄을 하거나 감상에 젖는 말은 하지 않았다.

그렇게 한동안 분홍 빛깔 눈이 내리고 있는 길을 달리던 영진의 차는 어느 마을 입구로 접어들었고, 잠시 뒤 조그마한 파란 대문이 있는 집 앞에 멈추어 섰다.

영진은 주머니에서 열쇠 꾸러미를 꺼내 철환에게 건네어 주고 자신은 트렁크에 실려 있는 짐을 꺼내러 차에서 내렸다. 철환 역시 차에서 내려 떨리는 손으로 영진에게서 받은 열쇠를 대문에 꽂고 옆으로 돌렸다.

덜그럭거리는 쇠뭉치 돌아가는 소리가 들리며 닫혀있던 대문이 열렸다. 대문 안으로 한 발짝 들어온 철환의 눈에 다시 한 번 눈물이 고였다.

대문 안에는 넓진 않았지만 잘 꾸며진 정원이 있었고, 정원 한쪽 귀퉁이에 꽃잎을 휘날리고 있는 벚나무 한 그루가 자라고 있었다. 그 너머로 조금은 연식이 있어 보이는 작은 툇마루를 가진 조그만 집이 있었다. 한옥의 느낌이 물씬 나는 낡은 집이었지만 군데군데 보수 공사와 내부 수리를 하여 한옥과 양옥의 모습을 모두 가지고 있는 집이었다. 툇마루 앞에는 유리로 문과 벽을 세워 바람이 직접 집 안으로 불어 들어오는 것을 막아 주고 있어, 툇마루 위를 서재로 활용하던지, 아니면 작업 공간으로 활용하며 어떤 목적이든 필요한 용도로 사용이 가능해 보였다.

철환이 집으로 들어와 천천히 안을 돌아보는 동안 상자를 품에 안은 지은이 쭈뼛쭈뼛 대문 안으로 들어섰다. 정원을 지나, 정원에 서있는 벚나무를 지나, 툇마루 앞에 이른 지은의 시선이 곱지 않았다. 아무래도 집이 썩 마음에 들지 않는 눈치였다.

지은의 기분을 아는지 모르는지, 철환은 감상에 푹 젖은 얼굴로 집 이곳저곳을 열어보고 있었다.

"그래도 이 집이 네가 말했던 모습이랑 제일 비슷했다."

정원으로 걸어 들어오며 영진이 철환에게 집 이야기를 꺼냈다.

"비슷한 정도라니 딱 생각했던 그런 집이야. 은영이가 정말 좋아하겠어."

철환의 목소리는 이내 다시 잠겨 왔다. 그리고 은영이라는 이름이 들리자 지은의 눈이 휘둥그레 커졌다.

2회

젊은 철환이 말쑥하게 정장을 차려 입은 채 어느 한 카페에 앉아 있었다. 그의 얼굴은 긴장한 기색이 역력했다. 자꾸만 테이블 위에 있는 물이 든 컵에 손을 가져가기 바빴고, 목을 축인지 얼마 지나지 않아 다시 차오르는 갈증에 벌써 물을 다섯 컵이나 마셨다. 어찌 할 줄을 모르고 있는 손은 괜히 테이블 위에 있는 꽃병을 만지작거리기도 하고, 괜히 연락도 오지 않은 주머니 속 핸드폰을 꺼냈다 다시 넣기를 반복하고 있었다. 그의 시선은 갈피를 잡지 못한 채 사방으로 흔들렸고 어느 한곳을 가만히 바라보는 것조차 쉽지 않아 보였다. 만약 누군가 그의 모습을 보았다면 아마도 정신이상자 아니면, 약에 취한 사람이라 오해하기 십상이었다.

얼마 뒤 카페 문이 열리고 남녀 한 쌍이 안으로 들어왔다. 그 중 남자가 철환을 알아보고 인사를 건넸다.

"철환아! 일찍 와 있었네?"

철환은 자신에 다가오는 남자를 보고나서야 얼굴 표정이 조금은 편안해 지는 듯했다.

"진수야. 어서 와."

철환은 어렵게 떨리는 입을 열어 남자를 반겼다.

"철환아, 여기는 임은영씨 오늘 너 만난다고 얼마나 좋아했는지 몰라. 은영아 여긴 내 친구 철환이."

진수라는 남자는 철환에게 은영을 소개 시켜주고, 은영에게도 철환을 소개 시켜주었다. 철환은 떨리는 손을 테이블 아래로 감춘 채 허리를 숙여 은영에게 인사를 했다. 그 모습을 보고 은영도 고개를 숙여 인사를 건넸다. 은영이 숙였던 고개를 들며 앞으로 넘어 온 머리칼을 손으로 쓸어 넘겼다. 그녀의 가녀린 목선이 살며시 보였다. 긴 웨이브에 옅은 갈색 빛을 띤 은영의 머리는 그녀를 한층 더 여성스럽게 보이게 했다. 크고 동그란 눈과 오뚝한 코, 석류 같은 입술이 조화를 이루고 있는 예쁘장하고 작은 얼굴에 자꾸만 철환의 눈길이 머물렀다. 은영의 표정에서도 또한 철환을 보는 내내 생글생글한 미소가 떠나지 않았다.

철환이 자기소개를 하려 입을 열었으나, 떨리는 그의 입술에서는 아무런 말도 나오지 않았다. 그가 머뭇거리는 모습을 보고 은영이 재빨리 입을 열었다.

"요즘 작가님 모르는 사람이 어디 있어요. 저, 정말 작가님이 쓴 소설 읽고 며칠을 펑펑 울었다고요. 그 뒤로 작가님 팬이 됐어요."

은영의 말에 철환의 얼굴이 부끄러운 듯 빨갛게 물들었다. 철환의 직업은 글을 쓰는 소설 작가였다. 지금은 처음 나온 소개팅에 어찌 할 바를 몰라 쩔쩔매고 있는 어딘가 조금 모자란 사람으로 보일지는 모르지만, 문단에서는 꽤나 유명한 작가로 이름을 알리고 있었다. 얼마 전 발표한 소설 [생의 끝에서의 울림]은 철환의 작품 이력 중 최고의 작품으로 손꼽히며 그를 베스트셀러 작가의 대열에 올려 주었다. 사람들은 그의 소설을 메말라가는 이 세상 사람들의 감정에 단비를 내려 준 희망과도 같은 소설이라며 극찬을 아끼지 않았고, 철환의 책을 출간한 출판사는 다른 모든 책의 출판 작업을 멈추고 그의 소설을 인쇄하여 서점에 전달하기 바빴다.

철환은 밖으로는 유명한 작가였으나, 문단의 친한 동료들은 늘 그에게 질책 같은 말을 하곤 했다. 그것은 바로 철환이 글을 쓰는 속도가 매우 느리다는 것이었다. 이번 베스트셀러에 오른 [생의 끝에서의 울림] 역시 철환이 처음 펜을 들고 출판에 이르기까지 상당히 오랜 시간이 필요 했다. 철환의 글 쓰는 속도가 느린 것은 그의 꼼꼼한 성격이 가장 큰 요인이었다. 그는 소설에 쓰이는 단어 하나하나에 의미를 부여했고, 단어가 가진 숨은 뜻까지 집착하며 글을 썼다. 그렇기에 그는 썼던 문장을 지우고 고치기를 무수히 반복하며 그렇게 어렵사리 한 권의 책을 만들어 냈다.

"감사합니다."

어렵사리 첫마디를 꺼낸 철환의 모습에 은영은 다시 미소를 가득 담은 얼굴로 말을 이었다.

"주인공이 절벽 끝에 서서 마지막에 한 그 독백은 정말."

은영은 소설의 감동이 다시금 떠올랐는지 목소리 끝이 가늘게 떨렸다.

"내 영과 혼이 비록 당신에게 닿지 못할지라도, 내 몸, 당신 마음에 기대어 연분홍 꽃을 피우겠소."

철환이 은영의 말을 이어 소설 속 주인공의 독백 중 일부를 읊었다. 은영은 자신이 가장 감격스럽게 읽었던 장면의 구절을 글을 쓴 작가 직접 목소리로 읽어주자, 감격에 겨워 감정이 울컥하였다. 가방에서 손수건을 꺼내서 살며시 눈물을 훔쳐낸 뒤, 이내 눈물을 보인 자신의 모습이 부끄러운 듯 얼굴을 붉게 물들였다. 철환은 어느새 긴장이 다소 풀어져, 얼굴에 미소를 가득 담은 채 눈물이 그렁그렁 맺혀 있는 은영의 얼굴을 바라보고 있었다.

그런 둘의 모습을 본 오늘 이 자리를 주선한 진수는 마음이 한결 편해진 상태로 자리를 비켜 주겠다며 일어났다. 자리에서 일어나는 진수를 철환이 조금은 당황하며 붙잡았지만 진수는 두 손에 주먹을 움켜쥐며 잘해보라는 말과 함께 자리에서 일어났다.

둘만 남겨진 자리에는 정적이 흘렀다. 잠깐 긴장이 풀어졌던 철환도 진수가 떠나자 다시 긴장이 올라오기 시작했는지 애꿎은 커피잔 손잡이만 만지작거리기 시작했다.

"미안해요. 제가 눈물이 조금 많은가 봐요."

부끄러운 듯 말하는 은영의 말에 철환은 두 손으로 손사래를 치며, 당황해 하는 은영을 다독였다.

"아니에요. 저는 오히려 고마운걸요. 제가 쓴 글을 읽고 공감해 주시는 분을 이렇게 만나서 정말로 눈물까지 보이는 분은 처음이거든요. 내가 쓴 글이 누군가의 마음속에 이렇게 감동으로 남을 수 있구나, 내가 그래도 글을 허투루 쓴 건 아니구나 생각이 들어요. 그리고 내가 쓴 이 글 덕분에 오늘 이렇게 은영씨를 만날 수 있었구나 하는 생각도."

은영은 철환의 마지막 말을 듣고 다시 얼굴이 밝아졌다. 철환의 말 속에 오늘 자신과의 만남이 나쁘지 않았음을 알 수 있었다.

은영은 철환을 직접 만나기 전부터 내심 그를 마음에 두고 있었다. 그가 쓴 소설을 읽으며 몇 날 며칠을 그 여운 속에서 벗어나지 못했던 그녀였다. 이런 글을 쓰는 사람이라면 필시 좋은 사람일 것이라는 막연한 기대감이 그녀의 마음속에 자리 잡고 있었다. 내심 작가에 대한 궁금증이 떨쳐지지 않았던 차에 어느 날 친구들의 대화 속에서 낯익은 이름이 들렸다. 은영은 친구들의 대화 속에서 철환의 이야기를 듣다가 자신의 친구 진수와 철환이 아는 사이라는 것을 알게 되었고, 그 뒤로 곧장 진수에게 연락을 하여 철환과의 만남을 주선해 달라고 졸랐다.

처음 은영의 말을 들은 진수는 적잖이 당황을 했다. 그도 그럴 것이 철환은 친구들 사이에서도 여자 알레르기가 있는 것 아니냐는 오해를 살 정도로 여자와 거리를 둔 삶을 살아왔고, 친구들과 모이는 자리에 행여나 여자가 나온다는 말이 들리면 참석을 하지 않았다.

여자라면 질색을 하던 철환이었기에 진수는 은영의 요구에 적당한 기회를 봐서 이야기나 해 보겠다 하며 둘러댔다. 그리고 언젠가 진수가 철환과 몇몇 친구들이 모인 술자리에서 은근슬쩍 철환에게 외롭지 않냐 라는 말을 시작으로 은영과의 만남 자리를 유도하기 시작했다. 같이 모인 친구들 역시 진수의 말에 동조하며 철환의 등을 떠밀었고, 철환의 마음은 아직 어찌 할지 결정을 내리지 못하고 어색한 웃음만 짓고 있던 순간이었다.

"야 괜히 은영이 기대하게 하지 말고 확실히 해! 여자라면 진절머리 치던 자식이 갑자기 여자 만나라니까 실실 거리기는."

한쪽 구석에서 혼자 술잔을 비우고 있던 영진이 기분이 매우 언짢다는 말투로 분위기에 찬물을 끼얹었다.

"뭐 인마! 지금 한창 이야기 잘 되고 있는데 초를 치고 그래!"

영진의 말에 진수가 정색을 한 얼굴로 자리에서 일어나 씩씩거리며 영진에게 쏘아 붙였다. 그런 진수의 말을 아랑곳 하지 않고 영진은 빈 술잔을 다시 채운 뒤 자신의 입에 털어 넣었다. 갑자기 분위기가 험악해지자 철환도 앉은 자리가 가시 방석이었다.

"영진이가 내 걱정 해줘서 그러는 거겠지. 그렇지 영진아?"

철환의 말에 영진은 아무런 대꾸도 없이 다시 한 번 술잔을 채우고 입 안에 털어 넣었다.

"진수 너도 그만해! 내가 만나면 되잖아. 나갈게 한 번 만나면 되지 뭐."

"철환이 너 나간다고 했다! 말 바꾸지 마라! 영진이 저 자식은 왜 저러는 거야."

진수는 그제야 흥분을 가라앉히며 자리에 앉았다. 영진의 눈치를 한 번 힐끗 쳐다본 철환이 분위기를 바꿔 볼 의향으로 잔을 들며 건배를 외쳤다. 그 모습에 다른 친구들 모두 술잔을 부딪치며 술을 마셨고, 영진도 마지못해 친구들과 잔을 부딪쳤다.

3회

철환과 은영은 카페에서 나와 한적한 산책길을 걷고 있었다.

길 양쪽으로 늘어선 키가 큰 나무들 사이로 어느덧 뉘엿뉘엿 지는 석양의 햇살이 장관을 이루고 있었다. 낮에는 봄볕이 완연하여 공기가 따뜻했지만, 석양이 물들어가는 저녁으로 접어드는 시간은 바람이 다소 차가웠다.

따뜻한 낮의 온도에 하늘하늘한 얇은 원피스만 입고 나온 은영은 조금씩 한기가 느껴지기 시작했다. 움츠러드는 몸이 신경 쓰이던 순간 따뜻한 온기가 은영의 몸을 감쌌다. 철환이 입고 있던 외투를 벗어 은영의 어깨를 살며시 덮어 주었다. 갑작스레 다가온 온기가 당황스러웠으나, 그것이 마냥 싫지 않았다.

"춥지 않으세요?"

자신에게 외투를 벗어주고 셔츠 하나만 입고 있는 철환이 추울까 내심 걱정이 된 은영이었다. 하지만 철환은 은영에게 수줍은 미소를 보이며 대답했다.

"하나도 춥지 않아요. 은영씨와 같이 이렇게 있으려니 심장이 너무 뛰어 더울 지경이에요."

철환의 말에 은영의 얼굴이 살짝 붉어졌다. 둘은 석양이 쏟아지는 가로수 길을 걸으며 천천히 서로에 대하여 조금씩 알아 갔다.

붉은 기운을 내뿜던 태양이 어둠에 자리를 내어 준 시간, 철환은 은영을 집까지 바래다주었다. 작별을 말하는 인사를 나눈 뒤 돌아서서 집으로 들어가는 은영의 뒷모습을 철환은 그저 하염없이 바라보았다. 철환의 속마음은 내심 그녀가 한번만 더 뒤를 돌아봐주길 바랬다. 하지만 그녀의 모습이 사라지고, 그녀를 따라 켜졌던 계단의 등이 자동으로 꺼질 때까지 그녀는 뒤를 돌아보지 않았다. 철환의 마음에 허탈감이 몰려왔다. 처음으로 느꼈던 설레는 감정에 뜀박질 치던 심장의 여운이 아직 채 식기도 전이었다. 무거운 발걸음을 옮기려던 그 순간, 계단의 등이 다시 켜지고 은영이 빠른 걸음으로 다시 밖으로 나왔다. 무언가 생각이 많았었는지 그녀의 얼굴은 약간 상기 되어있었다. 아직 그 자리에서 한발자국도 움직이지 않고 있던 철환을 보자 은영의 얼굴에 다시 미소가 담겼다. 급한 걸음을 옮긴 탓인지, 조금은 가쁜 숨을 내쉬며 은영은 철환의 앞에 다가왔다. 다시 은영이 자신의 앞에 서있다는 사실만으로 철환의 심장은 또다시 달음질을 치기 시작했고, 이는 은영도 마찬가지였다. 그렇게 한동안 둘은 아무 말 없이 서로를 바라보고 있었지만 그 누구도 말을 재촉하지 않았다. 이제 막 감정의 싹이 돋아나고 있는 서로의 눈을 하염없이 바라보며 마주선 둘 사이를 달빛이 은은하게 비춰 주고 있었다.

"전화해도 될까요?"

여자를 마주하길 꺼려했던 철환에게 이 정도의 용기는 엄청난 것이었다.

"그럼요. 언제든지요. 기다리고 있을게요."

은영은 철환의 물음에 한껏 기쁜 내색을 하며 대답하였다.

그녀 역시 집으로 들어가는 발걸음 내내 철환이 자신을 다시 불러 주기를 기다렸다. 계단의 모퉁이를 돌아 그의 모습이 보이지 않는 곳에 이를 때까지 그녀를 부르지 않는 철환이 내심 아쉬웠다. 이대로 그를 보내기엔 그녀의 마음이 그것을 허락하지 않았다. 이대로 철환을 보내 버리면 다시는 만나지 못할 것 같다는 불안감이 생기기 시작하자, 이에 부끄러움을 무릅쓰고 그를 다시 보기 위해 빠른 걸음으로 다시 밖으로 되돌아 나왔다. 안녕을 말했던 그 자리에 여전히 그대로 서있는 철환의 모습이 보였고, 은영의 마음에 작은 확신이 생겼다. '그도 나를 기다렸구나.' 다시 철환의 앞에 선 은영의 눈동자에 한껏 미소를 머금고 있는 그의 얼굴이 담겼다.

집으로 돌아온 은영은 아직도 두근거리는 여운을 진정시키고 있었다. 하루 잠깐 만난 사이였지만 은영은 알 수 있었다. 그녀가 본 철환은 정말 순수한 사람이고, 그가 쓴 글에서 보이는 것처럼 따뜻한 사람이라는 것을.

세수를 하는 순간에도 은영은 핸드폰은 옆에 두고 철환의 연락을 기다렸다. 그리고 얼마나 지났을까. 그녀의 핸드폰이 전화가 오고 있음을 알렸다. 그녀가 그토록 기다렸던 철환의 전화였다. 은영은 떨리는 가슴을 진정시키고 목소리를 가다듬은 후 전화를 받았다.

"저는 지금 집에 들어왔어요. 오늘 만나서 정말 즐거웠습니다."

흔들리는 음성을 은영이 알지 못하게 하려 노력하는 목소리였지만 경직 된 철환의 목소리는 마치 국어책을 읽은 어린 아이의 목소리처럼 또박또박 한 글자씩 읽어 내려가는 듯 했다. 그런 그의 목소리에 은영은 터져 나올 것 같은 웃음을 꾹 참으며 통화를 이어갔다.

"실례가 되지 않는다면 은영씨와 다음에 또 만나고 싶습니다."

철환의 목소리에서 떨리는 그의 마음이 전해졌다. 오는 주말 만나자는 약속을 하고 둘은 통화를 마쳤다. 철환은 콩닥거리는 가슴에 손을 얹어 보았다. 손바닥으로 전해지는 심장의 박동을 느끼며, 은영과 나눈 대화를 되뇌었다. 머릿속에는 온통 은영의 얼굴로 가득했고, 귀에는 여전히 은영의 목소리가 들려오는 듯 했다. 이런 자신의 낯선 모습이 어색했지만 나쁘지만은 않았다. 그녀를 생각하는 것만으로도 마음이 따뜻해졌다. 마치 어두침침한 자신의 방에 누군가 찾아와 커튼을 활짝 젖혀, 쏟아지는 밝은 햇살로 웅크리고 있던 자신을 일으켜준 느낌이었다. 따뜻한 빛, 그 가운데 은영이 있었다.

첫사랑의 감정이었다.

철환은 밀려오는 이 감정을 놓치고 싶지 않았다. 서둘러 펜과 종이를 찾았다. 그리고 마음속에 피어오르는 솔직한 감정을 옮겨 적어 내려가기 시작했다. 글을 아름답게 보이려 억지로 꾸미지 않았고, 있는 그대로 은영을 생각하는 마음을 글속에 넣었다.

머리가 그렇게 상쾌할 수가 없었다. 잠을 자지 않아도 피곤하지 않았고, 그녀를 떠올리자 글은 막힘이 없이 써 내려져 갔다. 그렇게 며칠이 지나도록 철환의 펜은 멈추지 않았다.

시간은 흘러 주말 아침이 밝았다.

은영은 아침부터 분주했다. 철환과의 데이트에 입고 나갈 옷이며, 신발이며, 머리는 어떻게 하고 나가야 할지 온통 고민이었다. 옷장에 있는 옷은 전부 꺼내어 방안에 한가득 펼쳐 놓고 한참을 이 옷, 저 옷 대보고 입어보느라 정신이 없던 은영은 그녀의 엄마가 혀를 차며 자신을 쳐다보고 있는지도 모르고 있었다. 하지만 그 어떤 옷을 입어 봐도 마음에 들지 않았다. 많은 시간을 옷 고르는 것에 소비한 은영은 또 다른 난관에 봉착했다. 머리를 만지는 그녀의 손길이 불안하다. 시간은 점점 약속 시간에 가까워 오고 있었으나, 이번에는 머리 모양이 불만이었다. 그녀의 얼굴은 거의 울상에 가까웠다.

"그 정도면 충분히 예뻐!"

못마땅하다는 표정으로 그녀를 계속 바라보고 있던 엄마의 말도 위로가 되지 않앗다. 그녀의 표정은 거의 울기 직전이었다. 약속 시간이 거의 다 되어서야 부랴 부랴 집을 나서는 그녀의 마음속은 정신없음이 반이었고 오늘 자신의 모습이 마음에 들지 않음이 반이었다. 게다가 무리를 해서 평소에도 잘 신지 않는 굽이 높은 구두를 선택한 것은 그녀 입장에서는 오늘 한 선택 중 가장 최악이었다. 마음은 이미 한참 앞을 가고 있었지만, 그와는 달리 제대로 걷지도 못하는 자신의 모습에 한숨이 나오고 있었고 정신없이 찍어 바른 화장은 달걀귀신 마냥 얼굴만 둥둥 떠다니는 것 같은 기분이었다.

철환은 약속시간보다 한참 전에 미리 약속한 장소에 도착해서 그녀를 기다리고 있었다. 하지만 약속시간이 지나도록 그녀는 오질 않았다. 행여나 그녀가 나오지 않을까 노심초사하고 있던 그때, 저 멀리서 어렴풋이 그녀의 실루엣이 눈에 들어왔다. 사랑에 빠진 남자에게 사랑하는 사람을 찾아 낼 수 있는 시력은 그 어떤 망원경으로 보는 것보다 멀리까지 보인다는 말이 사실인 듯 철환은 꽤 멀리서부터 걸어오고 있는 은영의 모습을 한 눈에 알아 볼 수 있었다. 높은 굽이 위태위태해 보일 정도로 조금은 뒤뚱거리며 걸어오는 그녀의 모습은 철환의 마음까지 불안하게 할 지경이었다. 철환은 손에 쥐고 있던 놀이동산 티켓을 급히 지갑에 구겨 넣었다.

은영의 눈에 철환의 모습이 보였다. 반가운 마음도 잠시 여전히 불편한 굽이 높은 신발은 당장에라도 그의 앞으로 달려가고 싶은 그녀의 마음을 아는지 모르는지 계속해서 그녀의 발목을 땅 밑으로 잡아당기는 느낌이었다. 넘어질 고비를 몇 번이나 넘겼는지는 이미 샐 수도 없었다. 화장이고, 머리 스타일이고, 걸음걸이고 뭐 하나 제대로인 게 없었다. 주위에 있는 사람들의 시선이 모두 자신에게 꽂히는 느낌이었다. 그렇게 한참을 허우적거리며 철환의 앞에 선 은영은 당장에라도 울고 싶은 심정이었다. 그런 그녀의 마음을 아는지 모르는지 철환은 그녀를 만나자 얼굴에 웃음을 가득 담은 채 인사를 건넸다.

"잘 있었어요? 오늘 너무 예쁘시네요."

예쁘다는 그의 말이 왜 놀리는 것처럼 들리는지 모를 그녀였다. 그래도 예쁘다는 말에 조금은 기분이 풀어진 그녀가 오늘 어디 갈 건지 묻자 철환은 조금 머뭇거렸다.

"우리 오늘 영화 보러 갈래요?"

잠시 생각에 잠겼던 철환은 어떻게 하면 그녀를 편하게 해 줄 수 있을지 고민했다. 고민 끝에 생각해 낸 것이 영화를 보러 가는 것이었다.

영화를 보자는 철환의 말에 은영은 속으로 만세를 불렀다. 마음속으로는 그와 더욱 재미있는 것을 하고 싶었지만, 마음에 들지 않는 자신의 모습에 주변 시선이 자꾸만 의식 되고 있었고, 발목은 이미 저릴 대로 저려와 한계에 다다른 상황이었다. 그렇게 둘은 천천히 그리고 조심히 걸으며 영화관에 도착했다. 다행히 서로 보고 싶은 영화가 일치하여 별다른 고민 없이 티켓을 구입하기 위해 철환이 지갑을 꺼냈다. 그 순간 철환이 급하게 구겨 넣었던 놀이동산 티켓이 살며시 고개를 들었다.

"철환씨, 혹시 이거."

은영이 손가락으로 놀이동산 티켓을 가리키며 말을 얼버무리자 철환의 얼굴에 당황한 기색이 역력했다. 은영은 순간적으로 오늘 이 사람의 계획을 자신이 망쳐 버렸다는 생각에 미안한 마음이 물밀 듯이 밀려왔다. 그녀의 얼굴은 다시 한 번 울상이 되려 하고 있었다.

"그럼 다음 주말엔 저랑 놀이동산 같이 가 줄래요?"

울상의 되어가는 그녀의 얼굴을 보며 철환이 다시 한 번 데이트 신청을 했다.

"아니요."

하지만 그녀의 대답은 거절이었다. 갈피를 잃은 철환의 시선만큼 영화 티켓을 건네주던 카운터의 직원도 적잖이 당황했다. 티켓을 받으라는 말도 하지 못하고 멀뚱히 티켓을 들고 있는 직원을 두고 그녀가 다시 말을 이었다.

"이번에는 내가 할 거에요. 나, 철환씨랑 그 놀이동산 같이 가고 싶어요. 나 데리고 가줘요."

그제야 철환의 표정이 밝아졌고, 티켓을 건네주던 직원도 작은 안도의 한숨을 내쉬었다.

철환은 영화의 내용이 전혀 들어오지 않았다. 영화에 집중하고 있는 은영의 모습이 너무나 예뻐 보였다. 팝콘을 입에 넣고 오물거리는 입술이 앙증맞았다. 음료수를 마시려 빨대를 물고 빨아 마실 때 옴폭 들어가는 볼이 너무 귀여웠다. 영화에서 재미있는 장면이 나오면 크게 웃는 그녀의 모습이 너무 사랑스러웠다. 몇 번이고 그녀의 손을 잡아보고 싶었는지 모른다. 팔걸이에 올려 있는 그녀의 손을 계속해서 힐끔힐끔 쳐다보았다. 그의 마음속 갈등을 아는지 모르는지 영화는 너무도 짧게 느껴졌고, 결국 그녀의 손을 잡아보지도 못한 채 영화가 끝이 났다.

은영은 계속해서 자신을 바라보고 있는 철환의 시선을 애써 모른척하고 있었다. 그녀의 시선은 영화에서 떨어지지 않았지만 자꾸만 그녀를 바라보는 철환의 시선이 신경 쓰였다. 어찌 할지 몰라 계속 팝콘만 연신 집어 먹다보니 어느새 혼자 팝콘 한 통을 거의 다 먹어가고 있었고, 목이 막히는 느낌이 들어 음료수를 급하게 빨아 마셨다. 영화 내용이 어떤 내용이었는지 하나도 기억이 나질 않았다. 사람들이 웃으니까 그냥 따라 크게 웃었다. 그의 시선에서 그녀는 조금의 기대를 했었던 것 같았다. 그녀는 최대한 그가 편하게 자신의 손을 잡을 수 있게 팔걸이 위에 손을 올렸다. 그녀의 팔의 움직임에 따라 그의 시선이 그녀의 손으로 향했다. 그의 손이 안절부절 못하는 것이 보였다. 답답함에 마음속으로 몇 번을 외쳤는지 모른다. '그냥 잡으라고 이 바보야!' 그녀의 마음을 아는지 모르는지 영화는 그렇게 끝이나 버렸다. 두 사람 모두 영화가 무슨 내용인지 전혀 알 수가 없었다.

영화를 보고 밖으로 나온 둘은 따뜻한 봄기운을 받으며 천천히 산책을 즐기고 있었다. 하지만 은영의 걸음걸이는 여전히 조마조마했고, 얼마 가지 못해 비명을 지르며 몸이 한쪽으로 기울어졌다. 망연자실한 은영이 두 눈을 질끈 감는 순간, 기울어지던 그녀의 몸이 더 이상 기울지 않고 멈췄다. 감았던 두 눈을 살며시 뜬 은영의 눈앞에 철환의 넓은 가슴이 보였다. 코끝에 닿을 듯 말 듯 한 철환의 가슴에 안긴 채 은영은 가는 숨만 몰아쉬고 있었다.

화들짝 놀란 철환이 그녀에게서 떨어지려 은영의 어깨를 살며시 밀어내는 느낌이 들자, 은영은 양팔로 철환의 허리를 감아 그를 껴안았다.

"조금만 더 이대로 있어줘요."

은영의 말에 철환은 그녀를 밀어내던 팔에서 힘을 빼고 그녀를 감싸 안았다.

"저 요즘 다시 글을 쓰고 있어요. 은영씨를 생각하면서 말이죠. 그 어느 때보다 머리가 맑아요. 가끔씩 글이 막힐 때마다 은영씨를 떠올려 보면 다시 글이 써져요. 그렇게 글을 쓰고 있으면 따뜻한 기운이 나를 감싸는 느낌이 들고, 처음으로 행복하다는 생각을 해보게 됐어요. 은영씨는 나에게 영감을 불어 넣어주는 사람이고 나를 행복하게 만들어 주는 사람입니다. 은영씨를 계속 바라보고 싶어요. 이렇게 마주보면서 이야기하는 것도 너무 좋아요. 내가 글을 쓰는 사람이긴 하지만 말 주변은 그렇게 좋은 편이 되지 못해서 마음속에 있는 것을 있는 그대로 보여 주기가 힘들지만, 요즘 은영씨 생각이 참 많이 납니다. 계속 만나고 싶고 보고 싶어요."

그의 품에 안긴 은영은 살며시 미소 지으며 철환의 고백을 가만히 듣고 있었다. 사귀자는 말을 이렇게 빙빙 돌려서하는 그가 귀여웠다.

은영은 살짝 고개를 들어 철환의 얼굴을 바라보았다. 귀까지 빨개진 철환의 얼굴이 보였고, 곧이어 그의 눈과 그녀의 눈이 마주쳤다. 은영이 살며시 미소를 짓자, 철환도 미소로 대답했다. 은영은 다시 얼굴을 철환이 가슴에 기대었고, 철환은 그런 그녀를 살포시 감싸 안았다.

아무것도 없는 텅 빈 방안에 어린 지은이 들어와 우두커니 서 있었다.

가구를 포함한 이삿짐들은 다음날 도착하기로 되어있었기에 오늘 하루는 이렇게 텅 비어있는 방에서 지내야 했다. 그런 방을 보고 있자니 괜히 서늘한 기분이드는 듯 했다.

지은은 들고 있던 상자를 방 한편에 조심히 내려놓고 다시 마루로 나왔다. 마루에 놓여 있던 철환의 커다란 가방에서 얇은 이불을 꺼내고 갈아입을 옷을 찾기 시작했다. 하지만 어디에 넣어두었는지 찾기가 쉽지 않았다. 결국은 가방을 뒤집어 안에 들어 있던 물건들을 모두 쏟아 내 버렸다. 제법 큰 가방 안에서는 이런 저런 물건들이 한가득 쏟아져 나왔다.

무언가 마룻바닥에 부딪히는 둔탁한 소리와 함께 가방 안에서 책 한권이 바닥으로 떨어졌다. 지은은 가방을 쏟는 것을 멈추고 떨어진 책을 주어 들었다. [우리 시작할래요?] 라는 제목의 철환이 쓴 소설책이었다. 지은은 무언가에 이끌리듯 책의 첫 페이지를 펼쳤다. 그리고 잠시 후 옷을 찾는 것은 그만두고 꺼내놓은 이불과 책을 들고 다시 방으로 들어갔다.

방 한 구석에 자리를 잡고 앉아 무릎위에 이불을 덮고는 한 장씩 책을 넘기며 읽어 내려갔다. 철환이 은영을 처음 만났을 때의 감정을 그대로 옮겨 놓은 한마디 한마디가 지은의 마음에 와 닿았다. 비록 소설 속의 주인공들의 이름은 철환과 은영이 아니었지만, 지은은 알 수 있었다. 글 속에서 자신의 엄마와 아빠의 모습이 보인다는 것을.

봄볕에서 느껴지는 따스함 같은 두 사람의 만남과 사랑을 담은 문장 하나하나는 다시금 지은의 마음속에 엄마라는 그리움이 휘몰아치게 만들었다.

책장을 넘기던 지은의 손이 가늘게 떨렸다. 그리고 두 뺨을 타고 따뜻한 눈물이 흘러 내렸다. 지은은 굳이 흐르는 눈물을 닦아 내지 않았다. 하염없이 흘러내린 눈물은 턱 밑에 방울방울 맺혀 이불 위로 톡톡 떨어졌다.

"지은아."

밖에서 지은을 부르는 철환의 목소리가 들렸다. 지은은 급하게 눈물을 훔쳐내고 방문을 열고 밖으로 나갔다. 집으로 돌아가려는 영진에게 인사를 하게 하기 위해 지은을 불렀지만 벌겋게 충혈이 된 지은의 눈을 보자 철환은 일순간 지은을 부른 것에 대한 후회가 밀려왔다. 아무 말 없이 영진에게 고개를 숙여 인사를 한 후 지은은 다시 방으로 들어왔다. 철환도 영진에게 다시 한 번 고맙다는 말로 인사를 대신했다.

"지은아, 들어가도 되니?"

영진을 배웅 한 후 철환은 지은이 들어간 방문 앞에 서서 지은을 불렀지만 지은은 끝내 대답하지 않았다.

"지은아, 내일 아침에 엄마 보내주러 가자."

철환의 말을 들은 지은의 눈에서 다시 눈물이 쏟아져 내렸다. 지은은 은영의 유골함이 들어있는 상자를 품에 껴안고 한참을 소리 죽여 울었다. 철환도 미처 지은의 방 앞을 떠나지 못하고, 그 자리에 주저앉아 입술을 깨물었다. 간간히 들려오는 지은의 흐느끼는 소리에 철환의 마음도 무너져 내렸다. 그토록 사랑했던 아내 은영, 그리고 엄마 은영의 죽음은 이 두 사람을 깊은 슬픔 속으로 계속해서 잡아끌고 있었다.

놓아 주기 싫었던 밤이 떠나가고 아침이 밝아 왔다.

밤새 한숨도 자지 못한 듯 눈이 벌겋게 충혈 된 두 사람이 집 근처에서 그리 멀리 떨어지지 않은 조그만 나룻배 선착장에 서서 고요하게 흐르는 강물만 말없이 바라보고 있었다. 이따금 불어오는 여린 바람만 한 갈래로 묶은 지은의 머리칼을 조용히 흔들고 지나갈 뿐이었다. 한 폭의 그림처럼 아름다운 풍경에 어울리는 선착장의 모습이었지만 지금 두 사람에게 그런 풍경은 눈에 들어오지 않았다.

얼마 지나지 않아 조그만 나룻배를 뱃사공이 선착장에 가까이 붙였다. 두 사람이 배에 오르자 사공은 노를 저어 배를 움직였다. 배가 강 한가운데에 도착하자 사공은 느리게 노를 저으며 배가 그 자리에 머물도록 했다. 철환은 지은의 품에 들려 있던 유골함을 건네받았다. 천천히 유골함을 열어 하얀 가루를 한 줌 손에 쥐었다. 철환의 손이 떨려 왔다. 터져 나오는 울음을 억지로 참으며 강물에 그녀를 띄웠다. 끝내 철환의 입에서 탄식이 흘러 나왔다.

"지은아, 너도 엄마 보내줘야지."

하지만 유골함에 넣은 손을 지은은 차마 뺄 수가 없었다. 이 세상에서 느껴지는 엄마의 마지막 감촉이라 생각하니 더더욱 엄마를 보내 줄 수가 없었다.

"못하겠어. 엄마, 가지마. 제발."

오열하는 지은의 모습에 철환도 참았던 눈물을 흘렸다.

힘겹게 유골함에서 손을 뺀 지은이 움켜진 손을 천천히 폈다. 조그만 손 위에 올려 진 엄마의 하얀 모습을 지은은 눈물이 가득한 눈으로 바라보았다. 때마침 불어온 바람이 손 위의 가루를 한 아름 안고 떠나갔다. 바람에 날려 흩어지는 엄마의 모습에 지은은 다시 한 번 오열했다.

바람에 실려, 강물에 실려 떠나가는 은영의 무게는 너무도 가벼웠다.

"여보, 우리 지은엄마, 나의 사랑, 나의 은영아. 마음 편히 가요. 이젠 더 이상 아프지 않은 그곳에서 부디 행복해요. 당신 없는 이 세상을 어떻게 견뎌야 할지 앞이 캄캄하지만, 우리 지은이랑 어떻게든 잘 살아 볼게요. 그래도 가끔은 그곳에서 우리 위해 기도해주세요. 그곳에서 우리 지켜봐 주겠다고 약속해줘요. 때론 견딜 수 없는 아픔에 눈물 흘릴지 모르지만 여보, 당신과 다시 만날 날 기다리며 참아 볼게요. 이젠 이 강물타고 그동안 가보고 싶었던 곳 모두 가 봐요. 은영아, 한 번 만이라도 더, 당신이 보고 싶은데, 한 번 만이라고 더, 당신을 만져보고 싶은데, 그럴 수가 없네. 너무 그립네요. 사랑해요."

떨리면서도 천천히 그리고 울음 섞인 낮은 음성으로 철환은 그렇게 사랑하는 아내 은영의 마지막 가는 길을 배웅했다. 흐느껴 울며 불규칙적인 숨을 들이 마시고 있는 지은의 눈물 젖은 얼굴을 보자 철환의 마음이 다시 또 무너졌다. 한없이 사랑스러운 이 어린 아이의 마음속에 생긴 상처를 어떻게 보듬어 주어야 할지 아무런 생각이 들지 않았다. 당장 자신의 무너지는 마음을 추스르는 일도 버거운 철환이었다.

은영의 마지막 남은 모습을 강물에 띄우고 두 사람은 은영이 남긴 긴 하얀 흔적을 하염없이 바라보았다. 헤어짐이 아쉬운 은영의 마음이 강물에 전해진 듯 강물마저도 천천히 흘렀다.

뱃사공이 다시 노를 저어 선착장으로 돌아왔다. 어떻게 알고 왔는지 영진이 검은색 옷을 입고 선착장에 서서 둘을 맞이했다. 울었는지 영진의 눈도 벌겋게 핏줄이 일어서 있었다. 배가 선착장에 가까이 다가오자 영진은 손을 뻗어 철환과 지은이 내리는 것을 도와주었다.

"잘 갔어?"

영진의 말에 철환이 대답 대신 고개를 끄덕였다.

영진의 손을 잡고 배에서 내려 선착장으로 올라온 지은은 다리에 힘이 풀려 자리에 주저앉아 버렸고, 그대로 의식을 잃었다. 어린 지은이 감내하기에는 너무도 큰 충격이었고, 고통이었다. 쓰러진 지은을 붙잡은 철환의 가슴이 찢어지듯 아파왔다. 영진의 도움을 받아 지은을 등에 업고 집으로 향하는 철환의 눈에서는 내내 눈물이 떨어졌다.

집으로 돌아온 철환은 방에 지은을 눕히고 딸의 얼굴을 가만히 바라보았다. 어린 지은의 얼굴은 눈물로 얼룩져있었다. 철환은 손수건에 물을 적셔와 지은의 얼굴을 조심스럽게 닦았다. 손수건이 얼굴에 닿을 때마다 콧잔등을 살짝살짝 찌푸리는 지은의 얼굴을 보자 철환이 가슴이 다시 시려왔다.

"지은아 아빠가 미안해. 정말 미안해."

철환의 목소리가 들렸는지 지은의 감겨있는 눈에서 눈물이 한 방울 흘러내렸다.

얼마나 지났을까, 바깥에서 들려오는 분주한 소리에 지은이 눈을 떴다. 이삿짐이 도착을 한 모양이었다. 방문을 열고 나오는 지은의 모습이 보이자 철환이 달려왔다. 괜찮은지 안부를 묻는 철환에게 아무런 대답도 하지 않은 채 지은은 다시 방으로 들어가 일전에 보다만 철환의 책을 가지고 대문 밖을 나갔다.

"너무 멀리는 가지 마라."

철환은 사라지는 지은의 뒷모습에 큰소리로 말했지만 지은은 들은 시늉도 없이 빠른 걸음으로 집에서 멀어졌다. 하지만 지은의 걸음걸이는 이내 느려졌다. 어제 처음 도착한 곳에서 마땅히 갈만한 곳이 없었고 어디로 가야 할 지 아무 생각도 나지 않았다. 아는 곳이라고는 그저 아침에 엄마를 배웅한 강가 선착장이 전부였던 지은은 자신도 모르는 사이 선착장을 향하고 있었다.

선착장 한편에 놓여 있는 나무의자에 앉아 지은은 책을 펼쳤다. 책을 펼치자 떠나보낸 엄마의 모습이 다시 눈앞에 나타나는 것 같았다. 책 속의 행복한 두 사람의 모습이, 그리고 행복하게 웃고 있는 엄마 은영의 젊은 시절 모습이 보이는 것 같았다.

"이렇게 잘 쓰면서."

지은의 입에서 원망이 섞인 아쉬움이 가득한 말이 나왔다. 차마 더 이상 읽을 수 없어 지은은 책을 덮었다. 붉은 노을이 지고 있는 강가는 햇빛을 잔뜩 받아 유리처럼 반짝이고 있었다. 그 석양 너머로 엄마가 있을 것 같아 지은은 다시금 울적해졌다. 애써 차오르는 눈물을 참아내고 자리에서 일어나 터덜거리는 걸음으로 집으로 향했다.

이삿짐이 그리 많은 편이 아니었기에 집 안으로 짐들을 옮겨 넣기까지는 그리 긴 시간이 필요하지 않았다. 다만 자잘한 물건들과 책이 많았기에 완벽하게 정리하기 까지는 시간이 어느 정도 필요해 보였다. 철환은 먼저 지은의 방에 침대와 책상 그리고 옷장을 먼저 넣었다. 그리고는 지은의 물건들이 들어있는 가방과 상자들을 먼저 정리해서 가져다 놓은 후 자신의 물건들은 정리하기 시작했다. 막 상자 하나를 열고 있을 때 지은이 대문을 열고 들어오는 것이 보였다.

"잘 다녀왔니? 배고프지? 영진이 삼촌한테 물어봤더니 여기까지 자장면 배달이 온다고 하더라고, 우리 자장면 먹을까? 배고픈데 탕수육도 같이 먹자! 이것도 나름 이사 온 건데, 이사 한 날에는 자장면 먹어야 하는 거 아니겠어?"

애써 밝은 목소리로 말하는 철환의 말에 지은은 아무런 대꾸 없이 신발을 벗고 철환을 지나쳐 방으로 들어갔다.

"아빠는 먹을 거야!"

끝내 대답을 하지 않고 방으로 들어온 지은은 한가득 쌓여있는 박스들을 보며 한숨이 절로 나왔다. 하지만 이내 마음을 비운 듯 박스들을 하나씩 열었다. 문구류와 자잘한 물건들을 담아 놓은 상자 안에서 작은 액자 하나를 집어 들었다. 액자 안에는 반쯤 접혀있는 사진이 들어있었고, 사진 속에는 환하게 웃고 있는 은영의 모습과 그 옆에서 함께 밝은 웃음을 지으며 있는 지은의 모습도 담겨 있었다. 액자를 집어든 지은의 손이 잠시 떨려 왔지만, 마음을 다잡고 액자를 책상 위에 세워 놓았다. 문구들을 어느 정도 정리 한 지은은 다른 박스 하나를 열었다. 박스를 여는 순간 지은의 표정이 밝아 졌다. 박스 안에는 새하얀 곰 인형이 들어 있었다.

"동심아!"

초등학교 시절 혼자 자는 것이 무서워 밤마다 엄마 품에 안겨 울먹이던 지은을 달래 주기 위해 은영이 사준 곰 인형이었다. 은영은 곰 인형에게 밤새 지은을 지켜달라고 웃으며 부탁을 했고, 지은은 그런 곰 인형에게 동심이라는 이름을 붙여 주었다. 상자에서 꺼낸 동심이를 지은은 꼭 끌어안았다. 복슬복슬한 털에 얼굴을 대고 있으니 포근한 기분이 들었다. 그대로 동심이를 안은 채 침대 위로 몸을 던졌다. 지은의 마음을 위로라도 하듯 동심이는 부드러운 미소를 보내는 것 같았다. 잠시 침대에 누워 있던 지은은 그대로 잠들 뻔했다. 철환의 목소리가 들리지 않았다면 말이다.

"지은아! 진짜 안 먹을 거야? 아빠가 혼자 다 먹어 버린다!"

배달시킨 자장면이 도착 한 것 같았다. 어제 저녁부터 아무것도 먹지 못한 터라 허기를 느끼던 지은이었다. 엄마를 떠나보낸 슬픔이 아무리 힘들더라도 배고픔은 어쩔 수 없는 모양이었다. 이런 상황에서도 먹을 것이 생각나는 자신에 대한 한심함을 느꼈던 지은은 잠시 뒤 동심이를 침대에 앉혀두고 마루로 나갔다. 지은이 나오는 모습을 보자 철환의 얼굴에 화색이 돌았다. 철환은 딸의 자장면을 정성껏 비벼 지은의 앞에 놓아 주었다. 갓 튀겨 온 듯 바삭해 보이는 탕수육도 먹음직스러워 보였다.

아무 말 없이 철환의 앞에 다가와 자리에 앉은 지은은 아빠가 건네준 자장면을 한 젓가락 집어 입에 넣었다. 서울에서 먹던 자장면과는 비교가 되지 않을 정도로 맛있었다. 아마도 배고픔 때문에 지금 입 안에 들어온 자장면이 더 맛있게 느껴지는 것일지는 모르는 일이었지만 확실히 맛있는 자장면이었다. 지은은 곁눈질로 철환을 쳐다보았다. 지은이 보는지도 모르고 철환은 연신 맛있다는 말을 하며 자장면을 흡입하듯 먹고 있었다. 순간 지은의 마음 한편으로는 엄마를 떠나보낸 지 얼마 되지 않은 사람이 어떻게 저렇게 아무렇지 않을 수 있는지 원망스럽기까지 했다.

자장면을 몇 젓가락 입으로 가져간 지은은 눈앞에 있는 탕수육을 집어 입에 넣고는 눈살을 찌푸리며 눈물까지 글썽였다. 지은의 표정이 변하자 철환은 먹던 것을 멈추고 지은을 살폈다. 입 안으로 들어간 탕수육의 적당히 바삭한 튀김옷과 그 속에 부드러운 고기는 지은이 지금까지 먹어 본 탕수육 중에 최고였다. 이런 맛있는 음식을 마음 놓고 즐길 수 없다는 현실에 지은은 심한 짜증이 밀려왔다.

"왜 그래 지은아, 무슨 일이야?"

"짜증나."

철환은 눈만 깜빡이며 지은의 눈치를 살폈다. 하지만 아무리 지은의 얼굴을 살펴도 딸의 기분을 알 수가 없었다. 하릴 없이 생 양파를 젓가락을 집어 입에 넣고 잘근잘근 씹었다. 양파의 아린 맛이 코끝을 울려 철환은 얼굴이 벌게진 채 다른 의미의 눈물을 글썽거렸다.

잠시 후 마루에는 양파만 남은 텅 빈 그릇이 덩그러니 놓여 있었고, 고단한 하루를 보낸 철환과 지은은 급히 쓸 짐만 정리를 마친 뒤 깊은 잠에 빠졌다.

봄날의 바람이 스쳐지나가는 소리만 간간히 들려올 뿐 조용한 적막이 집안에 흘렀다. 마당에 서있는 벚나무가 불어오는 바람을 맞아 분홍빛 꽃잎을 흩뿌리고 있었다.

5회

사방에서 카메라 플레쉬가 정신없이 번쩍였다.

오늘은 한 해 동안 발표 된 작품들 중 가장 아름다운 작품을 선정하여 시상을 하고 축하를 하는 파티가 열리는 날이었다.

중앙에 웅장한 샹들리에가 아름답게 반짝이고 있는 호텔의 대연회장에는 문단에서 내로라하는 유명한 작가들과 이제 막 문단에 이름을 알리고 있는 신인 작가들이 서로 만나 인사를 하고 안부를 물으며 즐거운 시간을 보내고 있었다.

철환도 이 자리에 초대를 받아 은영과 함께 참석을 했다. 사실상 오늘 이 자리의 주인공은 철환이었다. 철환이 은영을 향한 들뜬 마음으로 써내려간 소설 [우리 시작할래요?] 는 철환이라는 이름의 유명세도 있었지만 활자 속에서 피어오르는 아름다운 감정과 문체로 하여금 수많은 독자들로부터 공감을 얻었고, 철환을 베스트셀러 작가로 등극 시켜준 이 전 소설 [생의 끝에서의 울림] 보다 더 많은 사람들의 사랑과 관심을 받았다. 그렇기에 이번 시상식에서의 최우수문학상은 철환이 받게 될 것이라는 것에 대하여 그 누구도 부정하지 않았다.

철환의 차가 호텔 입구에 도착하고, 서둘러 차에서 내린 철환이 은영을 에스코트 했다. 파티드레스를 입은 은영의 모습은 아름다웠다. 그리고 그녀의 구두는 처음 철환과 데이트를 하던 그때에 비하면 굽이 많이 낮아졌다. 지금도 은영은 철환과의 첫 데이트에서 높은 굽 때문에 고생을 했던 그날, 철환의 품에 처음 안겼던 기억에 미소가 지어지곤 했지만 그 뒤로 다시는 높은 굽을 신어 고생하는 일은 만들지 않기로 다짐을 했다.

생각보다 규모가 큰 시상식의 모습에 은영은 신기한 듯 주위를 두리번거렸다. 그런 그녀의 모습이 귀여운 듯 철환은 살며시 미소를 지었다.

연회장 직원의 안내를 받아 철환이 연회장에 들어가는 순간 사람들은 각자의 대화를 멈추고 철환을 향해 몸을 돌렸다. 자신에게 이목이 집중되자 철환은 부끄러움에 멋쩍은 웃음을 띠우고는 한걸음씩 앞으로 걸어갔다. 철환의 팔짱을 끼고 있는 은영도 처음 경험해보는 상황에 조금은 상기 된 표정으로 철환과 함께 사람들 속으로 걸어갔다.

한동안 철환은 여러 사람들과 인사를 나누느라 정신이 없었다. 사람들은 철환의 옆에 있는 은영에게도 인사를 건넸다. 시간이 어떻게 흐르고 있는지 알 수 없을 만큼 정신없이 인사를 주고받기 시작한지 얼마가 지나 무대 위로 사회자의 등장과 함께 시상식이 시작 되었다.

시상식이 시작 되자 철환과 은영은 그제야 자리에 앉아 한숨을 돌릴 수 있었다.

올 해 새로 문단에 이름을 올린 한 신인 작가에 대한 시상과 한 해 동안 문학 발전에 기여한 사람들의 공로를 치하하는 시상이 진행 됐다. 상을 받는 사람이나 상을 받지 못한 사람이나 서로 마치 자기 일인 듯 기뻐하고 축하해주며 화기애애한 시간이 계속 되었다.

마지막으로 최우수문학상을 발표하는 순간이 왔다.

"이제 마지막으로 올 한해 우리 문학계를 가장 아름답게 장식한 최우수문학상을 발표하는 순간이 다가왔습니다. 아마 지금 여기계신 많은 분들이 이미 짐작을 하고 계신 것 같은데요. 발표하겠습니다. 올해의 별 중의 별, 최우수문학상은 이 작품입니다. [우리 시작할래요?] 축하합니다."

뜨거운 박수와 환호 속에 철환이 자리에서 일어나 사람들을 향해 돌아가서 인사를 한 뒤 단상 위로 올라갔다. 철환이 단상 위로 올라가자 박수소리는 더욱 뜨거워졌다. 은영은 단상 위의 철환의 모습을 보자 가슴이 뭉클해지며 감정이 쏟아져 나올 것만 같았다.

철환은 사회자로부터 마이크를 건네받고 쑥스러운 얼굴로 장내의 사람들을 천천히 바라보다가 은영과 눈이 마주쳤다. 은영의 얼굴을 보자 철환은 크게 미소를 지어보였다. 은영도 철환에게 환한 미소로 대답했다. 길었던 박수소리가 작아지고 철환이 마이크를 입에 가까이 가져갔다.

"제게 이렇게 영광스러운 상을 주셔서 너무나 감사합니다. 그 어느 상보다 오늘의 이 상이 저의 평생의 기억과 인생 속에서 가장 소중히 간직 될 것 같습니다. 하지만 저는 이 자리에서 여러분께 한 가지 고백 할 것이 있습니다. 사실 저의 소설 [우리 시작할래요?] 는 제 손으로 쓰긴 했지만 제가 쓴 것이 아닙니다."

갑작스러운 철환의 고백에 사람들이 웅성이기 시작했다. 하지만 이 순간 가장 놀란 사람은 은영이었다. 그녀는 철환이 이 글을 쓰면서 몇날 며칠을 자는 것도 미룬 채, 얼마나 오랜 시간 심혈을 기울여 완성을 한 책이라는 것을 잘 알고 있었다.

눈이 휘둥그레진 은영과 사람들의 웅성거리는 소리, 그리고 여기저기 놀란 표정의 사람들의 얼굴을 천천히 살핀 철환이 다시 말을 이었다.

"저의 미천한 감성과 지식 그리고 저의 가슴으로는 이런 글을 절대 쓸 수 없습니다. 저는 지금까지 사랑이라는 감정을 글로, 그리고 머리로만 알던 사람이었습니다. 진정한 사랑을 가슴으로 느껴보지 못했고, 그것이 얼마나 아름다운 것인지, 그것이 얼마나 이 가슴을 울리고, 마음을 뛰게 하는 것인지 알 수가 없었습니다. 저는 너무나도 부족한 사람이었습니다. 하지만 한 사람을 만난 이후 저는 변했습니다. 글이 써지지 않아 답답함에 가슴이 터질 듯했던 느낌이 아니라, 사랑이라는 어찌 할 수 없는 벅찬 감동 때문에 가슴이 터질 것 같은 느낌이 제 안에 가득 했습니다. 그 사람이 제게 전해준 사랑이라는 감정은 머리로는 알 수 없었던 사랑이라는 두 글자를 가슴으로 알게 해 주었습니다."

철환은 마이크를 든 채 천천히 단상에서 걸어 내려왔다. 놀란 눈에 상기 된 얼굴을 하고 있는 은영의 앞으로 철환은 한 걸음씩 걸음을 옮겨왔고, 은영의 얼굴에 눈을 맞췄다. 철환의 시선을 따라 사람들의 시선이 은영에게 집중 되었고, 은영은 자신에게 집중되는 시선이 부끄러워 어찌 할 바를 모르고 있었다. 그 순간 철환이 은영에게 손을 내밀었다. 자신 앞에 내밀어진 철환의 손 위로 은영은 천천히 자신의 손을 포개었다. 철환과 손이 맞닿자 은영은 한결 긴장이 놓이는 것 같았고, 오로지 철환의 얼굴만 보이는 듯 했다. 가볍게 미소를 짓는 은영의 얼굴을 보고 철환은 말을 이었다.

"지금 제 눈앞에 있는 이 사람이 바로 그 사람입니다. 이 사람이 없었다면 저의 글은 이 세상에 나올 수 없었습니다. 오늘 저에게 주신 이 상의 모든 영광과 감사를 지금 제 앞에 있는 세상에서 가장 소중한 나의 사람, 나의 은영씨에게 바칩니다."

철환의 말에 웅성거리던 사람들, 놀라던 사람들의 표정이 다시 감격에 휩싸였다. 모두들 얼굴에 미소를 지으며 두 사람을 바라보았다.

은영의 얼굴은 고마움과 부끄러움이 합쳐져 빨갛게 물들고 있었고, 사람들의 박수와 환호성이 터져 나왔다.

잠시 후 박수소리가 잦아들자 철환이 주머니 속에서 작은 상자를 꺼냈다.

"내겐 세상 그 누구보다 아름답고, 사랑하고 또 사랑하는 나의 사랑 은영아. 이 자리를 빌려 당신에게 고백하려 합니다. 매일, 그리고 매 순간순간마다 당신 생각이 가득합니다. 아침에 잠에서 깨어 눈을 떴을 때 가장 먼저 떠오르는 생각도 당신이고, 밤에 잠자리에 들기 전 마지막으로 떠오르는 생각 역시 당신입니다.

당신을 생각 할 때면 내 마음이 너무 따뜻하고 벅차오릅니다. 당신을 만날 수 없는 밤이 너무도 길고, 다가오는 아침, 당신을 만날 생각에 부풀어 잠이 오질 않습니다. 항상 내 옆에 두고 당신을 계속 바라보고 싶습니다. 저 하늘의 별도, 달도, 다 따주겠다는 지킬 수 없는 약속은 하지 않겠습니다. 평생 손에 물 한 방울 묻히지 않겠다는 역시 지킬 수 없는 약속은 하지 않겠습니다. 하지만 이것 하나는 약속 할게요. 평생 당신 하나만 온전히 사랑하겠습니다. 당신이 행복 할 때도, 기쁠 때도, 그리고 슬플 때도 언제나 당신 곁을 지키고 싶습니다. 당신과 함께 앞으로의 삶의 길을 함께 걸어가고 싶습니다. 앞으로 살아가는 이 길이 나의 길이 아니라 우리의 길이 되었으면 좋겠습니다. 그러니 은영씨. 내가 정말 사랑하는 임은영씨. 나와 결혼해 주시겠어요?"

철환은 들고 있던 작은 상자의 뚜껑을 열었다. 안에는 철환이 오랜 시간 고민하며 고르고 고른 반지가 연회장의 조명 빛을 받아 반짝이고 있었다.

이미 철환의 첫 마디 때부터 눈물을 흘리고 있던 은영은 대답 대신 철환에게 안겼다. 들썩이는 은영의 등을 바라보며 철환도 팔을 들어 은영을 감싸 안았다.

"사랑해 철환아. 그리고 고마워, 나 정말 잘할게."

철환은 은영의 손가락에 반지를 끼워주고는 다시 한 번 은영을 품에 안았다.

시상식의 밤은 철환의 성공적인 깜짝 청혼으로 아름답게 장식 됐고, 사람들은 저마다 철환과 은영을 축하하며 두 사람의 행복을 빌어주었다.

정식적인 행사 절차가 모두 끝난 뒤 연회장 내의 사람들은 조금은 늦은 저녁 식사를 하며 아직 다하지 못한 이야기꽃을 피우기에 한창이었다.

철환과 은영도 뷔페식으로 차려진 음식들을 가져와 먹기 시작했으나, 은영은 철환의 청혼에 대한 여운이 남아 음식 보다는 손에 끼워진 반지만 쳐다보고 있었다.

그 때 한 남자가 은영의 곁으로 다가왔다. 남자의 손에는 장미꽃 한 송이가 들려 있었고, 은영의 곁으로 다가온 남자는 은영에게 축하한다는 말과 함께 장미꽃을 은영에게 들려주고는 자리를 떠났다.

갑작스러운 상황에 감사하다는 말도 못한 은영은 남자의 뒷모습만 멍하니 바라보고 있었다.

하지만 그걸로 끝이 아니었다. 남자의 뒤를 이어 사람들이 한 명씩 은영에게 다가와 축복의 말을 건네며 장미꽃을 한 송이씩 전해 주었다.

어느 덧 은영의 품에 꽤 많은 장미꽃이 안겨졌고, 언제부터 손에 들고 있었는지 모를 철환의 장미꽃을 마지막으로 깜짝 이벤트가 마무리 되었다.

철환의 청혼에 꽃이 없는 것을 본 사람들 몇몇이 조용히 밖으로 나가 근처 꽃집에 있던 장미꽃을 전부 사왔고, 장내의 사람들 손에 한 송이씩 쥐어 주면서 이벤트를 시작 했던 것이었다.

감동과 감사함에 철환과 은영은 자리에서 일어나 사람들을 향해 인사를 했고, 두 사람의 입맞춤으로 끝이 났다.

하루의 일정을 마치고 집으로 돌아가는 길에 철환과 은영은 잠시 걷기로 했다.

은영은 가슴에 가득 안겨 있는 꽃들을 보며 오랫동안 기억에 남을 오늘 하루를 다시 떠올렸다. 다시 생각해도 감동이 물결처럼 밀려왔다.

둘은 그렇게 한참 동안을 손을 잡고 천천히 걸었다. 두 사람 모두 아무 말을 하지 않은 채 그저 걷기만 했으나, 말을 하지 않아도 서로 대화를 하는 듯 상대의 마음이 전해졌다.

당신이 옆에 있어줘서 너무나 감사하다고, 이렇게 당신 옆에서 평생을 서로 의지하고, 아끼고, 사랑하며, 예쁘게 잘 살자고, 당신이라는 사람이 내 삶에 가장 소중한 존재이며 영원히 당신만을 사랑한다고.

은영의 집이 저만치 보이기 시작했고, 헤어짐이 아쉬운 두 사람은 너무도 자연스럽게 동네를 다시 돌기 시작했다. 하지만 그 한 바퀴 역시 너무도 짧게 느껴지기만 했다. 그 뒤로 동네를 몇 바퀴를 더 돌아나서야 아쉬움을 뒤로 해야 했다. 은영의 집 앞에 두 사람이 마주섰다. 평생을 함께하기로 마음먹은 두 사람은 서로의 얼굴을 사랑스러운 눈빛으로 마주보고 있었다.

가로등 불빛에 비친 두 사람의 그림자가 천천히 포개졌다.

며칠 뒤 은영을 철환에게 소개시켜준 진수가 영진을 포함한 몇몇 친구들과 술자리를 가지고 있었다. 비록 철환은 자리에 참석하지 못했지만 오랜만에 모인 친구들과의 자리에서 가장 큰 대화 주제는 철환의 결혼 소식이었다. 두 사람을 소개시켜준 진수는 정장을 얻어 입을 수 있게 됐다고 잔뜩 신이나 있었고, 다른 친구들 또한 자기들 중에서 가장 결혼을 늦게 할 것 같았던 철환이 결국 제일 먼저 결혼을 한다며 큰소리로 웃으며 떠들었다. 하지만 그 가운데서 웃지도 못하고 말 없이 술만 마시고 있던 영진은 결국 다른 친구들보다 빨리 취하고 말았다. 얼굴 이 벌게 진 채로 한숨만 쉬고 있는 영진을 결국 보다 못한 진수가 밖으로 데리 고 나왔다.

"은영이는 그래서 행복 하다니?"

취기가 올라 정확하지 않은 발음으로 영진이 진수에게 물었다.

"그걸 말이라고 해 인마, 요즘 둘이 아주 죽고 못 산다. 오늘도 결혼 준비 한다고 못 나온다고 미안하다 하더라. 근데, 너 내가 생각하는 그런 거냐?"

진수의 물음에 영진은 깊이 한숨을 내쉬었다. 선선하게 부는 저녁 바람에 조금은 술이 깨던 영진의 눈에서 눈물이 떨어졌다. 영진의 눈물을 보고 진수는 조금은 당황스러웠으나, 철환에게 은영을 소개 시켜 준다고 하던 날 술만 마시다 철환에 게 싫은 소리를 하던 영진의 모습을 보며 영진이 은영을 마음에 두고 있다는 것 을 예상은 하고 있었기에 그저 어깨만 토닥여 줄 뿐이었다.

"고백은 해봤냐?"

"고백은 무슨, 차라리 고백하고 차이기라도 해봤으면……"

끝말을 얼버무리는 영진의 말에 진수는 뭐라 해줄 말이 딱히 떠오르지 않아 영 진과 함께 한숨만 내쉬었다. 아무리 은영이 재촉하여 철환을 소개시켜주었다 하 지만 두 사람을 연결 시켜준 자신이 영진 앞에서는 마치 죄인이 된 것만 같은 느낌이었다.

영진의 마음속이 어떻든 이미 그 두 사람은 평생을 함께하기로 약속을 했고, 그 어느 때보다 행복한 시간을 보내고 있었기에 영진으로서는 두 사람이 그저 행복 하게 살기를 바랄 뿐이었다.

"은영이만 행복하면 됐어, 망설이다 늦은 내가 바보인거지. 아마 우리는 이렇게 밖에 될 수 없는 운명인가보다. 난 은영이 행복한 모습만 보면 된다. 그거면 돼."

이렇다 할 위로도 꺼내지 못하고 그저 영진의 등만 토닥이고 있던 진수의 눈에 저 멀리 걸어오고 있는 남녀가 보였다. 철환과 은영이었다. 밖에서 쪼그리고 앉 아있는 진수와 영진을 먼저 발견한 철환이 크게 손을 흔들며 둘에게 다가왔다.

오지 못한다던 두 사람의 등장이 반가우면서도 어떻게 보면 영진을 울린 두 사 람의 등장에 당황스러운 진수는 어색한 웃음을 지으며 철환과 은영을 반겼다. 진 수는 영진과 바람을 쐬기 위해 밖에 잠시 나와 있었다고 둘러댄 뒤 안에 있는 다른 친구들에게 가보라며 두 사람을 안으로 들어가게 했다.

"철환이, 너 이 자식아!"

그 순간 영진은 큰 소리로 철환을 불렀고, 놀란 철환과 은영, 진수가 뒤를 돌아보자 영진은 철환에게 큰소리로 하던 말을 마저 했다.

"철환이, 너 인마 행복해라. 꼭!"

영진의 말을 들은 철환은 영진에게 다가와 어깨를 토닥이며, 고맙다는 말을 하고는 은영과 함께 술집 안으로 들어갔다. 진수는 내심 영진이 이상한 말을 할까 긴장을 했다가 작게 안도의 한숨을 내쉬었고, 철환의 팔짱을 끼고 안으로 들어가던 은영은 의심스러운 눈빛으로 철환을 바라보았다. 은영의 눈빛을 알아챈 철환이 무슨 일이냐는 표정을 지었다.

"뭐야, 영진이 왜 저래? 설마, 영진이가 자기 좋아했던 거 아니지?"

은영의 말에 철환은 상상도 하기 싫다며 몸서리를 쳤고, 곧 두 사람을 반기는 친구들의 환호 섞인 인사에 영진은 이내 두 사람의 기억에서 잊혀졌다.

따뜻한 봄볕을 맞으며 지은이 마루에 앉아 살랑살랑 불어오는 바람을 느끼고 있었다.

정오가 조금 지난 오후의 햇살은 조금은 덥게도 느껴졌지만 그런 따사로움이 나쁘지 않았다. 잠시 동안 눈을 감고 온 몸으로 쏟아지는 햇살을 느끼던 중, 대문을 열고 들어오는 철환의 소리에 살며시 눈을 떴다.

철환의 손에는 지은이 등교를 해야 할 학교의 교복이 들려 있었다. 마침 마루에 앉아 있는 딸의 모습이 보이자 철환은 손에 든 교복을 흔들어 보이며 해맑게 웃었다. 지은도 철환의 얼굴을 보고 마지못한 미소로 대답했다.

교복을 가지고 방으로 들어온 지은은 바로 교복으로 갈아입고 거울 앞에 섰다.

한창 성장기인 딸을 너무 고려했던 탓인지 교복 재킷은 너무 컸고, 치마는 마치 졸업한 선배에게 물려받은 듯 허리도 길이도 어디하나 제대로 맞는 곳이 없었다.

"아빠 이게 뭐야!"

소리치며 방문을 열고 나오는 지은의 모습을 놀란 눈으로 쳐다보던 철환은 이내 멋쩍은 웃음을 지으며 변명 같지 않은 변명을 늘어놓았다.

"아빠 눈에는 예쁘기만 한데 뭐. 우리 지은이 앞으로 쑥쑥 클 텐데 그 정도는……"

철환이 보기에도 커도 너무 크다는 것을 알고 있었기에 차마 마지막 말을 맺지 못했다. 지은이 말한 사이즈대로 사왔다고 생각했지만 어딘지 모르는 착오가 있었던 것 같았다.

지은은 불만 가득한 표정을 하고는 다시 방으로 들어가 옷을 갈아입었다. 그리고 교복을 종이가방에 넣고는 신발을 신고 밖으로 나갔다.

철환은 지은을 쫓아 나오다가 뒤돌아보는 지은의 눈빛에 지레 겁먹고 조심히 다녀오라며 손을 흔들어 주고는 그 자리에 서서 지은의 뒷모습이 사라질 때 까지 바라만 보았다.

은영이 살아있었다면.

딸이 말해준 옷 사이즈도 제대로 구분하지 못하는 자신의 모습에 다시 한 번 은영의 빈자리가 느껴졌다. 만약 은영이 살아있었다면 어땠을까. 서울에서 먼 이곳까지 오지도 않았을 것이고, 딸이 친구들과 떨어져 전학을 오지 않아도 됐을 것이다. 그리고 오늘처럼 딸의 기분을 상하게 하는 일도 없었을 것이다. 은영이 없는 빈자리를 철환이 홀로 채워 나가는 것이 벌써 첫 단추부터 어긋나는 느낌이었다. 은영이 너무나도 그립고 보고 싶었다.

철환은 지은의 앞에서는 잘 이겨내는 척 애써 웃음을 지어 보이고는 있었지만, 지은이 나가고 아무도 없는 집을 혼자 바라보고 있으려니 외로운 마음이 파도처럼 밀려왔다. 정원에 있는 벚나무 아래 털썩 주저앉아 초점 없는 눈동자로 한동안 생각에 잠겨 있던 철환은 자신도 모르게 흐르던 눈물을 닦아냈다.

이제 꽃잎은 거의 다 떨어지고 무성한 초록색 나뭇잎이 돋아난 벚나무 가지 사이로 따스한 햇살이 철환에게 쏟아져 내렸지만, 철환은 그 따스함이 느껴지지 않았다.

무작정 큰 길을 향해 걷던 지은은 버스라고 쓰여 있는 표지판 아래에서 마냥 버스를 기다렸다. 서울과는 다르게 버스가 어디로 가는지 알려주는 안내표시문도 없고, 앉아 있을 의자도 없는 버스라고 쓰여 있는 표지판만 덩그러니 서있는 정류장의 모습에 지은은 순간 혹시라도 길을 잃을까 겁이 났다. 그냥 다시 집으로 돌아갈지 고민하던 순간 멀리서 다가오는 버스의 모습이 보였다. 버스 기사는 지은이 굳이 손을 들지 않았어도 지은의 앞에 버스를 멈춰 세웠다. 배차 간격이 길었기 때문에 버스를 한 번 놓치면 다음 버스까지 한참을 기다려야 했다. 그렇기에 마을을 지나는 버스 기사들은 정류장 근처에 사람이 있으면 버스를 세우고 탑승 의사를 묻는 것이 일상이었다. 버스 기사들이 거의 모든 마을 사람들의 얼굴을 알고 그 사람의 하루 일정과 동선을 거의 알고 있기 때문에 가능한 것일 수도 있었다.

버스 문이 열리고 사람 좋은 얼굴을 하고 있는 기사 아저씨가 정겹게 인사를 건넸다. 지은 역시 기사에게 수줍은 인사를 하고 버스에 올랐지만, 이내 지은은 혼란 속에 빠졌다.

서울의 버스에는 항상 있던 교통카드 요금기기가 버스 안에 없었다. 당황하여 어쩔 줄 모르고 있는 지은에게 버스 기사가 물었다.

"학생 어디가?"

"저, 시내요."

지은의 대답을 들은 버스기사가 자신의 옆에 있는 요금통을 가리키며 버스 운임을 알려 주었다. 하지만 여전히 지은은 쭈뼛거리며 이도저도 못하는 모양새로 그 자리에 서있었다. 지은의 손에는 카드 한 장만 덩그러니 쥐어져 있었고, 수중에는 현금이라고는 하나도 없었다. 그 모습을 보고 있던 버스기사도 당황스럽기는 마찬가지였다.

그때 뒤에서 보고 있던 한 할머니가 다가와 회수권 한 장을 지은의 손에 쥐어주었다.

"엊그제 근처에 서울에서 이사 온 집이 하나 있다더니만, 그 집 딸내미인가 보네. 서울에서는 그걸로 됐을지 모르겠는데 여기선 이런 걸 써야해. 이걸로 타고 가거라."

뜻하지 않은 도움을 받은 지은은 감사하다는 인사를 꾸뻑하고 회수권을 요금통에 넣었다. 그리고는 버스기사에게 자신이 버스를 탄 정류장 위치를 물어 본 뒤 자리에 앉았다.

서울에서 건물과 사람이 가득했던 버스 안팎 풍경만 보다 비록 덜컹거리지만 강가를 따라 달리는 버스 밖 풍경은 아름다웠다. 답답했던 가슴이 조금은 뚫리는 기분이었다. 대략 20여분정도를 달리자 버스가 시내로 접어들었음을 알 수 있었다. 엊그제 내렸던 기차역도 보였고 오고가는 사람들이 점점 많이 보이기 시작했다.

"학생, 여기서 내리면 돼."

내리는 정류장에 대한 안내 방송이 나오지 않았기에 기사 아저씨는 지은에게 내릴 곳을 알려 주었다. 한 번 더 감사하다는 인사를 하고 지은은 서둘러 버스에서 내렸다.

시가지의 모습은 그리 크진 않았지만 생활에 필요한 가게들은 거의 다 있는 것 같았다. 처음 시내를 나왔기에 위치를 익힐 겸 천천히 걸으며 동네를 둘러보기 시작했다. 역시나 작은 시가지였기에 둘러보는 시간이 그리 오래 걸리지 않았다.

통통한 고양이 한 마리가 일말의 경계심도 없이 나무로 된 테라스에 누워 햇볕을 쬐고 있는 카페를 지나고, 참고서와 신간 서적이 입고되었음을 종이에 써서 창문에 붙여 놓은 작은 서점 앞을 지나자 지은에게도 익숙한 상표의 교복점이 눈에 들어 왔다. 지은의 얼굴에 살며시 미소가 피어나며 발걸음이 빨라졌다.

교복점 문을 열고 들어가자 양쪽 벽에 가득 걸린 교복들이 먼저 눈에 들어 왔다. 마을에 살고 있는 학생 수가 많지 않아 동네에 있는 학교라고는 중학교 하나, 그리고 고등학교도 하나뿐이었다. 그래서 교복점의 한 쪽 벽에는 중학교 교복이 그리고 다른 한 쪽 벽에는 고등학교 교복이 각각 남학생, 여학생 별로 그리고 사이즈 별로 나열 되어 있었다.

가게로 들어오는 지은을 보자 가게 아주머니는 어서 오라는 말과 함께 지은에게 다가갔다. 지은은 종이가방에 넣어 온 교복을 꺼내 보이며 너무 크다는 말과 함께 교환이 가능한지 물었고 아주머니는 흔쾌히 허락하며 지은에게서 교복을 건네받았다.

종이가방에서 교복을 꺼내 보던 아주머니가 지은을 한번 보고 교복을 한번 보더니 허탈한 웃음을 지었다. 아주머니가 봐도 너무 사이즈가 컸다.

"아빠가 헷갈리셨지?"

교복을 사간 철환을 기억하고 있던 아주머니는 한쪽 벽에 걸려있는 교복 중에서 적당한 사이즈를 골라 지은에게 주며 탈의실에 가서 한번 입어 보라 권했다.

지은은 아주머니가 알려준 공간으로 들어가 교복으로 갈아입어 보았다. 확실히 아까와는 다르게 약간의 여유가 있으면서도 몸에 잘 맞는 느낌이었다. 탈의실에서 나온 지은의 모습을 본 아주머니도 이제야 사이즈가 맞는다하며 지은이 가져온 교복을 정리 했다.

다시 탈의실에 들어가 옷을 갈아입고 나와 교복을 포장 한 후 가게를 나서려는 지은에게 아주머니가 물었다.

"교복 수선은 안하니?"

아주머니의 그 한마디에 지은의 얼굴에 화색이 돌았다. 아무리 시골이라 해도 예쁘게 꾸미고 싶고 조금이라도 더 교복을 예쁘게 입고 싶은 여자 아이들의 마음은 어디를 가나 한결 같다는 것을 교복점 아주머니는 그 누구보다 잘 알고 있었다. 지은 역시 겉으로 내색은 안했지만 속으로는 내심 아쉬운 마음이 들었던 터였다. 아주머니가 알려준 길을 따라 걸어가는 지은의 발걸음이 사뭇 가벼웠다. 길모퉁이를 돌자 의류 수선이라고 쓰여 있는 조그만 간판이 보였다. 가게 문을 열고 들어가는 밝은 표정의 지은을 본 수선집 아주머니의 조금은 퉁명스러운 목소리가 지은을 반겼다. 그리고 주섬주섬 교복을 꺼내는 지은에게 아주머니의 볼멘소리가 들렸다.

"교복 줄이려고? 요즘 애들은 왜들 그렇게 줄여 입는지 몰라. 학생은 학생답게 입고 다녀야지."

아주머니는 말을 마친 후 엄지손가락으로 뒤에 있는 방문을 가리키며 들어가서 갈아입고 나와 보라는 뜻의 고갯짓을 했다.

얼마 뒤 교복을 다시 입고 나온 지은을 아주머니가 전신 거울 앞에 서게 했다. 그리고는 지은의 뒤로 다가가 옷을 잡아 주며 사이즈를 체크 했고, 지은의 말에 따라 시침핀으로 수선 할 위치에 표시를 했다.

교복 치마의 길이도 안으로 조금 접어 줄이고, 통도 줄여서 잡았다. 재킷의 전체적인 라인도 꼼꼼하게 다시 잡아 여기저기 시침핀이 꽂혀졌다.

퉁명스럽던 아주머니의 처음 모습과는 달리 시침핀을 꽂는 표정이 매우 진지했다. 열심히 사이즈 체크를 마친 뒤 행여나 시침핀이 빠질까 조심히 옷을 갈아입고 나온 지은에게서 옷을 건네받은 아주머니는 이틀 뒤에 오라는 다시 퉁명스러워진 말을 끝으로 시선을 지은의 교복으로 가져갔다.

안녕히 계시라는 인사를 꾸벅 한 후 지은은 다시 큰길가로 나왔다. 어느덧 하교 시간이 되었는지 곳곳에 교복을 입고 다니는 학생들이 눈에 들어왔고, 그 중에는 지은이 조금 전 수선을 맡긴 교복과 같은 교복을 입고 걸어가는 학생들도 보였다. 친구들끼리 이야기꽃을 피우며 하교를 하는 모습을 보고 있으니 조금은 우울한 기분이 들었다. 서울에서 다니던 학교를 떠나 처음 와 본 곳에서 다시 학교생활을 할 생각을 하니 마음도 뒤숭숭했다. 정들었던 친구들과의 이별은 정말 힘든 일이었다. 매일 등, 하교를 같이 하던 친구들과 헤어지던 마지막 날을 떠올리면 당장이라도 눈물이 날 것 같았다. 친구라고는 곰돌이 인형 동심이 하나뿐이라는 생각에 울적해진 기분이 들어 고개가 땅으로 떨어지기 시작 하려 할 때였다.

"못 보던 얼굴인데, 이사 왔나?"

"얼굴 좀 예쁘게 생겼는데?"

"말 한 번 걸어 봐라."

사투리 섞인 말투로 자기들끼리 떠들며 남학생 세 명이 지은에게로 천천히 걸어왔다. 이 셋의 첫인상은 그 누가 보아도 그리 모범적으로 보이지는 않았다.

그 중 키가 가장 컸던 한 녀석이 지은의 앞으로 한 발짝 다가섰다. 거리가 가까워지니 더욱 키가 커보였다. 지은이 그 남학생 얼굴을 쳐다보려면 고개를 높이 들어야 할 정도였다. 키가 큰 남학생이 자신을 내려 보자 조금은 위축이 되며 몸이 경직 되는 것만 같았다.

"시간 있으면, 우리 같이 놀자. 우리만 아는 아주 경치가 좋은 데가 있는데."

남학생의 얼굴 표정과 말은 그리 위압적이지는 않았지만 이미 마음속에 강한 경계심이 자리 잡은 지은은 조금씩 뒷걸음질을 치고 있었다. 지은이 한 걸음 뒷걸음질 칠 때마다 남학생 또한 한 걸음씩 앞으로 다가왔다. 뒤쪽에 서 있는 다른 두 남학생들은 뭐가 그리 좋은지 키득키득 웃고 있었다.

"난 이만 집에 가봐야 해서."

떨리는 목소리로 남학생들에게서 떨어지려 했으나 남학생들은 순순히 지은을 보내주지 않았다.

"그러지 말고 같이 가자. 가보면 너도 진짜 마음에 들 거라니까?"

남학생들의 말을 무시하며 무리에서 떨어지려 발걸음을 뗀 지은의 손목을 키가 큰 남학생의 억척스런 손이 덥석 움켜잡았다.

놀란 마음에 짧은 비명 소리가 지은의 입에서 나왔다. 하지만 이내 남학생들을 향한 두려웠던 마음은 짜증스러움으로 바뀌었다. 지은은 화가 난 표정으로 몸을 돌리며 키 큰 남학생에게 말했다.

"이거 놔! 안 놔?"

어금니를 꽉 깨문 채 말하는 지은의 모습에 키득거리던 남학생들도 웃음을 감추고 지은과 키 큰 남학생을 번갈아가며 쳐다보았다. 키가 큰 남학생도 여전히 지은의 손목을 잡은 채 당황스러운 표정으로 지은의 얼굴을 바라보던 그 때였다.

"거기 뭐니? 설마 여자애 괴롭히고 그러는 거 아니지? 너희들 선생님한테 다 이른다!"

어디선가 젊은 여자의 목소리가 들렸고, 그 목소리와 함께 키 큰 남학생은 잡고 있던 지은의 손목을 놓았다. 세 남학생은 다급히 젊은 여자에게 꾸벅 인사를 한 후 도망치듯 사라졌다.

젊은 여자는 지은에게 다가오더니 이리저리 얼굴을 살폈다. 어디 다치거나 한 곳은 없는지 살피는 것 같았지만, 젊은 여자는 그저 처음 보는 얼굴에 대한 호기심이었다.

"처음 보는 얼굴이네? 새로 이사 왔나 봐요?"

여자의 말에 지은은 고개를 끄덕이는 것으로 대답을 대신 했다.

"아! 여기 동네가 작고 사람도 적어서, 서로 거의 알고 지내거든요."

아직까지 경계를 풀지 않고 있는 지은에게 여자는 자기가 여기 고등학교 선생님이며, 국어를 가르치고 있다고 자기소개를 했다. 그리고 조금 전 그 아이들이 그렇게 나쁜 아이들이 아니라며 나쁘게만 보지 말아 달라고 남학생들을 변호했다. 지은의 놀란 마음을 잠시 동안 진정 시켜준 뒤 가던 길을 마저 가려하는 여자를 지은이 다시 불렀다.

"저기, 도와주셔서 고맙습니다. 그런데, 저……"

말을 끝마치지 못하고 머뭇거리고 있는 지은을 여자는 얼굴에 미소를 띤 채 가만히 기다렸다. 잠시 주저하던 지은이 어렵게 입을 열었다.

"저, 버스표 한 장만 빌려주세요. 꼭 갚을게요. 카드로는 버스를 탈 수가 없대요."

마치 울 것 같은 목소리로 말하는 지은을 보며 여자는 웃으며 흔쾌히 버스표 한 장을 꺼내 지은의 손에 들려주었다. 그리고는 자신도 버스 타러 가는 길이니 같이 가자며 지은의 팔을 끌었다.

자신의 팔을 끌어 주는 느낌에서 안도감이 느껴지는 지은이었다.

저녁 시간이 가까워 오는 붉은 석양을 받으며 두 사람은 함께 버스 정류장 쪽으로 걸어갔다.

7회

봄의 기운이 완연한 4월이었으나, 이른 더위가 시작 되어, 벌써 한 낮에는 봄이 잠시 고개를 숙이고 여름의 기운에 자리를 내어 주고 있었고, 이제는 불어오는 바람이 따뜻함을 넘어 더운 느낌이 드는 어느 날이었다.

철환은 오래 전부터 지방의 한 고등학교로부터 강연회를 해 달라는 부탁을 여러 차례 받았지만 서울에서 멀리 떨어져 있는 터라 거리와 바쁜 일상 때문에 미처 시간을 마련하지 못하고 있었다. 늘 마음 한 구석에 미안한 마음이 있었던 철환은 어렵사리 시간을 내어 학교로 향했다. 철환의 연락을 받은 교장 선생님은 반색을 하며 좋아했다.

지역과 지역의 경계를 나누고 있는 고개를 넘으니 시원하게 흐르는 넓은 강이 펼쳐졌다. 강과 함께 보이는 경치는 말로 표현 할 수 없을 정도의 장관이었다. 강을 따라 달리는 철환의 차에는 은영도 함께였다.

둘은 창문을 내리고 완연한 봄의 기운을 만끽하고 있었다. 더운 날씨와는 달리 강에서 불어오는 바람은 시원하고 상쾌했다.

서로 손을 꼭 잡은 채 여유를 느끼니 행복이 따로 없다는 생각이 들었다.

그동안 회사 업무에, 결혼 준비에 정신없는 나날을 보내다, 모처럼 은영도 평일에 휴가를 내어 철환과 동행 할 수 있었다. 이곳에 내려와 있는 동안 일상은 모두 잊고 지금 이 순간을 철저하게 즐길 생각이었다. 그리고 계획함과 같이, 여유를 온몸으로 만끽하며 행복함에 흠뻑 취하고 있는 중이었다.

사랑하는 사람과 함께라면 그 어디를 가더라도 행복하다 했던가, 은영은 지금 옆에서 운전을 하고 있는 철환의 한 쪽 손을 잡고 흐르는 강물만 바라보기 해도 행복한 감상에 젖어들었다. 이대로 그냥 시간이 멈추거나, 아니면 서울에 다시 돌아가지 않아도 좋겠다는 생각이 들었다.

여행의 피로도 잊게 하는 절경의 강을 따라 조금을 더 달리자 학교의 위치를 알리는 표지판이 보였고, 철환의 차가 표지판을 따라서 골목으로 들어섰다. 경사가 조금 있는 길 끝에 학교 교문이 보였다. 교문을 들어서자 아담한 운동장이 눈에 들어왔고, 운동장 너머로 이층으로 지어진 교실 건물이 있었다. 교문 옆 주차장에 차를 세우고 철환과 은영은 운동장을 천천히 걸어 학교로 향했다. 경사진 곳을 올라 왔기에 다른 곳 보다 지대가 높아 운동장에서 내려다 본 강의 풍경은 그야 말로 한 폭의 그림이었다. 은영은 내려다보이는 풍경에서 한동안 눈을 떼지 못했다.

철환이 늦겠다며 은영을 돌려 세운 뒤 다시 걸음을 옮겨 건물 현관에 도착했을 때, 교장 선생님이 얼굴에 함박웃음을 지으며 달려와 철환을 반겼다.

"아이고 작가님, 먼 길 오시느라 수고가 많았어요. 내가 이 학교 떠나기 전까지 얼굴 한 번 볼 수 있을까 얼마나 노심초사 했는지 몰라요. 이렇게 보니 정말 좋네요. 그런데 이쪽은 누구신지?"

교장 선생님은 철환을 반기며 은영의 얼굴을 바라보았다. 결혼 할 사람이라는 철환의 소개에 교장 선생님은 다시 한 번 반색을 하며 은영의 손을 덥석 잡았다.

"우리 작가님 사모님을 내가 몰라 봤네, 모쪼록 우리 작가님 잘 부탁해요. 오늘 이렇게 작가님도 보고, 작가님 사모님 되실 분도 보고, 내가 오늘 당장 이 학교를 떠난다 해도 여한이 없을 것 같네요. 우리 여기서 이러지 말고 어서 안으로 들어가시지요."

전교생이 40명 남짓한 학교였다. 교장 선생님은 철환의 강연회를 위해 직접 책상을 모두 옮기고 전교생이 앉을 수 있도록 의자만 넣은 교실을 하나 준비 해 두었다. 다른 선생님들이 무리 하지 말라며 교장 선생님을 만류 했지만 꼭 본인이 하겠다며 선생님들의 도움도 마다했다고 한다. 그만큼 교장 선생님이 얼마나 철환과 학생들과의 만남을 기다하며 설레는 마음으로 기다려 왔는지 알 수 있었다.

미리 교실에서 기다리고 있던 학생들은 철환이 교실로 들어오자 박수로 환영을 해주었다. 그동안 다녔던 많은 강연회들에 비하면 정말 작은 규모의 강연회였지만 철환은 그 어느 때보다도 뭉클한 감정이 가슴 속에 차올랐다. 동생 같이 느껴지는 학생들의 모습에 오늘 만큼은 자신이 책으로 표현했던 감성적인 이야기가 아닌 마음에서 우러나오는 진심을 말하고 싶었다.

학생들 중에는 이미 철환을 책으로 만나 알고 있는 친구도 있었고, 오늘 처음 철환이란 이름을 들어 본 친구도 있었다. 그렇기에 철환은 학생들에게 조금 더 가까이 다가가기 위해 혼자서 온전히 말하는 강연회가 아닌 학생들과 대화를 하는 형식으로 강연회 시간을 채워 갔다. 그렇게 서로 묻고 대답하는 시간을 가지며 분위기가 한층 부드러워졌고, 시종일관 화기애애한 분위기로 강연회는 흘러갔다.

은영은 학생들과 같이 앉아 아이들에게 진심으로 다가가 한데 어우러지는 철환의 모습이 감격스러우면서도 지금 눈앞에 있는 남자가 자신의 남자라는 사실이 너무나 감사했고, 자랑스러웠다.

한 시간을 계획했던 강연회는 이미 한 시간을 넘어 삼십분 이상 초과 하고 있었지만 학생들 어느 하나 지루해 하지 않았다. 문득 시계를 본 철환이 조금 놀란 표정을 지으며 강연회를 마무리 짓기 시작했다.

"여러분들과 함께한 시간이 너무 즐겁고 좋아서 시간이 이렇게 지난 것도 모르고 있었네요. 마지막으로 한 마디만 하고 오늘 강연회를 마칠까 합니다."

철환의 말에 곳곳에서 아쉬움 섞인 목소리가 흘러 나왔다. 학생들도 철환과의 시간이 즐거웠다는 뜻이었다.

"사랑하세요. 부모님과의 사랑, 친구와의 사랑, 그리고 이성과의 사랑 그 어떤 사랑이든 좋아요. 여러분이 할 수 있는 가장 뜨거운 사랑을 하세요. 사랑은 불가능을 가능하게 만들어 주는 가장 큰 원동력이 되어 줄 거예요. 때로는 너무 뜨거운 사랑 때문에 아플 수 있을지 모르지만, 그만큼 우리는 그 아픔을 이겨내고 한걸음 더 앞으로 나아갈 수 있을 거예요. 순수하고 아름다운 사랑을 하시기 바랍니다."

강연회를 마치고 학생들이 교실을 빠져나가는 모습을 철환과 은영이 바라보고 있을 때였다. 학생 중 한명이 철환에게 다가와 책을 한 권 내밀며 사인을 해달라고 부탁을 했다. 철환이 쓴 [우리 시작할래요?] 였다. 철환은 학생에게 이름을 물었다.

"지은이예요. 박지은."

자신을 지은이라고 소개한 학생은 부끄러운 듯 얼굴을 붉혔다. 철환은 미소를 지으며 건네받은 책의 표지를 넘긴 뒤 '평생 간직 될 소중하고 아름다운 사랑을 하길.' 이라는 메시지를 쓰고 정성 들여 사인을 했다. 책을 받아든 지은은 감격에 겨운 듯 잠시 동안 철환의 사인을 바라보다 감사하단 인사를 꾸벅 한 뒤 교실을 나갔다.

"방금 그 아이, 고등학교 때 나랑 참 많이 닮은 것 같아."

옛 생각에 젖은 표정으로 은영이 말했다. 철환은 교실을 나간 아이의 뒷모습을 다시금 바라보았다.

"그래? 난 잘 모르겠는데. 그러면 저 친구도 나중에 엄청 예뻐지겠네?"

능청스러운 철환의 말에 은영의 얼굴이 살짝 붉어지며 웃음이 터졌다.

학생들이 모두 나간 교실에 단둘이 남은 철환과 은영은 잠시 학생 시절의 추억을 떠올리며 감상에 빠져 들었다. 칠판이며, 교탁이며, 나무 복도에 대한 추억까지. 나무 복도에 왁스칠을 하는 날이면 일렬로 걸레를 들고 나무 복도를 밀고 다녔던 추억은 두 사람이 한동안 수다를 멈추지 못하게 했다. 타일과 대리석으로 매끈하게 정리 된 지금의 학교 복도에서는 볼 수 없는 잊혀진 지난 기억이었다.

한동안 추억여행을 하고 돌아온 두 사람은 교장 선생님을 다시 만나 인사를 했다. 사례비를 주겠다는 교장 선생님을 어렵사리 말렸다. 꼭 다시 올 테니 그 때 맛있는 밥을 사달라는 약속을 하고 나서야 교장 선생님은 서운한 기색을 거두었다. 교문 옆 자동차가 있는 곳까지 배웅을 나온 교장 선생님은 다시 한 번 더 철환에게 또 오겠다는 약속을 받으며 두 사람이 떠나는 모습을 지켜보았다.

마음에 따뜻한 행복이 넘치는 순간이었다.

두 사람은 근처에 있는 유명한 관광지인 매화마을로 향했다. 3월 말, 매화꽃이 가장 만개하는 시기에 열리는 매화축제는 이미 끝난 뒤였지만, 여전히 매화꽃은 아름다운 꽃잎을 하얀 함박눈처럼 흩날리고 있었다.

평일이라 그런지 구경하는 인파가 많지 않아 두 사람은 여유롭게 걸으며 매화꽃 향기를 가슴속에 깊이 담았다. 오르는 언덕에 숨이 찰 때면 초가집 마루에 걸터 앉아 잠시 쉬며 바라보는 언덕 아래 풍경은 정말 장관이었다. 소복하게 쌓인 눈 같은 매화꽃의 향연을 두 사람은 시간 가는 줄도 모르고 바라보고 있었다.

"난 말이지 나중에 언젠가는 이런 집에서 살아 보고 싶어."

은영이 시선은 그대로 언덕 아래 풍경에 고정한 채 입을 열었다.

"집은 조금 오래 되어도 상관없고, 이런 마루가 있어서 때로는 걸터앉아 이렇게 쉴 수도 있고 그 위에 책상을 놓고 자기가 거기에 앉아 글을 쓰고, 그리고 앞에는 정원이 있는 거야. 그리고 정원 한 쪽에는 벚나무가 있어서 봄이면 벚꽃이 흐드러지게 피고, 그 아래서 우리 아이들이 뛰어 노는 거지. 어때 생각만 해도 좋지 않아?"

철환은 가만히 은영의 말에 따라 머릿속으로 그림을 그려 보았다. 정원에서 아이들과 뛰어노는 은영의 해맑은 모습과 얼굴에 가득한 미소가 떠올랐다. 그 모습을 바라보며 글을 쓰고 있는 자신의 모습도 보였다. 생각만으로도 너무나 가슴 떨렸다.

"그러자, 우리 꼭 그렇게 예쁘게 살자. 그런데 은영아, 자기 저 매화꽃이랑 벚꽃이랑 헷갈린 거 아니지?"

따뜻했던 감동을 한순간에 깨버리는 철환의 말에 은영은 볼에 바람을 빵빵하게 집어넣고 뾰로통한 얼굴로 철환을 바라보았다.

"진짜 나를 뭐로 보고. 난 그냥 벚꽃이면 좋겠다고 말한 것뿐이거든!"

철환은 멋쩍은 웃음을 지으며 미안하다 사과를 했다. 은영의 삐친 얼굴도 철환의 눈에는 한없이 귀여워 보였다. 연신 미안하다 말하는 철환을 향해 은영이 고개를 돌리며 말했다.

"미안하면 뽀뽀!"

사람이 많지는 않았지만 그렇다고 아주 없는 것은 아니었기에 철환은 갑작스런 은영의 뽀뽀 요구에 잠시 당황했다. 하지만 계속 되는 은영의 뽀뽀 요구에 재빨리 은영의 볼에 입술을 갖다 대었지만, 은영은 고개를 절레절레 저었다.

"아니, 거기 말고 여기에."

입술을 살짝 내민 은영의 얼굴을 보며 철환의 얼굴이 빨갛게 달아올랐다. 주변 눈치를 살피다 급하게 은영의 입술에 자신의 입술을 가져다 대는 순간 은영의 팔이 철환을 감싸 안았다.

"사랑해. 오늘 자기 진짜 멋있었어. 내 남자가 이렇게 멋있어도 될까 싶은 정도로 정말 멋있었어. 평생 그렇게 내 옆에서 세상에서 가장 멋진 나의 남자가 되어줘."

은영의 고백에 철환은 더 이상 참지 못하겠다는 듯 주변의 시선도 아랑곳하지 않고 은영의 입술에 입을 맞췄다.

지나가는 어르신들의 탄식과 혀를 차는 소리가 들렸다.

"거! 그럴 거면 뒤에 문 열고 방으로 들어가지 그래!"

두 사람의 입맞춤을 목격한 한 어르신의 꾸중 섞인 목소리가 들려왔다.

"그래도 될까요. 어르신?"

"예끼! 이 사람아! 남사스럽게!"

봄의 기운이 완연한 4월의 어느 날이었다.

지은을 바라보는 수선집 아주머니의 눈초리가 심상치 않았다.

아까부터 자신을 뚫어져라 바라보고 있는 아주머니의 시선 때문에 등에서 식은 땀이 흐를 것 같은 기분이었다.

가시방석에 앉은 느낌이었지만 수선이 끝난 교복을 입고 거울 앞에 선 지은은 만족스러운 표정이었다. 이제야 이 교복을 입고 밖에 나가 얼굴을 들 수 있을 것 같았다. 솔직히 말하면 만족스러운 정도 이상이었다. 아주머니의 수선 솜씨는 상당한 편이었다.

지은이 다시 옷을 갈아입으려 뒤로 돌아서는 순간, 어느 새 다가왔는지 모르게 눈앞에 서있는 아주머니의 모습에 지은은 소스라치게 놀랐다.

"엄마야! 아, 아주머니 무슨 일이세요?"

"그래도, 조금은 예쁘네."

다시금 예전의 퉁명스러운 모습으로 돌아간 아주머니는 시선은 그대로 지은에게 고정한 채 뒤로 몇 걸음 움직여 의자에 앉았다.

"나중에 키가 크거나 해서 기장이 짧아지면 늘릴 수 있게 접어서 수선했으니까 다시 오면 되고."

여전히 아주머니는 무언가 하고 싶은 말이 있는데 차마 입 밖으로 내지 못하는 표정이었다. 하고 싶은 말이 목구멍까지 차올랐지만 차마 하지 못해 입술만 달싹거렸다.

마침 가게 문이 열리고 손님이 들어오면서 아주머니의 관심이 손님에게로 옮겨졌다. 그 사이 지은은 옷을 갈아입고 아주머니에게 인사를 한 뒤 가게를 나왔다. 그리고는 다음 주 부터 다녀야 할 학교를 미리 답사하기 위해 학교가 있는 방향으로 걸음을 옮겼다.

여유롭게 걸어서 가보려는 마음에 천천히 걸음을 옮겼으나 걷는 거리가 점점 늘어날수록 지은의 마음속에 강한 후회가 밀려들고 있었다. 학교 교문에 거의 도착할 때 쯤 버스 한 대가 지은의 앞에 멈춰 섰다. 앞으로 등교를 하려면 시내에서 내리지 말고 한 정거장 더 가서 버스에서 내리면 될 것 같았다. 우선 버스를 내리는 곳을 알았다는 것이 첫 번째 소득이었다.

교문으로 들어서자 초록색 인조잔디가 깔려있는 축구장이 먼저 시야에 들어왔다. 수업이 끝난 시간인지 이미 몇몇 남학생들이 교복을 입은 채로 열심히 공을 차고 있었다. 그리고 축구장과 교실 건물 사이에 등나무가 길게 뻗어 그늘을 만들고 있는 쉼터 같은 공간이 있었다.

지은은 꽤 많이 걸어 왔기에 덥기도 했고, 다리도 아파 곧장 등나무 쉼터로 향했다. 그늘 안으로 들어오자 시원한 바람이 얼굴을 스쳐 지나갔다. 바람에 열기를 식히며 조용히 생각에 잠겼다. 엄마에 대한 생각이 몰려왔다. 처음 가는 학교에 엄마의 손을 잡고 갈 수 있다면, 아침마다 늦잠을 자고 있는 자신을 깨우는 엄마를 향해 10분만을 외치던 그것을 다시 할 수 있다면, 엄마의 무릎을 베고 누울 때면 콧속 가득 채워지는 엄마의 향기를 맡을 수 있다면, 얼마나 좋을까. 학교에 다녀온 지은을 잘 다녀왔냐며 꼭 끌어안아 주던 엄마의 그 체온을 다시 느낄 수 있다면 얼마나 좋을까. 지은은 엄마의 생각에 눈물이 나려하는 것을 고개를 저으며 억지로 떨쳐내고 다른 생각을 하려 노력했다.

"지은아!"

얼마나 생각에 잠겨 있었는지 모를 때 쯤, 지은을 부르는 소리에 화들짝 놀라 주위를 두리번거렸다.

영진이 지은을 보고 반갑게 손을 흔들며 교실 건물 쪽에서부터 걸어오고 있었다.

"아저씨?"

아저씨가 왜 거기서 나와라는 표정으로 멀뚱멀뚱 영진을 바라보는 지은을 향해 영진이 웃으며 말했다.

"철환이가 이야기 안했나보네. 아저씨 이 학교 선생님이야."

영진의 말에 지은은 한 번 더 놀랐다. 영진이 선생님일거라고는 왜인지 모르지만 한 번도 생각해 보지 못했다. 그래도 지은의 마음 한편으로는 학교에 의지 할 수 있는 사람이 있다는 사실을 알게 된 것 만으로 지은의 마음속에 자리 잡고 있던 불안감이 조금은 사라지는 듯 했다.

"어디 다른데 갈 계획 없으면 아저씨랑 같이 갈까? 나도 철환이 보러 가려던 길이거든."

마침 다리도 아팠던 차였기에 지은은 고개를 끄덕였다.

지은을 옆자리에 태운 영진은 기분이 좋은 듯 콧노래를 흥얼거렸고, 가는 길에 근처 가게에 들러 철환과 먹을 맥주 몇 캔과 안주 몇 가지, 그리고 지은이 좋아하는 간식거리들을 한가득 샀다.

영진은 철환과 지은이 이곳에 오려할 때 물심양면으로 도와준 고마운 친구였다. 그 중 가장 어려우면서도 신경을 많이 썼던 것이 지금 철환과 지은이 살고 있는 집을 구하는 일이었다. 처음 철환이 말하는 집에 대한 조건을 들었을 때만해도 과연 그런 집을 구할 수 있을지 영진은 의심스러웠다. 하지만 그런 조건의 집을 찾는 이유가 은영의 소원을 이루어주고 싶다는 철환의 말을 듣고는 할 수 있는 모든 수단을 동원하여 수소문한 끝에 지금의 집을 어렵게 구할 수 있었다. 처음 집을 찾아 계약을 지었을 당시에는 인테리어라고는 전혀 되지 않았던 그저 허름하기 짝이 없던 옛날 집에 불가했다. 영진은 수업이 끝나면 곧장 이 집으로 달려와 직접 수리를 하고, 본인이 하기 힘든 부분은 업체를 불러 공사도 진행하며 지금 같은 집의 모습을 갖추게 되었다. 이 모든 것은 은영을 위한 영진의 마음이었다. 그리고 그녀가 남기고 떠난 그녀의 혈육인 지은이 이곳에서 조금이라도 편하게 지내게 하고 싶다는 영진의 의지였다.

"서울에서는 아파트에서만 살다가 여기 와서 지내기 힘들지?"

"괜찮아요. 조금 적응이 아직 안 되기는 하지만 마루에 걸터앉아서 조용히 책을 보는 것도 좋고, 정원에 있는 벚나무도 예뻐요. 근데 솔직히 처음에 집 보고 조금 실망하긴 했어요."

조금 실망했다는 말과 함께 귀엽게 미소 짓는 지은을 보면서 같이 따라 조용히 웃던 영진은 지은이 이곳에 처음 내려오던 날을 떠올렸다. 항상 밝은 아이었다. 엄마를 닮아 웃는 모습이 참 예뻤던 아이었고, 많이 웃던 아이었다. 그랬던 모습이 사라지고 아무 말도 없이 풀이 죽어 축 쳐진 어깨를 하고 있던 지은을 보며 영진은 마음이 아팠다. 엄마를 잃은 슬픔에 그런 것이라 생각을 하며, 그저 잘 이겨내 주길 바랐었다. 그리고 지금 나눈 대화와 목소리를 통해서 그런대로 지은이 잘 견뎌내고 있다는 생각이 들어 영진의 마음 한구석이 아픔과 동시에 지은에 대한 대견함이 피어올랐다.

영진은 지은에게 집에 대한 이야기를 들려주었다. 엄마에 대한 이야기를 듣자 지은의 표정이 어두워졌다. 그렇지 않아도 오늘 하루 종일 엄마가 보고 싶어 견딜 수가 없었던 차에 다시 엄마 생각이 떠오르니 눈물이 차오르려했다.

첫 발자국을 들여 놓는 순간부터 마음에 들지 않아 얼굴을 찌푸렸던 그 집이 엄마의 소원이 담겨있던 집이었다니. 그런 집을 찾기 위해 많은 수고를 해준 영진에게 고마우면서도 실망했었다고 말했던 것이 미안했다.

영진의 말을 듣고 난 뒤 다시 바라본 집의 모습은 새삼 다르게 느껴졌다. 마치 엄마가 툇마루에 앉아 있다가 대문을 열고 들어오는 자신을 보고 손을 흔들며 반겨 주는 것만 같았다.

하지만 실상은 엄마의 모습은 보이지 않았고, 마루에 가져다 놓은 책상에 앉아 멍하니 고뇌를 하고 있는 아빠 철환의 모습만 보였다.

눈가에 살짝 맺힌 눈물을 손가락으로 닦아내고는 지은은 신발을 벗고 곧장 자기 방으로 들어갔다. 방으로 들어가기 전 철환과 눈이 마주친 지은이 얼굴에 불만 가득한 표정으로 철환을 향해 말했다.

"나 그래도 아직 아빠 미워."

뒤따라 들어오는 영진에게 손 인사를 하고 있던 철환은 갑작스러운 지은의 모난 말투에 당황하며 방으로 들어가 버린 지은의 뒷모습과 영진을 번갈아가며 쳐다 보았다.

방으로 들어 온 지은은 숨을 크게 들이마셨다. 그리고 길게 숨을 내쉬고는 책상에 앉았다. 터져나오려하는 눈물을 참아보려 한 행동이었지만 책상 위에 밝게 웃고 있는 은영과 지은의 사진을 보는 순간 그 모든 것은 무의미해졌다. 뺨을 따라 흐른 눈물이 턱 끝에 맺혀 뚝뚝 떨어졌다.

지은은 행여나 철환이 들을까 소리조차 내지 않고 그렇게 한동안 눈물만 흘렸다.

"엄마, 너무 보고 싶어."

밖으로 나온 철환과 영진은 근처 강가에 나와 평평한 돌을 의자삼아 앉았다.

맥주를 마시며 강물 저편으로 서서히 모습을 감추고 있는 석양의 모습을 바라보고 있자니 마음속에 조그만 평온이 느껴지는 듯 했다.

"글 다시 쓰려는 거야? 그 뒤로 너 책상에도 안 앉았잖아."

영진의 말에 철환은 말없이 그저 한숨을 내쉬며 맥주를 들이켰다. 목구멍을 넘어 식도를 따라 흐르는 따끔따끔한 탄산의 기운에 무언가 얹힌 듯 했던 답답한 속이 그나마 조금은 내려가는 기분이었다. 영진도 그 뒤로 더는 묻지 않고 철환을 따라 맥주를 들이켰다. 철환이 말을 하지 않아도 무슨 심정인지 알 것만도 같았다.

"지은이 많이 컸더라. 힘든 시기 일 텐데 잘 이겨내는 것 같아. 기특하기도 하고, 참 예뻐. 그리고 얼굴은 점점 더 은영이 닮아 가는 것 같아."

영진의 말에 철환도 공감을 했다. 어른인 자신도 때로는 감당하기 힘든 감정이 몰아쳐 올 때가 많은데 어린 지은은 어떨지 걱정이 많았다. 그래도 생각보다 잘 버텨주는 지은이 고마웠고, 그런 딸을 보며 철환도 마음을 다잡고 있었다.

그 뒤로 둘은 석양의 모습이 완전히 사라질 때 까지 강가에 앉아 이런저런 이야기를 하며 맥주를 비워냈다.

새로운 삶을 살아보기 위해 이곳으로 내려와 이제는 마음을 정리하고 다시 글을 써보려 책상에 앉았지만 막상 무슨 글을 써야 할지, 그리고 무엇에 대하여 써야 할지 아무런 생각이 나지 않았다. 머릿속이 온통 뒤죽박죽 엉망이었다. 답답한 마음만 가득 품은 채로 그저 시간만 하루 이틀 흘러갔고, 이대로 계속 가다가는 도태 될 것 같은 기분이 들었다.

숨조차 쉴 수 없는 꽉 막혀버린 무거운 심정과, 한 치 앞도 보이지 않는 어둠속을 걷는 기분이 계속 되었다. 그리고 그 무엇보다도 견딜 수 없는 건 은영이 없는 빈자리에서 느껴지는 참을 수 없는 외로움이었다. 혼자 있는 시간을 없애야만 했다. 그렇지 않고서는 자기 자신이 무슨 짓을 할지 알 수 없었다. 이미 여러 번 극단적인 생각까지 하게 되었던 자신을 보며 두려움도 밀려왔다.

뭐라도 해야 한다는 생각에 철환은 근처 농장을 찾아가 무작정 일을 시켜 달라 부탁했다. 철환의 손을 잡아보던 농장 주인은 난색을 표했다. 고된 일은 해보지 않았던 것을 증명하기라도 하듯 철환의 손은 매끈했다. 이런 사람이 몸으로 하는 일을 하기에는 마땅하지 않았고 또한 다치기도 쉬웠다. 하지만 철환의 간절한 표정을 보고는 하는 수 없다는 말투로 철환이 일을 하도록 허락했다. 그만 두고 싶으면 언제든 그만 두라는 농장 주인의 말은 철환의 귀에 들리지 않았다. 그저 열심히 하겠다며 고개를 숙여 감사 인사를 했다.

농장 주인의 예상대로 지금까지 글만 써오던 철환에게 농장일은 버겁기만 했다. 기구를 다루는 일은 서툴렀고, 힘을 쓰는 요령도 없었기에 수레를 넘어뜨리거나, 자루를 떨어뜨려 바닥에 내용물을 죄다 쏟는 등 실수가 끊이지 않았다. 농장 주인은 그런 철환을 가여운 표정으로 바라보며 혀를 찼다.

그렇게 하루하루 시간이 흘러갔다. 시간이 흘러 갈수록 철환의 몸에 농장일이 어느 정도 익숙해졌고, 실수도 줄어들었다. 하지만 여전히 철환의 온 몸에는 훈장처럼 따라다니는 근육통이 끊일 일이 없었다. 여기저기 붙인 소염제의 흔적에 때론 영진도 일을 그만 하는 것이 어떻겠냐며 안쓰럽게 말을 붙인 적이 많았다. 그래도 가끔씩 영진이 양손 가득 막걸리를 사들고 찾아 올 때면, 농장 주인아저씨와 둘러 앉아 남자 셋이 떠드는 수다는 한편으로는 새로운 즐거움이었다. 아저씨가 직접 참전했다는 월남전 이야기는 흥미진진했다. 때로는 말도 안 되는 영웅담에 의심의 눈초리로 쳐다 볼 때마다 진짜라고 우기는 아저씨의 언성이 높아지기도 했다.

그렇게 시간이 흘러가는 동안 철환의 머리는 조금씩 맑아지고 있었다.

지은은 학교에 다니기 시작했고, 영진의 도움으로 비교적 빠른 시간에 학교생활을 적응하기 시작했다.

지은의 반 친구들도 처음 전학 온 지은을 반갑게 맞아 주었고, 지은도 열심히 친구들과 어울리려 노력을 했기에 금세 새로운 친구도 사귈 수 있었다. 하지만 모든 친구들이 다 지은을 반기는 것은 아니었다.

남학생들은 대체적으로 지은을 반기는 분위기였으나, 여학생들 중 몇몇은 서울에서 살다가 왔다는 사실만으로 지은을 시기했고, 또 몇몇은 예쁘장하게 생긴 지은의 얼굴을 질투하기도 했다. 그런 시기와 질투를 지은도 모르지 않았다. 그저 그런 아이들과 엮이는 것을 최대한 피했고, 가까이 지내게 된 친구들과 더욱 친하게 지내려 노력했다.

어느덧 초여름의 문턱에 접어 든 어느 날이었다.

어느 때와 다름없이 학교 수업을 마치고 같은 반 친구와 함께 하교를 하고 있던 지은을 부르는 어느 목소리가 들려왔다.

"얘, 지금 학교 끝난 거니?"

자신을 부르는 것 같은 소리에 고개를 돌려 보니 교복 수선을 해준 수선집 아주머니가 지은을 향해 다가오고 있었다.

따사로운 햇볕이 내리쬐는 5월의 어느 날, 친구들에게 둘러싸여 있는 은영은 새하얀 드레스를 입고 의자에 앉아 있었다. 조금 있으면 시작할 결혼식에 긴장이 되어 입안이 바짝바짝 마르는 느낌이었다.

결코 오지 않을 것만 같았던 자신의 결혼식이 오늘이라는 것이, 지금 이 순간 드레스를 입고 친구들의 축하를 한 몸에 받고 있음에도 믿겨지지 않았다. 모든 것이 꿈을 꾸는 것만 같았다.

하지만 이내 자신이 오늘의 주인공임을 알 수 있는 목소리가 들려왔다.

"신부님 입장 준비 할게요."

안내 직원의 말에 도우미 이모가 은영에게 다가왔다. 천천히 걸음을 옮겨 신부대기실 밖으로 나가자 은영의 아버지가 그녀를 기다리고 있었다. 아버지의 모습을 보자 그제야 알 수 없는 복잡한 감정이 피어올랐고, 자신이 오늘, 바로 지금 결혼을 한다는 사실이 실감되기 시작했다.

잠시 후 예식의 시작을 알리는 오늘 사회를 맡은 진수의 목소리가 마이크를 통해 들려왔다. 진수의 진행에 따라 먼저 철환이 사람들의 축하를 받으며 씩씩한 걸음으로 입장을 했다.

"신부 입장!"

은영은 자신의 손을 꼭 잡은 아버지의 얼굴을 바라보았다. 은영의 아버지 역시 사랑하는 딸의 얼굴을 그윽한 눈길로 바라보았다. 아버지와 눈이 마주친 은영은 감정이 벅차올라 눈물이 나오려는 것을 눌러 참았다. 바닥을 내려다보면 눈물이 떨어질 것 같아 은영은 애써 고개를 들었다.

하객들은 모두 자리에서 일어나 한걸음씩 철환에게 다가가는 은영을 향해 뜨거운 박수를 보냈다. 하객들 사이엔 영진도 있었다.

점점 철환과의 거리가 가까워지고, 철환은 은영과 그녀의 아버지를 향해 몇 발자국 나아갔다. 이윽고 마주한 세 사람의 시선이 교차했다. 은영의 아버지는 은영의 손을 철환에게 넘겨주기 전 잡고 있던 은영의 손을 살며시 놓은 후 철환을 꼭 안아 주었다.

"행복하게 잘 살아야 하네."

"명심하겠습니다."

그 모습을 바라보던 은영의 눈에서 끝내 눈물이 흘러내렸다. 은영의 손을 다시 잡은 그녀의 아버지가 철환의 손에 은영의 손을 쥐어 주었다. 그 모습을 보던 하객들 몇몇이 눈물을 훔치는 모습이 곳곳에서 보였다.

은영의 손을 잡은 철환이 손가락으로 살며시 은영의 눈에 맺힌 눈물을 닦아 주었다. 화장이 번지지 않도록 손에 낀 장갑이 눈물을 흡수 하도록 조심스레 눈물을 닦아 주는 철환과 그런 철환의 얼굴을 바라보는 은영의 얼굴이 찍힌 사진은 이 날 결혼식을 진행 하는 중 찍힌 사진들 가운데 가장 최고의 사진으로 남았다.

"두 사람은 서로를 부부로 맞아 평생 서로를 사랑하고, 아껴주며, 하늘이 두 사람을 갈라놓을 때까지 서로를 지켜주며, 서로를 바라 볼 것을 맹세합니까?"

철환과 은영은 주례사의 앞에서 큰소리로 대답하며 부부의 서약을 했다.

그렇게 두 사람은 부부가 되었다.

그 뒤로 이어진 진수와 영진의 축가는 하객들의 뜨거운 박수, 그리고 환호와 함께 감동적으로 진행 됐다. 특히 진수의 노래 실력이 상당했다. 후일담으로 하객으로 온 은영의 친구들 몇몇이 진수의 연락처를 묻기도 했다는 말이 나올 정도였다.

철환과 은영 두 사람이 한 발자국씩 앞으로 향했다. 그동안 서로 각자의 길을 걸어 왔다면, 지금 이 순간부터는 함께 길을 걸어 나갈 것이다. 그들이 내딛는 걸음걸음 마다 예쁜 꽃잎이 흩뿌려졌다.

많은 이들이 앞으로 모든 일을 함께 하게 될 두 사람의 앞길이, 지금 걷는 이 길처럼 꽃길만 걸을 수 있기를 기도했다.

부부가 된 첫날 밤, 두 사람의 심장소리가 방 안을 가득 채웠다.

침대 밑에 걸터앉아 서로를 마주 보고 있는 철환과 은영의 얼굴은 홍조를 띠고 있었다. 그동안 참 많이도 서로를 갈망하였지만 오늘을 위하여 참아왔던 두 사람이었고, 그리고 오늘이 되었다.

살짝 숙인 은영의 얼굴 위로 그녀의 머리카락이 흘러내렸다. 철환이 손을 내밀어 은영의 얼굴을 가리고 있던 머리카락을 살며시 옆으로 넘겼다. 가려졌던 얼굴이 드러나자 부끄러움이 밀려오는 듯 은영의 얼굴이 더욱 붉어졌다. 철환의 시선에 눈을 맞춘 은영이 배시시 웃으며 철환의 얼굴에 손을 가져다 댔다. 얼굴에서 전해지는 은영의 손길은 그 어느 때보다 부드러웠고 따뜻했다. 철환은 가만히 은영을 감싸 안았다.

"사랑해."

두 사람의 가슴이 서로 맞닿았고, 크게 두근거리는 심장의 박동이 서로에게 전해졌다.

철환의 입술이 서서히 다가와 은영의 입술에 닿았다.

입맞춤은 부드러웠지만 강렬했고, 정신마저 희미해지는 듯 아찔했다. 간질이는 것 같은 짜릿한 전류가 온몸을 타고 흘렀다. 갈수록 요동치는 심장은 서로를 더욱 갈망했고, 두 사람은 서로의 몸을 강하게 끌어안았다.

철환의 손이 은영이 입고 있던 원피스 지퍼를 찾아 조심스레 아래로 내렸다. 등 뒤로 느껴지는 감촉에 은영은 숨이 막혀오는 것 같았다. 하늘하늘한 원피스가 몸의 곡선을 따라 아래로 흘러내렸다. 적나라하게 드러난 몸의 곡선에서 꽃향기가 나는 듯 했다.

부끄러움에 이불을 들어 몸을 가린 은영의 입술에 철환의 입술이 다시 다가왔다.

크게 심호흡을 한 은영이 철환의 셔츠 단추를 하나씩 풀기 시작했다. 하지만 떨리는 손 때문에 마음처럼 쉽게 단추가 풀리지 않았다. 은영의 손을 철환의 손이 살며시 감쌌다. 그리고는 은영의 손을 잡고 함께 단추를 하나씩 풀어냈고 은영은 천천히 셔츠를 벗겼다.

적당히 근육이 붙은 철환의 상체가 드러났다. 은영은 철환의 가슴에 조용히 안겼다. 살과 살이 맞닿은 느낌은 따뜻했고 포근했다. 철환은 조심스레 은영을 침대에 눕혔다. 부끄러움에 은영은 고개를 옆으로 돌리고 시선을 맞추지 못했다. 철환의 입술이 부드럽게 은영의 턱을 지나 목선을 따라가며 훑어 내려갔다. 가슴에 입술이 닿는 순간에는 은영의 입술이 파르르 떨리는 것이 보였다. 철환의 입술은 계속해서 아래로 내려갔다. 배를 지나 골반에 닿는 입술의 감촉에 은영의 입에서 옅은 숨이 내쉬어졌다. 철환은 마지막으로 은영의 몸을 가리고 있는 작은 천을 벗겨 내렸다. 실오라기 하나 걸치지 않은 곡선의 자태에 숨이 멎을 듯 했다.

잠시 은영의 몸에서 입술을 뗀 철환이 전라의 상태가 되어 다시 은영에게 다가와 그녀의 허벅지 안쪽에 입을 맞췄다. 간지러운 입술의 감촉에 은영의 머리가 아득했다.

"키스해줘."

은영의 말에 철환의 입술이 격렬하게 은영의 입술을 덮쳐왔다. 그렇게 한동안 서로를 갈망하는 입맞춤이 이어졌다.

철환의 혈기의 인내가 한계에 도달했고, 그 혈기는 천천히 은영을 향해 나아갔다.

겪어 보지 못한 고통이 온몸에 엄습해 왔다. 눈물이 맺힌 얼굴로 철환의 가슴을 밀쳐 냈다.

당황한 철환이 몸에 힘을 빼고 잠시 숨을 골랐다. 은영의 두 팔이 다시 철환을 감쌌다. 둘의 몸은 이미 서로를 너무도 갈망하고 있었다. 철환의 몸은 전보다 천천히 은영을 향해 나아갔고, 이윽고 은영과 철환이 한 몸이 되었다.

고통은 어느 순간 쾌감으로 바뀌어 있었고, 둘의 사랑은 밤이 늦도록 계속 되었다.

두 사람에게 있어 그 밤은 눈물겹도록 아름다웠고 또한 사랑스러웠으며 그리고 애절했다. 평생토록 기억 될, 소중한 그 밤이 그렇게 지나가고 있었다.

지은을 보며 반갑게 손을 흔드는 수선집 아주머니를 향해 지은이 꾸뻑 인사를 했다.

긴 머리카락을 꼬불꼬불하게 파마를 했고, 작은 눈을 커보이게 하기 위한 짙은 눈 화장, 약간은 살집이 있는 몸매에 품이 넉넉해 보이는 셔츠와 긴 주름치마를 입은 수선집 아주머니가 지은을 불러 세웠다. 항상 입고 있던 수선집에서의 작업 복 같은 허름한 옷이 아닌, 꾸민 듯 안 꾸민 것 같은 외출 복장을 입고 나온 아주머니의 모습을 보며 지은은 어리둥절한 표정으로 아주머니를 올려다보았다.

무언가 들뜬 기분의 아주머니는 지은을 보며 한껏 올라간 목소리로 말했다.

"얘, 혹시 시간 있으면 아르바이트 안 할래?"

"네? 무슨 아르바이트요?"

다짜고짜 물어오는 아주머니의 말에 당황한 지은이 되물었다. 그러자 아주머니는 세상 온화한 표정을 지으며 지은의 한쪽 팔에 팔짱을 낀 채 지은의 학교 근처에 있는 카페로 이끌어 자리를 잡고 지은을 앉혔다. 잠시 후 자신의 커피와 지은이 마실 음료수 한 잔 그리고 조각 케이크 하나를 쟁반에 담아 자리로 돌아 온 아주머니가 입을 열어 천천히 설명을 하기 시작했다.

내용은 이랬다. 자신이 수선집을 하고는 있지만 원래는 의상 디자이너가 꿈이었던 사람이었다. 한 때 디자인 공부를 하며 나름 재능이 있다는 평을 들어 왔지만 집안 사정으로 인해 공부를 더 할 수 없었다는 가정사에서부터 이번에 저명한 의상 디자이너가 개최하는 패션 공모전에 자신이 직접 디자인해서 만든 작품으로 지원해 보고 싶다는 이야기까지. 아주머니는 커피가 식어가는 줄 모르고 이야기를 풀어냈다. 그리고는 이제 본격적으로 지은을 부른 이야기를 꺼내보려는 듯 잠시 호흡을 가다듬으며 커피 한 모금으로 목을 적셨다. 지은은 아주머니가 사준 음료수를 조금씩 빨대로 빨아 마시며 조용히 이야기를 듣고 있었다. 아주머니의 말주변이 나름 괜찮은 편이어서 듣는 내내 지루하지는 않았다. 오히려 이야기에 빠져드는 마성이 있는 것도 같았다.

"그래서 말인데 얘, 모델 한 번 안 해줄래? 아르바이트 값은 서운하지 않게 줄게."

모델이란 말에 지은의 눈이 휘둥그레 커졌다. 생각지도 못한 이야기에 마시고 있던 음료수를 자칫하면 뿜어 낼 뻔 했던 지은이 사래에 걸려 기침을 콜록거렸다.

"지난번에 교복 수선하면서 봤는데 네가 딱 내가 찾고 있는 그런 모델이더라고. 하기 싫으면 하지 않아도 돼, 억지로 시키기는 싫거든. 그래도 아줌마는 네가 해 줬으면 너무 좋을 것 같아. 생각 한 번 해보고 알려줘. 응?"

말을 마치고 두 손을 가지런히 깍지 낀 채 지은을 빤히 쳐다보고 있는 아주머니의 표정은 마치 '꼭 네가 해줬으면 좋겠다.'라고 말을 하고 있는 듯했다.

부담스러운 아주머니의 시선을 애써 멋쩍은 웃음으로 외면하여 지은은 서둘러 남아있는 음료수를 비웠다.

카페에서 나온 지은은 깊은 한 숨을 내쉬었다. 무언가 힘든 일을 막 마친 듯 몸 안에 있던 기운이 모두 빠져 나간 것 같은 기분이었다. 아무래도 수선집 아주머니 이야기는 재미가 있었으나 모델이 되어 달라는 그 순간부터는 지은에게 부담이 되었던 모양이었다. 고개를 몇 번 절레절레 흔든 뒤 지은은 귀가를 서둘렀다. 생각지도 못한 아주머니와의 대화 때문에 평소보다 집에 가는 시간이 늦어져 철환이 행여나 걱정하지 않을까 생각이 들었다. 핸드폰을 꺼내 이제 집에 간다는 문자를 남겨 놓고 지은은 버스 정류장으로 향했다.

버스를 타고 한 정거장 지나자 시내가 나왔고 시내에서는 꽤 많은 사람들이 버스에 올랐다. 버스를 탄 사람 중에는 지은에게 반가운 얼굴도 있었다. 얼마 전 남학생들과의 문제가 있었을 때 도움을 주었던 선생님이었다. 선생님도 지은의 얼굴을 기억하고 있었는지 지은과 눈이 마주치자 환하게 웃으며 손을 흔들었다. 지은도 밝게 웃으며 다가가 고개를 숙여 인사를 했다. 선생님 옆에는 나이가 지긋해 보이는 한 할머니가 함께 버스에 올랐다. 할머니 역시 지은에게는 구면이었다. 지은은 할머니에게도 역시 고개를 숙여 인사를 한 뒤 주머니를 뒤져 회수권을 꺼냈다.

"할머니, 그 땐 정말 감사했어요. 여기 그때 제가 빌린 회수권이요."

할머니는 괜찮다며 지은이 내민 회수권을 거절 하였다. 지은이 못내 아쉬운 표정을 보이자 할머니는 시간 나면 한 번 놀러 오라며 지은의 손을 꼭 잡았다. 할머니의 손은 거칠었지만 그 손길이 좋아 지은도 할머니의 손을 꼭 잡았다. 마음 어딘가가 따뜻해지는 기분이 들었다.

철환은 오늘도 역시나 하루 종일 책상에 앉아 머리를 싸매고 있었다.

머리가 복잡해 농장일도 하며 주위를 돌렸지만 여전히 글을 쓰는 일은 쉽지가 않았다. 좀처럼 잡히지 않는 감정의 선은 이제 다시는 잡지 못 할 것 같아 절망감에 휩싸이고 있었다. 그나마 어렵사리 쓴 글의 내용은 거의 모든 내용이 어둡고 우울했다 지금 자신의 심정을 대변하듯 슬픈 감정들을 표현하는 글은 제법 써지는 것 같았다. 하지만 소설의 내용을 마냥 회색빛으로 쓸 수는 없는 노릇이었다. 분위기를 바꾸어 등장인물들의 행복하고 따뜻한 이야기를 쓰려하는 순간 그 자리에서 펜이 멈추어 버렸다.

작가 자신이 행복하다 생각하지 않는 것이 문제였다.

은영과 함께했던 견딜 수 없는 행복감에 젖어 있었을 당시 썼던 [우리 시작할래요?] 같은 절정의 행복을 더 이상 느낄 수 없었고 오히려 그 시간들이 뼈에 사무친 지금의 철환에겐 행복을 묘사하는 일이 그 어떤 일 보다 어려웠다.

움직이지 않는 펜을 움켜쥐었던 손에서 힘을 빼자 원고 위로 펜이 데구루루 굴렀다. 펜을 쥔 손에 힘이 얼마나 들어갔었는지 펜의 모양을 따라 철환의 손에 빨갛게 자국이 남았다. 오늘도 더 이상은 어려울 것 같다는 생각에 긴 한숨을 내쉬고 시계를 올려다보니 지은이 올 시간이 훨씬 지나 있음을 깨달았다. 걱정되는 마음에 지은에게 연락을 해보려 어딘가 던져 놓은 핸드폰을 찾았다.

다행히 조금 전 딸에게서 집으로 가고 있다는 문자가 와 있는 것을 확인하고는 안도하며 머리를 식힐 겸 지은을 마중 나가기로 했다.

여름으로 향하는 해는 이제 하늘에 떠있는 시간이 길어져 저녁 시간이 가까워 왔음에도 여전히 빛을 비추고 있었다. 더울 수도 있는 햇살이었으나 불어오는 강바람이 더위를 날려 주어 기분 좋은 시원함이 느껴졌다. 그렇게 강가를 따라 천천히 걸음을 옮겼다.

지은이 지난 번 알게 된 사실은 자신과 선생님이 내리는 버스 정류장의 위치가 같다는 것이었다. 그래서 두 사람 그리고 할머니는 같은 곳에서 내려 함께 걷고 있었다.

할머니는 자신의 몸보다 커 보이는 보따리를 가지고 있었고, 지팡이를 가지고 있었으나 보따리 때문에 지팡이는 오히려 짐이 되고 있는 상황이었다.

"할머니, 보따리 이리 주세요."

선생님이 계속해서 보따리를 달라고 재촉하였으나 할머니는 되었다며 선생님의 손을 밀어냈다.

"아이참, 집에서 그냥 쉬시라니깐. 그거 팔아서 얼마나 된다고."

선생님은 힘든 몸을 이끌고 장에 이런 저런 나물을 팔러 나가는 할머니가 내심 마음이 쓰였다.

"집에 그냥 있으면 아파서 그래. 이거라도 해야 사는 것 같지. 집에 하루 종일 아무것도 안하고 있어봐, 심심해서 견딜 수가 없다고."

선생님은 더 이상 할 말이 없어 짧게 한숨을 내쉬었다.

"그래서 많이 파셨어?"

"내가 돈 벌라고 그러나?"

보따리 크기를 봐서는 장에서 그리 많이 팔지는 못한 모양새였지만 할머니는 그저 좋은 듯 크게 웃어보였다. 할머니에게서 보따리를 빼앗기는 일찌감치 포기한 채 세 사람은 강을 따라 난 길을 걸었다.

"난 이리 갈 테니, 잘들 가. 예쁘장한 우리 강아지는 꼭 이 할미 집에 놀러 오고."

"네, 할머니 꼭 놀러 갈게요."

지은은 할머니에게 배시시 웃어 보이고는 꾸벅 인사를 했다. 그리고 선생님과 함께 조금 더 걸어가자 멀리서 손을 흔들며 달려오고 있는 철환의 모습이 보였다.

"지은아!"

지은의 이름을 부르며 달려오는 철환의 모습을 선생님이 고개를 갸우뚱하며 바라보았다.

잠시 후 두 사람 앞에 도착 한 철환을 향해 선생님이 물었다.

"혹시 저를 아세요?"

뜬금없는 선생님의 물음에 철환은 고개를 절레절레 흔들었다.

"네? 오늘 처음 뵙는데요?"

"그런데 어떻게 제 이름을 아시죠?"

선생님의 말에 철환도 지은도 깜짝 놀랐다.

"제 이름이 지은인데. 선생님 이름도 지은이예요?"

놀란 표정으로 교복 주머니에서 명찰을 꺼내 보이는 지은을 보고 선생님은 재미있다는 듯 웃어보였다. 그리고는 철환을 향해 자신을 소개를 했다.

"안녕하세요. 박지은이라고 합니다. 고등학교에서 국어를 가르치고 있어요."

결혼 후 가족이 된 철환과 은영의 행복한 나날이 이어졌다.

두 사람의 사랑의 결실로 사랑스러운 딸아이도 태어났고, 이름을 지은으로 지었다.

지은이 태어나는 날 철환은 기쁨의 눈물을 하염없이 흘렸다. 그 모습을 보는 은영은 그 순간만큼은 자신의 남편이 부끄러워 어쩔 줄 몰라 했고, 주위에 있던 의사와 간호사들은 작가라 그런지 감수성이 풍부하다며 기분 좋은 웃음을 지었다.

지은의 돌잔치 때 철환은 판사봉을, 은영은 청진기를 잡기를 바랐지만 정작 지은이 마이크를 잡자 두 사람 모두 당황하는 표정에 참석한 사람들이 한바탕 웃음바다를 만들기도 했고, 하루는 지은이 예방주사를 맞고 돌아온 날 통증에 버거워 잠 못 들며 칭얼거리는 지은에게 냉찜질이 아닌 온찜질을 하는 바람에 지은을 더욱 힘겹게 한 날도 있었다. 이후 냉찜질을 했어야 한다고 알게 된 철환이 화장실에서 지은에게 미안하다며, 무지한 아빠를 용서해 달라며 몰래 눈물, 콧물을 다 쏟았던 사실은 한 동안 친구들의 술자리 안주거리였다.

베스트셀러가 되지는 못했지만 철환이 새로 탈고한 소설 몇 편은 대중의 꾸준한 관심과 사랑을 받았고, 대중들의 생각 속에 철환이라는 이름이 기억 될 수 있도록 해주었다. 여전히 철환의 글을 쓰는 속도는 느린 편이었기 때문에 많은 책을 낼 수는 없었지만, 만족스러운 그리고 넘치지도 부족하지도 않은 평온한 삶이 흘러갔다.

딸 지은도 별 탈 없이 건강하고 밝게 자랐다. 매 순간순간이 그저 행복했다. 그렇게 지루하리만치 평탄한 삶이 지속되던 어느 날이었다.

아침 일찍부터 일정이 있던 철환이 오후가 되어 집으로 돌아 왔다.

"여보 나왔어."

현관에 분명 은영의 신발이 있는 것을 보았으나, 거실에는 아무도 없고 조용했다. 의아한 생각에 철환은 은영을 찾았다.

안방 문을 열자 침대에 누워있는 은영의 모습이 보였다. 철환이 곁으로 다가가 바라본 은영의 얼굴은 열이 있는 듯 붉은 빛이었고, 조금은 노랗게 보이기도 했다. 인상을 쓰며 잠든 은영의 얼굴에서 힘겨움이 보였다.

인기척을 느낀 은영이 고통스러운 표정으로 눈을 떴다.

"왔어?"

말하기조차 힘에 겨운 듯 쇳소리가 섞인 목소리로 은영은 철환을 맞이했다. 철환은 다급히 은영의 겉옷을 챙기고는 은영을 천천히 일으켜 세웠다.

"안되겠다. 병원가자."

"조금 있으면 지은이 학교 끝나고 올 시간인데."

"지은이도 중학생인데 잠깐 혼자 집에 좀 있으라고 하면 돼. 지금 당신 상태를 좀 봐!"

철환은 자신의 몸도 추스르지 못하면서 지은의 하교를 걱정하고 있는 은영을 다그치며 침대에 앉은 은영에게 겉옷을 입혔다. 기운이 하나도 없는 은영의 몸은 그저 철환이 이끄는 대로 움직였다.

은영을 차에 태우고 병원으로 향하는 철환의 신경이 극도로 예민했다. 본능적으로 보통의 몸살 정도가 아니라는 생각이 머릿속에 가득했다. 온몸에 엄습해 오는 불안감에 빨간불이 들어온 신호등에 차를 세워야 할 때면 철환의 손과 다리가 심각하게 떨려왔다. 은영은 불안해하는 철환의 손을 살며시 잡았다.

"괜찮아, 걱정하지 마. 별일 아닐 거야. 그냥 몸살 정도 일 거야."

은영의 위안에도 이미 철환의 온몸에 퍼진 불안감은 사라지질 않았다.

급하게 병원 응급실로 달려갔지만 이미 아픈 사람들로 가득한 응급실에서 아무도 둘에게 관심을 주지 않았다. 그저 접수하고 기다리라는 말만 되돌아 왔다.

"집에 그냥 가자. 집에 가고 싶어. 나 정말 괜찮아. 지은이 벌써 집에 왔겠네."

은영에게는 지금 응급실에서 보이는 광경들이 너무 견디기 힘들었다. 여러 모양새로 응급실을 찾아 들어오는 사람들. 아파서 신음하는 소리, 피를 흘리는 모습들, 어떻게 좀 해달라고 절규하는 사람들의 모습들이 너무나도 충격적이었고, 처참했고, 받아들이기가 힘들었다. 이미 기력이 바닥으로 떨어진 은영의 몸과 마음은 의식을 붙잡고 있기엔 너무도 버거웠다.

"은영아!"

스르륵 눈이 감기며 의식을 잃고 쓰러지는 은영을 부르는 철환의 목소리가 은영의 마지막 기억이었다.

"저기요! 여기 좀 도와주세요!"

절규하는 철환의 소리에 의사와 간호사들이 달려왔다.

급하게 은영의 상태를 확인하는 의사의 고개가 갸우뚱 했다.

"CT를 한 번 찍어 봐야 할 것 같습니다."

하지만 CT를 찍어 본 뒤에도 의사는 뭐라 확실한 대답을 해 주지 않았다.

철환은 답답함에 속이 터지는 심정이었다. 여전히 은영의 의식은 돌아오지 않은 상황이었고 시간만 속절없이 흐를 뿐이었다.

한참을 의사 몇몇이 상의를 한 후에야 그 중 한명이 철환에게 다가왔다.

"지금 여기에서는 원인을 찾을 수가 없습니다. 아무래도 큰 병원으로 가서서 정밀 검사를 해 보시는 것이 좋을 것 같습니다."

이미 예상을 했던 답이었던 것인지 철환은 순순히 고개를 끄덕이며 의사의 말에 수긍을 했다. 그 순간 은영이 의식을 되찾고 무거운 눈꺼풀을 들어올렸다. 우선은 의식이 돌아온 은영을 보며 마음을 안정시킨 철환은 은영을 안아 천천히 일으켰다.

"집에 가자."

겉으로는 침착한척을 하고 있었지만, 겨우 정신을 차린 은영을 데리고 병원에서 아무것도 하지 못한 채, 그리고 아무것도 알지 못한 채 집으로 돌아오는 철환의 마음은 이로 말할 수 없이 불안하고 심난했다. 속히 내일이 되어 큰 병원으로 달려가야 한다는 마음만이 가득했다.

그렇게 불안감 속에 밤이 지나고 아침이 되는대로 급하게 찾아 온 대학병원에서 받은 은영의 검사 결과에 철환은 하늘이 무너지는 심정에 바닥에 그만 주저않고 말았다.

암이었다. 간의 뒷부분에 있는 담도에 암이 있었다.

워낙 깊숙한 위치에 있는 기관이다 보니 지난 건강검진 당시에도 미처 발견이 되지 않았다. 검사를 진행한 의사의 말로는 이미 간과 신장에 전이가 되었고, 임파선까지 전이가 진행 되어 상당히 좋지 않은 상황이라는 말이었다.

수술을 해도 좋은 결과가 있을 것 같지 않다는 의사의 말에 철환은 눈앞이 캄캄해져 아무것도 보이지 않았다.

마냥 잔잔하기만 했던 바다를 항해하다 한순간 끝이 보이지 않는 폭포 아래로 추락하는 기분이었다.

자신을 기다리고 있는 은영에게 가야했지만 눈물이 자꾸 흘러 갈 수가 없었다. 이미 힘이 풀려버린 다리는 제멋대로 휘청거리고 있었으며, 차마 크게 소리 낼 수 없어 흐느껴 삼키는 울음소리만 복도에 울렸다.

한참을 홀로 울음을 삼켜낸 뒤 힘겹게 마음을 추스르고 은영에게 온 철환은 애써 웃음을 지어 보였다.

"별 거 아니래 치료 받으면 금방 낫는데."

철환의 말을 들은 은영은 얼굴에 살며시 미소를 지었다.

"일부로 그렇게 말하지 않아도 돼. 그냥 솔직하게 말해줘."

이미 자신의 몸 상태를 알고 있다는 듯 말하는 은영의 대답에 철환은 애써 붙잡고 있던 감정을 끝내 놓아버렸다.

"미안해 은영아."

의자에 앉아 있는 은영의 앞에 무릎을 꿇고 철환은 그대로 무너져 내렸다. 은영의 가슴에 얼굴을 묻고 소리 내어 우는 철환의 머리를 은영은 가만히 쓰다듬었다. 그 손길의 감촉에 철환은 더욱더 절망의 나락으로 떨어졌다.

행복하기만 했던 한 가정을 어두운 그림자가 한순간에 집어 삼켰다.

은영은 곧바로 입원했으나, 병원에서 치료라고 해 줄 수 있는 것은 달리 없었다. 이따금씩 찾아오는 심한 통증을 잊게 해 줄 진통제를 놓아주는 것이 전부였다. 담당 의사조차도 이렇다 할 치료 방안을 말하지 못했고, 오히려 퇴원을 제안하였다.

하지만 완강히 퇴원을 거절하는 철환의 고집에 계속하여 수액과 진통제만 맞고 있는 상황이 여러 날 동안 반복 되었다.

병원에서 치료에 대한 의지가 없다는 것을 알게 된 이후 철환은 은영을 치료할 수 있는 방법을 찾기 위해 백방으로 노력했다. 조금이라도 희망적인 말을 듣게 되면 곧장 달려갔다. 그리고 조금이라도 은영에게 차도가 있어 보이는 것이라면 시간과 돈을 아끼지 않았다. 자리에 앉아 글을 쓰는 시간조차도 사치였고, 앉아 있다 한들 글이 써질리 만무한 철환은 전적으로 은영에게만 매달렸다.

그러던 어느 날 통장 잔고를 보고 있던 철환은 자신도 모르게 한숨이 새어나왔다.

새로운 책을 출간을 하는 일은 당연히 생각도 할 수 없었고, 매달 통장으로 입금되던 인세는 시간이 지날수록 점점 줄어들었다. 그러는 동안에도 은영의 입원비와 치료를 위해 지출 되어야 할 돈은 자꾸만 쌓여갔다. 한동안 멍하니 통장을 바라보고 있던 철환의 눈에 눈물이 맺혔다. 순간 지은의 얼굴이 떠올랐다. 은영에게 매달린다고 딸에게는 신경도 쓰지 못했다. 용돈으로 쓰라며 손에 돈을 쥐어준 것이 언제였는지 기억조차 나지 않았다. 지은은 그런 철환에게 한 번도 불평을 하거나 떼를 쓰지 않았다.

엄마가 아픈 뒤로 지은은 거의 혼자 집에서 생활을 하기 시작했다. 미처 아빠가 하지 못한 집안일을 거의 도맡아 했다. 친구들과 한창 놀고 싶은 나이이고, 다른 친구들이 모두 다니는 학원도 가고 싶었지만 지은은 항상 학교가 끝나면 곧장 집으로 돌아왔다. 그리고 엄마를 간호하기 바쁜 아빠를 위해 마트에 가서 필요한 것들을 사오기도 하고 철환의 끼니를 걱정해 도시락을 만들기도 했다.

처음 지은의 도시락을 받아든 철환은 목이매어 한 숟가락도 먹질 못했다.

철환은 오전 동안 은영에게 차도가 있을 만한 방법을 찾아다니다 오후가 되면 항상 은영에게로 왔다. 그리고 하루 동안 있었던 일과 지은의 이야기를 은영에게 들려주었다. 은영은 병상에 누운 채로 철환의 이야기를 가만히 듣다가 힘겨운 미소를 짓는 것으로 대답을 대신했다. 이미 암이 온몸에 퍼지면서 목소리조차 낼 수 없는 상황까지 이르렀다. 혈색이 하나도 없는 은영의 얼굴을 볼 때마다 철환은 애써 슬픈 기색을 감추었다. 때로는 이대로 은영을 보내주는 것이 은영에게 나은 것인지도 모른다는 생각이 자꾸만 머릿속에 떠올랐다. 하지만 아직 자기 자신이 은영을 떠나보낼 마음의 준비가 되지 않았다.

철환의 고뇌와 한숨으로 가득한 또 하루의 밤이 그렇게 지나가고 있었다.

핸드폰이 울리는 소리에 무거운 머리를 일으켜 세운 철환은 아침부터 울려대는 핸드폰을 힘겹게 집어 발신자를 확인했다. 발신자를 확인한 철환의 눈이 크게 확장 됐다.

철환에게 전화를 건 곳은 다름 아닌 은영이 입원해 있는 병원이었다.

순간 불길한 느낌이 철환의 온 몸을 휘감았다.

설마 하는 마음에 통화를 누르는 철환의 손이 심하게 떨려왔다.

"임은영씨 보호자 되시죠?"

수화기 넘어 들려오는 간호사의 목소리에 철환은 심장이 멎는 것만 같은 기분이었다. 마치 저승사자의 목소리처럼 들리던 간호사의 다음 들려온 말은 다행히 철환이 생각했던 그런 것이 아니었다. 지금의 은영의 상태와 철환의 의지를 본 병원의 어느 한 의사가 철환을 만나고 싶어 한다는 이야기였다. 철환은 서둘러 병원으로 달려가 간호사가 알려준 의사를 찾아갔다.

다른 의사들과는 달리 철환을 만나고 싶다는 의사의 진료실 앞은 사람들이 그리 많지 않았다. 예약이 된 환자가 아니면 대기 진료를 받지 않는 의사로 보였다.

진료실 앞에 있는 간호사에게 철환의 이름을 말하자 간호사가 인터폰을 들어 안에 있는 의사에게 전달을 하였다. 마침 진료를 보고 있던 환자가 없었기에 철환은 기다리지 않고 곧장 간호사의 안내를 받아 안으로 들어갔다.

방 안의 한 쪽 벽에는 두꺼운 의학서적으로 가득했다. 한눈에 봐도 오랜 세월 동안 의사로써 많은 연구와 공부를 한 사람이라는 것을 알 수 있었다. 철환이 안으로 들어오는 것을 보고는 남자가 보고 있던 진료차트를 덮고 고개를 들었다. 머리가 희끗희끗한 것으로 보아 나이가 지긋해 보였다. 하지만 정갈하게 빗질을 하여 넘긴 머리와 주름 하나 없는 하얀 와이셔츠를 단정하게 입은 신사다운 모습이었고, 겉으로 보이는 나이와는 다르게 자기 관리가 철저한 사람인지 일부로 보이지 않았어도 셔츠 위로 단단한 근육질의 몸매가 드러났다.

의사는 쓰고 있던 안경을 벗으며 철환을 반겼다. 철환도 고개를 숙여 인사를 하고 의사의 안내에 따라 자리에 앉았다.

"이야기는 간호사들 통해서 어느 정도 들었습니다. 남편 분의 정성도 지극하고, 나이도 젊은데 참 안타까운 마음이 들어 이렇게 연락을 하게 되었습니다."

별다른 말을 하지 않았지만 의사의 말에 철환의 눈에 눈물이 차올랐다. 그동안 정말 많은 곳을 수소문하여 다녔지만 그 어디에서 들은 말보다 이 순간 앞에 있는 의사의 특별하지도 길지도 않았던 말 한마디가 그렇게 의지가 될 수 없었다.

"사실은 어제 밤새도록 이제 그만 놓아주어야 할까 생각했습니다. 그래도 이렇게 선생님 연락을 받고 지푸라기라도 붙잡는 심정으로 달려왔습니다."

철환의 말을 가만히 듣고 있는 의사의 표정은 마치 철환의 마음을 다 알고 있다고 말하는 것 같았다.

"마음이 급하실 것 같아 거두절미 하고 오늘 제가 임은영씨의 남편 분을 뵙고 싶다고 한 이유를 바로 말씀 드릴게요. 병원 하나를 소개해 줄까 해요. 제 생각으로는 지금 정도의 아내분의 상태라면 아마 유일한 방법이 되지 않을까 생각됩니다."

다음날 소개를 받은 병원을 아침부터 일찍 찾아 간 철환의 표정이 복잡했다. 한 발 한발 내딛는 걸음이 그 어느 때 보다 무겁기만 했다.

12회

- 10 년 보다 훨씬 전

이른 아침 콧노래를 흥얼거리며 한 여고생이 등교를 준비하고 있었다.

무언가 기분 좋은 일이 있는지 한껏 들뜬 표정과 가벼운 몸동작으로 가방에 필요한 것들을 넣고는 마지막으로 책상에 가지런히 올려져 있던 책 한권을 들어 가슴에 꼭 껴안았다. 책의 제목은 [우리 시작할래요?] 그리고 가슴에 안긴 책 옆, 교복 조끼 위로 이름이 쓰여 있는 명찰이 보였다.

"지은아! 야, 박지은! 학교 가자!"

밖에서 들려오는 소리에 소녀는 서둘러 가방을 메고 방을 뛰쳐나갔다.

명찰에 새겨져 있는 이름. 박지은, 이 소녀의 이름이다.

"아침 먹고 가야지!"

현관을 나가려는 지은의 팔을 그녀의 엄마가 붙잡았다. 마음이 급한 지은의 발버둥을 가볍게 제압한 엄마는 끝내 지은을 식탁에 앉혔다. 하지만 식탁위에 있는 밥과 국에는 관심조차 주지 않던 지은은 바구니 안에 담겨 있던 빵 한 조각을 입에 물고 급히 밖으로 뛰어나갔다.

밖에서 기다리고 있던 친구에게 달려가 팔짱을 끼고 즐거운 마음으로 등교를 했다.

오늘 지은이 특별히 기분이 들뜬 이유는 오늘 학교에 그녀가 평소 좋아하고 존경했던 사람이 온다고 해서다. 요즘 그녀의 마음을 온통 빼앗아 버린 책 [우리 시작할래요?] 의 저자 철환이 자신의 학교에 와서 강연회를 한다는 말에 지난밤을 거의 꼬박 새우다 시피 했다. 하지만 피곤한 기색도 없이 학교로 향하는 지은의 걸음은 가볍기만 했다.

기필코 사인을 받겠다며 가져온 책을 몇 번이나 꺼내 보고 있는지 모를 일이었다. 수업에 집중이 되지 않던 그 때 창밖을 통해 교문에 들어서는 남녀가 보였다. 지은은 단번에 철환을 알아보았다. 가슴이 심하게 쿵쾅거리며 요동쳤다. 수업이 끝나는 종이 울리자마자 지은은 서둘러 강연회가 있을 교실로 향했다.

강연회가 시작되기 전 먼저 철환과 대화를 해 볼 수 있을까 싶은 마음이었지만 계속하여 철환과 교장 선생님 그리고 그 옆에 있는 여자, 이 세 사람의 대화는 멈추지 않았다. 결국 한마디도 건네 보지 못한 채 강연회는 시작되었다.

"학생은 앞으로의 꿈이 뭐예요?"

철환이 지은을 바라보며 물었다. 순간 지은의 심장은 한 번 더 크게 요동쳤다.

"저는 글을 쓰고 싶어요. 작가님처럼 모두가 공감하고 마음속에 감동으로 남을 수 있는, 그리고 누군가의 기억에 오래 간직 될 수 있을 그런 글을 쓰고 싶어요."

긴장한 탓에 떨리는 목소리였지만 지은은 자신의 꿈을 철환에게 이야기 했다. 그 말을 들은 철환이 지은을 향해 밝게 웃으며 말했다.

"다음에 꼭 문단에서 만나요. 그 때 오늘 우리의 만남이 기억 되었으면 좋겠네요."

지은의 얼굴이 빨갛게 달아올랐다. 상상하는 것만으로도 너무도 감동적일 것만 같았다. 자신이 좋아하고, 꿈을 꾸게 한 작가와 함께 문단에서 만난다는 것. 그것은 너무도 지은의 마음을 설레게 했다. 그리고 그 한마디는 지은에게 더 없는 힘과 기대로 다가왔다.

강연회가 끝나고 친구들은 모두 교실로 돌아갔지만 지은은 떠나지 않았다. 품에 철환의 책을 꼭 안은 채 철환 앞으로 천천히 다가갔다. 계속해서 얼굴을 보고 이야기를 들었지만 이 순간만큼은 다시 긴장이 되어 얼굴이 화끈거리기까지 했다.

한 없이 길게만 느껴졌던 철환과 자신 사이의 거리가 좁혀졌고, 드디어 철환과 눈이 마주쳤다. 그리고 철환 앞으로 책을 내밀었다.

"사인 좀 해주세요."

지은의 사인 요청에 철환은 환하게 웃으며 책을 건네받았다.

"이름이 뭐예요?"

"지은이예요. 박지은."

철환의 손으로 자신의 이름과 철환의 사인이 새겨지고 있는 책을 보며 지은의 표정이 한없이 밝아졌다.

"우리 꼭 문단에서 만나는 거예요. 지은학생."

책을 건네며 철환이 내민 손을 지은이 맞잡고 둘은 악수를 했다. 이미 귀까지 빨개진 지은은 말도 못하고 허리를 숙여 인사를 한 후 교실을 빠져 나왔다.

비록 철환의 옆에 있던 여자, 그의 애인인 것이 분명해 보여 조금은 아니 조금보다 많은 질투심이 마음속에 일었지만 그래도 괜찮았다. 이렇게 철환을 실제로 본 것만으로도 지은은 만족했다. 소녀의 마음속에 찾아온 첫사랑의 감정이었다. 그렇게 지은의 마음속에 품은 첫사랑의 추억과 기억은 잠시 스치듯 지나갔지만 소녀의 꿈을 이루기 위한 동기부여는 충분했다. 문단에서 그와 다시 만나겠다는 것.

그 뒤로 지은은 공부도 더욱 열심히 했고 특히 글을 쓰는 연습과 도전을 멈추지 않았다. 여러 문학 공모전에 자신이 쓴 글을 선보였고 입상도 여러 차례 하는 성과를 냈다. 출판까지 이어지는 대상이나 최우수상까지는 미치지 못했지만 그녀의 글이 세상에 인정을 받는 것 같아 지은 스스로도 대단히 만족스러웠다.

그렇게 계속 글을 쓰는 일을 하고 싶었으나 지은의 부모님은 그녀가 작가의 길을 가는 것이 못내 마땅치 않았다. 우선적으로 유명한 작가가 되지 않는 한, 금전적으로 안정적이지 못 할 것이라는 아버지의 반대가 가장 큰 이유였다. 공무원이었던 그녀의 아버지는 고정적이고 안정적인 수입이 있어야 한다는 절대적인 입장이었다.

때문에 지은은 아버지의 뜻과 자신의 꿈을 이룰 수 있는 두 마리 토끼를 모두 잡기 위해 국어 선생님이 되기로 결심을 했고, 교대에 입학하였다. 교대에 입학할 당시 여러 문학대회에서 입상을 했던 기록이 그녀에게 상당한 장점으로 작용하였고, 고등학교 성적도 상위권이었기에 장학금까지 받으며 학교를 다닐 수 있었다. 그리고 학교를 졸업하고 지금의 고등학생들을 가르치고 있는 선생님이 되었다.

임용고시에 합격하여 선생님이 되었을 때 가장 기뻐하던 사람 또한 그녀의 아버지였다. 지은 또한 계속하여 글을 쓸 수 있고 또 좋아하는 문학을 공부하며 아이들을 가르칠 수 있다는 점에서 매우 만족했다.

이따금씩 출간이 되는 철환의 책들을 모두 사서 읽으며 지은은 여전히 철환에 대한 관심을 잃지 않고 있었고, 철환의 책 속에서 보이는 문체에서 많은 영감과 공감을 얻으며 자신의 글 속에 그 느낌을 녹여 보기도 했다. 하지만 어느 순간부터 더 이상 세상에 나오지 않는 철환의 책을 하염없이 기다리다 이제는 그 기다림에 조금씩 지쳐가고 있었다. 그 사이 지은과 그녀의 아버지는 서울로 학교와 직장을 옮기게 되어 이사를 가게 되었다.

집으로 돌아온 지은은 자꾸만 무언가 빠뜨린 것 같은 느낌을 지울 수가 없었다. 하지만 가방을 보아도 놓고 온 물건은 없었고, 처리해야 할 일을 하지 않은 것도 없었다. 그럼에도 계속해서 사라지지 않는 찜찜한 기분은 지워지지가 않았다.

지은은 기분을 환기하려 텔레비전 전원을 켜고 소파에 몸을 묻었다. 지은의 머리 위에 있는 책장에는 여전히 [우리 시작할래요?] 책이 가장 가운데 자리에 꽂혀 있었다.

"지은이 안에 있어?"

밖에서 지은을 부르는 익숙한 목소리가 들렸다. 지은이 서둘러 일어나 밖으로 나가보니 조금 전 헤어졌던 할머니가 반찬통을 들고 서서는 지은을 부르고 있었다. 낮에 장에 내다 팔고 남은 나물들을 그 사이 무쳐서 가지고 온 것이다.

"언제 이런 걸 다 만드셨어요? 안 그러셔도 되는데. 매번 전 할머니한테 받기만 해요."

"우리 강아지가 맛있게 먹어주는 게, 이 할미한테 해주는 거지."

주름진 얼굴에 활짝 웃음을 지어 보이는 할머니에게서 반찬통을 건네받은 지은의 얼굴에 감사함과 미안함이 교차했다. 음식을 만들면 항상 지은의 먹을 것까지 함께 만들어 가져다주는 할머니에게 늘 고마운 마음이 컸다. 친손녀도 아니었지만 이 마을에 자리를 잡은 지은을 가장 많이 신경 써 준 할머니였다.

"저녁 식사는 하셨어요? 안 드셨으면 저랑 같이 먹고 가세요. 저 혼자 먹기 심심했는데."

지은이 할머니의 팔에 팔짱을 끼고 집 안으로 이끌었다. 할머니는 못 이기는 척 지은의 집으로 들어왔다.

구수한 된장찌개가 보글보글 끓었다. 할머니가 가져온 냉이를 넣고 끓인 된장찌개는 눈에 보이는 모양부터 냄새까지 모든 감각을 자극했다.

"할머니 다 끓었어요. 냄비 받침이 어디 갔지?"

방 안에서 텔레비전을 보고 있던 할머니는 지은의 책장에 꽂혀 있던 책 중 하나를 무심하게 꺼내 식탁에 올렸다.

"여기다 그냥 올려."

"할머니, 그 책은 안돼!"

책장의 많은 책 중에서 하필 [우리 시작할래요?]를 꺼내 식탁에 올려놓은 할머니를 향해 지은은 거의 비명에 가까운 소리를 냈다.

"이 책이 뭐라고 이리 난리랴?"

찌개가 든 냄비를 양손에 든 채 발을 동동 구르고 있는 지은을 보며 할머니는 마침 발에 채이던 냄비 받침을 주어와 식탁에 올렸다. 겨우 책을 구해 낸 지은은 냄비를 내려놓자마자 책을 가슴에 껴안았다.

"그게 네 애인이냐?"

"맞아요. 내 애인."

귀여운 타박이 섞인 할머니의 말을 귀엽게 맞받아치며 지은은 품에 안았던 책의 겉면을 한 장 넘겼다. 마침 된장찌개를 한 숟가락 떠서 입에 넣으면서 저자 소개란을 보던 지은이 순간 사래에 들려 콜록거렸다. 그리고 이번엔 정말로 비명을 지르는 소리에 할머니가 또 한 번 깜짝 놀랐다.

"이것이 찌개 끓이다 정신이 나갔나, 왜 이런대?"

여전히 사래에 들려 콜록 거리면서 지은은 책에 있는 작가의 사진을 손가락으로 가리켰다.

"아까 그 여자애 아빠요."

할머니도 흥미로운 듯 가까이 고개를 내밀어 사진에 있는 철환의 얼굴을 보았다. 사진 속 철환의 모습은 이미 오래전 얼굴이라 처음 보는 사람은 지금 철환의 모습을 보고는 알아보기 힘들 정도였다. 신기하다는 듯 철환의 사진을 보던 할머니의 표정이 어두워졌다.

"마누라 앞세웠다던데, 어휴 그 어린 것이 얼마나 마음이 아파. 네가 그 아이 잘 대해 주어라."

할머니는 어린 지은이 불쌍한 듯 혀를 차며 안타까워했다.

"네 그럴게요. 참, 할머니 그 아이 이름도 지은이래요."

"무슨 인연인가 몰라도 그거 참 신기하네."

껄껄 웃는 할머니의 웃음소리가 정겨웠다. 두 사람은 이런저런 이야기들을 나누며 즐거운 저녁 식사를 했다.

밤이 조금은 깊어진 시간 할머니가 막 떠나려고 일어서며 지은에게 물었다.

"그 놈은 요즘도 가끔 오냐?"

지은의 표정이 순간 어두워졌다. 대답 대신 고개를 끄덕이자, 할머니는 혀를 찼다.

"망할 놈의 자식."

"기분 좋게 저녁 드셔놓고 왜 또 그러셔."

지은은 애써 웃어 보이며 할머니를 배웅했다.

할머니에게 손을 흔들며 인사하는 지은의 손가락에 작은 반지가 희미하게 반짝이고 있었다.

의사의 소개를 받아 찾은 병원에 들렀다가 나오는 철환의 표정이 망연자실했다.

치료비가 비쌀 것이라는 예상은 이미 했다 하지만 직접 병원으로부터 듣고 나오는 철환의 기분은 끝도 없이 밑바닥으로 향하고 있었다.

통장에는 더 이상 기본적인 생활을 버틸만한 여력조차도 남지 않은 상황에서 감당하기 힘들 정도의 액수를 말하는 병원이 내심 원망스러웠다.

유일한 방법이라는 기대감에 잠시 희망을 품고 일어섰지만, 돈이라는 벽 앞에 다시 무너지고 있었다. 심한 두통을 느낀 철환은 집으로 향하다 잠시 주저앉았다. 어떠한 생각도 들지 않았고 무엇을 더 해야 할지 생각이 나지 않았다. 당장은 너무 힘겨운 마음에 그저 집에 가서 쉬고 싶다는 생각만 가득했다.

가는 길에 철환은 소주를 몇 병 샀다. 도저히 맨 정신으로는 버틸 수가 없었다. 술을 마시기 전임에도 이미 힘이 모두 빠져 버린 다리가 취한 듯 휘청거렸다.

겨우 집에 도착한 철환은 메고 있던 가방을 벗어 신경질적으로 내던졌다. 바닥에 떨어진 가방에서는 그동안 은영을 위해 동분서주했던 흔적들이 쏟아져 나와 바닥에 여기저기 흩어졌다. 그 모습을 바라보자 철환의 눈에서는 허탈함의 눈물이 흘렀다.

잔을 찾는 것도 힘에 부쳤던 철환은 신경질적으로 소주 뚜껑을 열고는 병째 마시기 시작했다.

쓰디쓴 소주의 맛이 온 입안에 퍼졌다. 하지만 철환은 멈추지 않고 계속 소주를 입으로 쏟아 부었다. 계속하여 술이 입안으로 들어오자 머리는 당장이라도 부서져 버릴 것 같았고, 속은 역겨웠다. 기분이 매우 좋지 않은 상태에서 급하게 들이킨 술은 철환을 순식간에 취하게 만들었고, 결국 철환은 그대로 식탁에 쓰러졌다.

학교를 마치고 집으로 돌아온 지은은 거실의 상황을 보고는 당황하여 한동안 꼼짝을 하지 못했다. 아무렇게나 널브러져있는 술병과 아빠의 가방에서 쏟아져 나온 종이쪽지들, 그리고 식탁에 쓰러져 고통스러운 표정으로 잠들어있는 아빠의 모습에 가슴이 너무나도 아파왔다. 그동안 싫은 소리 한 번 하지 않고 꾹 눌러 참아왔던 지은도 결국 눈물이 흘러나왔다. 황급히 눈물을 닦은 지은은 대충 거실을 정리하고 방으로 들어갔다. 참았던 눈물이 다시 흘러나와 베개에 얼굴을 파묻고는 소리 죽여 울었다.

그렇게 얼마를 울었을까. 방 문 밖으로 아빠의 기척이 느껴졌다. 술에 취한 목소리로 누군가와 통화하는 소리가 들렸다.

"얼마를 준다고 하셨죠? 그 정도면 은영이 치료비로 가능 할 것 같습니다. 그런데 조건이 뭐라고요?"

마지막 말을 한 후로 차마 더 이상 말을 이어가질 못하는 것 같았다. 그리고 한동안 침묵이 이어진 끝에 철환이 대답을 했다.

"그런 조건이라면 저는 못 할 것 같습니다."

그 말을 듣자 지은이 더 이상 참지 못하고 방문을 열고 뛰쳐나가며 철환을 향해 목소리를 높였다.

"왜 못하는 건데? 엄마 살릴 수 있는 방법은 뭐든 다 할 것처럼 말했으면서 왜 못하는 건데?"

딸이 집에 돌아 왔다는 사실을 모르고 있던 철환은 지은이 방에서 나오는 모습에 깜짝 놀랐다. 조금 전 통화한 내용을 들었을 딸이 느꼈을 실망감도 모르지 않을 것 같았다. 한참을 대답을 망설이던 철환이 입을 열었다. 아직 술에 취해있는 철환의 말은 조금 어눌했다.

"아빠가 책을 그렇게 쓸 수가 없어. 돈을 위해서 글을 쓴다는 것은 아빠가 용납 할 수가 없어. 그런 글은 차마 글이라고도 할 수 없는 거야."

"뭐가 돈을 위한다는 건데? 엄마 살리려고 하는 거 아니야? 엄마를 위한 거 아니야?"

철환의 가슴이 찢어지는 것처럼 아팠다. 지은의 말이 틀리진 않았다. 은영을 위해서라면, 그녀를 살릴 수만 있다면 영혼이라도 팔고 싶은 심정이었다. 하지만 제시 받은 조건을 이행하려면 글 쓰는 속도가 느린 철환의 기준에서 초고를 쓰기도 벅찬 시간이었다.

누군가 말했다. 모든 초고는 쓰레기라고. 그리고 철환은 쓰레기보다 못한 것을 글이라고 내어 놓게 될 것이 뻔했다. 어려운 상황이 직면한 철환을 이용하여 작가의 이름을 가지고 장사를 하려는 자들의 속셈이었다. 철환은 자신을 믿고 자신의 글을 기다려 주는 사람들을 그렇게 배신 할 수 없었다.

"아빠는 그렇게 글을 쓸 수 없어."

"글 쓰는 작가가 글을 못 쓴다는 게 말이 돼? 아빠가 그러고도 작가야? 아빠 진짜 엄마를 살리고 싶긴 한 거야?"

지은의 역정에 철환은 자신도 모르게 지은의 뺨을 때렸다. 딸이 태어난 후로 처음으로 딸에게 손을 댔다. 넘어지는 지은을 보며 정신이 번쩍 든 철환이 급하게 지은에게 사과를 했다.

"미안해 지은아, 아빠가."

목이매어 더 이상 말을 이어가지 못하는 철환을 지은이 원망어린 눈빛으로 노려보고는 방으로 뛰어 들어가 문을 잠갔다. 쾅하고 문이 닫히는 소리가 철환의 가슴에 날아와 꽂혔다. 이미 자신도 딸에게 씻지 못할 상처를 주었다는 생각에 망연자실하며 눈물만 흘릴 뿐이었다.

철환은 식탁 의자에 힘겹게 몸을 떨어뜨렸다. 혹시 모를 일에 대비하여 계약 이야기가 나오는 순간부터 녹음을 해 두었던 통화 내용을 다시 한 번 들어보았다.

"일 년 안에 장편 분량의 소설 세 권을 쓰시는 조건입니다."

이에 기겁을 하는 철환의 목소리가 들렸고, 통화 속 목소리가 이어졌다.

"내용이 어떻든 상관없습니다. 작가님의 이름이 들어가고, 작가님이 글을 썼다하면 독자들은 내용에 상관없이 작가님의 책을 사지 않겠습니까? 작가님에게도 나쁘지 않은 조건이라 생각 됩니다만, 사모님 치료비도 생각을 하셔야죠?"

끝내 제안을 거절하는 철환의 말이 녹음 되는 순간 지은의 목소리가 들려오면서 통화는 끝이 났다.

한 편의 글을 쓰기 위해 수도 없이 문장을 다듬고, 단어 선택에도 많은 고심을 하며, 셀 수 없이 퇴고를 하던 철환에게 일 년에 세 권의 소설은 불가능한 이야기였다. 만약 시간에 안에 책을 모두 쓴다 하더라도 그 책은 철환의 입장에서는 절대 용납할 수 없는 내용의 책이 될 것이 불 보듯 뻔했다.

평소 같았으면 뒤도 돌아보지 않고 거절했을 제안이었음에도 불구하고 은영의 치료비로 쓸 수 있을 만한 금액을 제시하자 마음이 흔들렸다. 제안을 받아들이고 돈을 받은 후 말도 안 되는 책이라도 써볼까 하는 생각이 아주 없었던 것은 아니었다.

하지만 만약 이 제안을 받아들인다면 그것은 독자들을 기만하는 일이며, 자기 자신을 속이는 일이다. 그렇게 해서 은영을 치료한다 하더라도, 은영이 과연 기뻐할까. 절대 그렇지 않을 것이다.

머릿속이 복잡해 어지러움이 몰려왔고, 가슴은 답답함에 못 이겨 구멍이라도 뚫고 싶은 심정이었다. 닫혀 버린 지은의 방을 긴 한숨을 내쉬며 바라보고 있던 그때 철환의 핸드폰이 다시 한 번 울렸다.

"남편과 따님을 찾아요."

병원에서 온 전화였다. 순간 철환의 모든 사고가 정지 됐다. 가슴 속 답답함은 여전했지만 어지러웠던 머리는 맑아지는 느낌이었다.

철환이 지은의 문 앞에 섰다.

"지은아, 엄마 보러 가자. 엄마가 우리 찾는대."

방 안에서는 한동안 아무 기척도 들리지 않았다. 그리고 얼마 뒤 문이 열리고 단정하게 옷을 갈아입은 지은이 걸어 나왔다.

철환도 면도를 하고 새로 옷을 갈아입은 뒤 지은과 함께 병원으로 출발 했다.

술을 마신 상태였기에 운전을 할 수 없어 두 사람은 버스를 타고 이동했다. 버스 안에서 두 사람은 아무 말도 없었다. 아니 할 수 없었다. 지은이 먼저 버스 앞쪽에 있는 한 명만 앉을 수 있는 자리에 앉아 버렸고, 철환은 뒤쪽에 있는 자리에 가서 앉았다.

은영은 침상을 높여 상체를 세웠다. 계속해서 누운 채로 수액만 맞았던 은영에게는 이렇게 상체를 세운 자세를 하는 것도 정말 오랜만이었다.

"엄마!"

그 사이 병원에 도착한 지은이 달려와 은영의 품에 안기며 얼굴을 묻었다.

"우리 딸, 그 사이에 더 컸네."

눈물이 그렁한 얼굴로 지은이 고개를 들어 은영을 바라보았다. 그동안 나오지 않았던 은영의 목소리가 나오고 있었다. 비록 기운이 하나도 없이 힘에 겨운 소리였지만 은영의 목소리가 나오고 있었다.

이에 철환도 놀라면서도 기쁜 얼굴로 은영의 곁으로 다가왔다.

"당신 목소리는 여전히 예쁘고 듣기 좋네."

은영은 안겨있는 지은의 등을 토닥이며 철환을 향해 희미하지만 최대한 밝게 미소를 지어보였다.

"엄마가 많이 미안해. 가장 지켜줘야 할 때에 지켜주지 못해서, 옆에 있어주지 못해서. 그래도 이렇게 잘 자라줘서 너무 고마워 우리 딸."

아직 한창 엄마 품이 그리울 나이인 지은은 엄마의 말에 눈물이 흘렀다. 차마 고개를 들지 못하고 더욱 엄마 품을 파고드는 지은을 은영은 있는 힘껏 안았다. 그리고 이내 은영의 눈에도 눈물이 고였고 두 뺨을 따라 흘러내렸다.

"엄마 대신에 이제 우리 지은이가 아빠 지켜줘야 한다."

눈물이 범벅이 된 얼굴을 들어 지은이 엄마를 바라보았다. 그리고는 이내 왜 그런 말을 하냐며 고개를 흔들었다. 은영은 그런 지은에게 괜찮다는 말만 계속 할 뿐 다른 말을 하지 못했다.

"여보, 당신이랑 함께여서 나 정말 행복했어. 이 행복을 조금 더 오래 느끼고 싶었는데, 내 기도가 하늘에 닿지 못했나 봐."

"그런 말이 어디 있어. 우리 앞으로 더 행복해야지, 아니 앞으로 우리 더 행복할 거야. 약해지지 마 은영아."

애써 현실을 부정했지만 철환은 이미 직감적으로 알고 있었다. 은영과의 남은 시간이 이제 얼마 남지 않았다는 것을. 그래서 더욱더 그런 불안한 감정을 떨쳐내기 위해 처절하게 현실을 부정하고 있었다.

"당신을 만나서 내 삶은 너무나 아름다웠어. 우리 함께 했던 소중한 기억들 잘 간직할게. 사랑하는 우리 남편, 사랑하는 우리 딸. 고마워 그리고 사랑해."

얼굴에 작은 미소를 띠며 은영의 눈이 스르르 감겼다.

울며 엄마를 부르는 지은의 소리에도 은영은 아무런 반응을 하지 않았다. 철환의 눈에서도 눈물이 하염없이 쏟아졌다.

뜨겁게 사랑했고, 함께였기에 행복했던 지난 모든 기억들을 간직한 채 은영은 두 사람의 곁을 떠나 가슴에 묻혔다.

한 없이 넓었고, 따뜻했던 엄마라는 두 글자가 이제는 하얀 가루가 되어 지은의 두 손에 들렸다. 이제는 너무나 가벼워진 엄마를 담은 상자 위로 지은의 눈물이 속절없이 떨어졌다. 이미 오랜 시간 눈물을 흘려 퉁퉁 부은 두 눈에 더는 남은 눈물이 없을 것이라 생각했건만 엄마의 마지막 모습을 보자 눈물은 쏟아지는 비처럼 흘러내렸다.

이제 막 화장을 마치고 나온 은영을 담은 상자가 따뜻했다.

지은은 마지막 느끼는 엄마의 온기라 생각되어 한 번 더 가슴이 무너져 내렸다.

"엄마, 그곳에서는 아프지 마."

어느 한 토요일 동네가 시끌벅적 했고, 고소한 전 부치는 냄새가 솔솔 부는 바람을 타고 온 동네에 퍼져나가고 있었다.

오늘은 동네의 한 어르신의 칠순을 맞아 마을에서 잔치를 벌였다.

동네 사람들이 서로 돈독하게 지내는 마을답게 모든 사람들이 나와 함께 음식을 만들며 먹고 즐기고 있었다.

철환과 영진도 한쪽에 자리를 잡고 앉아 국수에 막걸리를 마시고 있었다. 서울에서만 살았던 철환에게 이런 마을 잔치는 색다른 경험이었다.

"영진 선생님!"

어디선가 영진을 부르는 여자 목소리가 들렸다.

막걸리에 이미 취기가 올라 벌게진 얼굴로 영진이 소리가 들린 쪽을 두리번거렸다. 하지만 영진은 아무도 찾질 못했다.

"아이 참 벌써 얼마나 드신 거예요? 내가 어디 있는지 찾지도 못하고"

소리가 바로 앞에서 들릴 때에서야 영진이 목소리의 주인을 발견하고는 반색을 하며 반겼다.

"지은 선생님! 이게 얼마만이야?"

목소리의 주인공은 바로 지은이었다. 두 사람 모두 선생님이다 보니 선생님들끼리 모이는 자리에서 서로 처음 만났고, 오며가며 종종 안부를 전하기는 했지만 지은은 고등학교, 그리고 영진은 중학교 선생님이었던 터라 직접적으로 만날 기회는 그리 많지 않았다.

"그러게요. 이 조그만 동네에서 얼굴 보기가 뭐가 이렇게 힘든지 몰라."

지은도 영진의 말에 맞장구를 치며 자연스레 철환과 영진의 자리에 합석을 했다.

"안녕하세요. 선생님?"

"아, 지은이 아버님 맞죠? 안녕하세요."

철환도 얼마 전 만났던 기억이 떠올라 지은에게 인사를 했다. 지은은 철환의 딸의 이름을 말했는데 자기 이름을 부르는 것 같아 어색하다며 웃었다. 아직은 철환이 자신이 가장 좋아하는 작가라는 사실은 말하지 않았다.

"그런데 지은이는 왜 안 보여요?"

지은은 어린 지은을 찾아 두리번거렸으나 끝내 찾지 못해 철환에게 물었다.

"이런 자리 쑥스럽다고 집에서 쉬겠다고 해서요."

"여기 맛있는 게 얼마나 많은데 나중에 후회할라고."

장난스럽게 정색을 한 지은이 철환의 집에 가서 어린 지은을 데리고 오겠다며 자리에서 일어났다. 철환도 내심 딸이 와서 같이 어울렸으면 했기에 지은을 굳이 말리지 않았다.

시원했던 기운이 지나가고 더운 느낌이 들기 시작하는 아침 시간이었다. 마당에 있는 의자에 앉아 책을 보고 있던 평온한 시간에 갑자기 대문을 두드리는 소리가 들렸다.

"지은아! 선생님이야."

"어, 어, 대문 열려있어요."

생각지도 못한 지은의 방문에 어린 지은은 당황해서 말을 더듬었다. 그래도 내심 지은이 찾아 온 것이 싫지만은 않았다.

대문을 열고 지은이 마당으로 들어왔다.

"책 읽고 있었구나?"

어린 지은은 쑥스러운 듯 웃으며 고개를 끄덕였다. 책 제목을 본 지은이 애틋한 표정이 되어 말했다.

"우리 시작할래요. 내가 정말 좋아하는 책인데."

지은이 책을 알아보자 어린 지은의 얼굴이 빨갛게 달아올랐다.

아빠의 책을 좋아하는 독자를 처음 만나서인지, 아니면 아직도 이 책 안에서 엄마의 체취를 찾고 있는 자신이 부끄러워서인지 알 수 없었다.

벌써 이 책을 몇 번째 읽고 있는지 셀 수 없었다. 하지만 책을 읽을 때 마다 느껴지는 엄마의 흔적들이 너무나 좋았기에 계속해서 읽고 또 읽었다. 책을 펼치면 엄마가 다가와 포근하게 안아 주는 느낌이 드는 것 같았다. 그 느낌이 너무 따뜻했기에 어린 지은은 이 책을 손에서 놓을 수가 없었다.

"너도 이 작가님 좋아하니?"

지은의 물음에 어린 지은은 잠시 대답을 머뭇거리다 말했다.

"네, 좋아해요."

좋아한다는 대답에 지은의 얼굴에 화색이 돌았다. 하지만 이내 침울한 표정이 되어 버렸다.

"작가님 책이 또 나오기만을 기다리고 있는데……"

한숨을 내쉬며 아쉬워하는 지은에게 어린 지은은 목구멍까지 올라온 말을 꾹 눌러 내렸다. 잠시 침울한 표정을 하던 지은이 고개를 도리질 치며 기분을 상기 시켰다. 그리고는 다시 웃는 얼굴로 어린 지은의 손을 잡았다.

"우리 동네 잔치하는 데로 가자. 거기 맛있는 게 얼마나 많다고. 할머니가 만든 국수는 한 번 맛보면 절대 못 잊을 거야!"

미처 대답을 듣기도 전에 지은은 이미 어린 지은의 손을 잡고 대문을 향하고 있었다.

자신을 챙겨주기 위해 직접 집에 찾아와 준 지은의 손길이 마냥 싫지 않았다. 그렇기에 자기를 잡아끄는 그 손길을 마다하지 않고 순순히 따라 잔치가 있는 곳으로 함께 걷기 시작했다.

잔치가 열리는 마을 회관이 가까워질수록 바람이 실려 오는 고소한 냄새가 기분을 좋게 만들었다. 막 부쳐져 접시에 담긴 여러 가지 전들은 보기만 해도 입안에 침이 고이게 했다.

이번에는 두 사람이 다가오는 것을 본 영진이 큰 소리로 두 지은을 불렀다.

"지은! 지은! 여기도 지은, 저기도 지은 온통 지은이네!"

그 사이 막걸리를 얼마나 더 마신 건지 영진과 철환의 얼굴은 취기가 올라 붉게 변해 있었다. 조금 더 취한 쪽은 영진이었다. 꼬부라진 혀로 연신 지은의 이름을 부르며 혼자 실실 웃고 있는 영진을 철환이 난처한 표정으로 바라보고 있었다.

"이 자식이 왜 이렇게 취했어. 우린 끝났으니까 여기 앉아요. 나는 영진이 집에 데려다 줘야겠네요."

철환이 자리를 양보 한 뒤 영진의 팔을 잡아 일으켜 세웠다.

"아저씨 데려다 주고 다시 와."

들려오는 딸의 목소리에 철환이 뒤를 돌아보았다. 아빠를 불러 놓고 조금은 쑥스러운 듯 살짝 홍조를 띄고 있는 딸의 얼굴이 무척이나 사랑스러워 보였다. 일전에 자신과 다툼을 한 후, 그리고 엄마를 떠나보내고 나서 말수가 부쩍 줄어든 딸이 항상 마음에 걸렸다. 먼저 자신에게 말을 걸어준 것이 언제인지 기억도 나지 않던 차에 들려오는 딸의 목소리는 너무나도 반가웠다.

영진을 데려다주고 바로 다시 오겠다하고 철환은 영진을 부축하는 듯 했지만 거의 잡아끌다시피 하며 급하게 걸음을 옮겼다.

때는 해가 중천에 올라 점심을 먹을 시간이 조금은 지나가고 있었다.

철환과 영진이 떠난 자리를 이어받아 앉아있는 어린 지은에게 지은이 전과 편육을 가져다주고는 곧장 다시 국수를 마저 가지러 갔다. 같이 가겠다고 자리에서 일어나는 어린 지은의 입에 편육을 하나 집어넣어 주고는 다시 자리에 앉혔다.

"먹고 있어 금방 가져 올 테니까."

생긋 웃음을 지어 보이는 지은에게서 어린 지은은 오랜만에 고마움과 따뜻함을 느꼈다. 그리고 그동안 이런 따뜻함을 자신이 얼마나 그리워하고 있었는지 새삼 깨달았다.

"자, 국수가 왔어요."

잠시 생각에 잠긴 사이 지은이 쟁반에 국수와 김치를 담아 자리로 돌아 왔다.

멸치로 육수를 우려낸 맑은 국물에 상큼한 냄새가 올라오는 적당히 익은 김치는 보는 것만으로도 저절로 군침이 돌게 했다.

젓가락으로 면을 술술 풀어 김치를 한 점 올린 후 입으로 가져갔다.

입 안에서 김치와 면의 맛을 느끼던 어린 지은의 눈에 눈웃음이 지어졌다.

멸치로 국물을 내었지만 멸치의 비린 맛은 하나도 나지 않았고 알맞게 익어 새콤한 맛을 내고 있는 김치는 국수의 면과 아쉬운 것 하나 없이 잘 어울렸다.

"여기는 정말 맛있는 음식이 많은 것 같아요. 자장면도 맛있고, 탕수육도 맛있고, 그리고 이 국수는 정말 인정."

가만히 어린 지은이 먹는 모습을 지켜보던 지은의 표정이 환하게 밝아졌다.

"거봐, 내가 한 번 맛보면 절대 못 잊을 거라고 했지? 따라 오길 잘했지?"

크게 고개를 끄덕이며 긍정의 대답을 한 어린 지은은 계속해서 국수와 김치 그리고 전을 집어 먹으며 만족스러운 점심을 즐겼다.

철환은 영진을 붙잡고 느린 걸음으로 영진의 집으로 향했다.

"나 술 좀 깼다."

바람을 쐬며 걸었기 때문인지 영진은 술기운이 조금은 사라지는 기분이었다.

철환이 영진을 붙잡고 있던 손을 놓았고, 둘은 한동안 말없이 걷기만 했다.

먼저 침묵을 깬 것은 영진이었다.

"책 다시 써야지?"

영진의 말에 철환은 가던 걸음을 멈추고는 깊이 한숨을 내쉬었다. 급히 어두워지는 철환의 얼굴을 보며 영진이 말을 보탰다.

"마음 정리하고 싶어서 농장일 하는 거 다 알아. 그런데 언제까지 그러고 있을래? 넌 글 쓰는 작가잖아. 언제까지 그 손에 펜이 아닌 삽을 들고 있을 건데? 은영이도 네가 이러고 있는 모습 보면 슬퍼할 거다."

철환의 표정이 미묘하게 일그러졌다. 은영의 이름이 들리는 순간 그 표정은 조금은 분노와 억울함, 그리고 슬픔이 한껏 뒤섞인 표현하기 힘든 감정이 치고 올라왔다.

"매일 밤, 잠이 들기 전 제발 꿈속에서라도 은영이를 만날 수 있게 해 달라고 기도를 했어. 희미한 저편의 기억이라도 제발 은영이를 볼 수 있게 해달라고 그렇게 기도를 했어. 너무도 그립고 보고 싶은데, 한 번도 날 찾아오지 않아. 꿈속에서조차 찾아 올 수 없을 만큼 멀리 간 건지. 아니면 지금 가 있는 그 곳이 너무 좋아서 나를 잊은 건지. 마음 같아서는 당장이라도 은영이를 따라 가고 싶은데."

붉게 충혈 된 철환의 눈에서 눈물이 떨어졌다. 아무 말 없이 철환의 말을 듣고 있는 영진에게도 철환이 지금 이 순간 얼마나 은영을 그리워하고 있는지 감정이 전해지는 것 같았다. 하지만 영진이 할 수 있는 거라곤 그저 등을 토닥여 주는 것뿐이었다.

영진에게도 짝사랑으로 끝나고 말았던 은영에 대한 마음이 아직 남아 가슴 한쪽이 저려왔다. 영진 역시 은영에 대한 그리움이 간절했다. 은영이 딸을 낳았다는 말에 영진은 마치 자기가 딸을 낳은 것처럼 기뻐했고 축하를 해주었으며, 은영이 많이 아프다는 말을 들었을 때 영진은 자신의 방에서 남몰래 흐느껴 울었다. 그리고 은영이 생을 달리한 날, 처절하게 무너졌다. 그렇게 혼자 속병을 앓으며 어렵사리 은영을 마음에서 떠나보냈다고 생각을 했었지만, 눈물을 보이는 철환의 모습을 보니 아직 자신도 마음속에서 은영을 완전히 떠나내지는 못했다는 생각이 들었다.

"은영이도 하늘에서 새로 나온 네 책, 기다릴 거야. 그러니 마음 다시 잡고 뭐든지 써 봐. 시든, 단편이든, 수필이든. 그러다보면 언젠가 다시 글이 써지지 않겠어?"

영진의 말이 맞았다. 하지만 철환이라고 완전히 펜을 놓은 것은 아니었다. 글을 써보기 위해 머릿속에 떠오르는 것들을 무작정 적어 놓고 다시 읽어 보았으나 내용들이 하나 같이 어두웠다. 끝을 모르고 떨어지기만 하는 어둡고 무겁기만 한 글을 차마 누군가에게 보여 줄 수 없을 것 같다는 생각이 들어 구겨 버리곤 했다. 마치 자신의 내면의 상태가 고스란히 글로 표현이 되고 있는 것 같았다. 그리고 그 둘은 한 동안 다시 말이 없었다.

"조금 뜬금없이 들릴지 모르겠는데. 지은 선생님, 은영이 조금 닮지 않았냐?"

철환의 말에 영진은 가던 발걸음을 멈추고는 철환을 가만히 바라보았다.

"응, 많이 뜬금없다. 내가 은영이를 모르냐? 네가 은영이가 어지간히 그리운가보다. 아무나 다 은영이 닮았다 하고."

영진은 다시 걸음을 떼며 철환 보다 앞서 걸어갔다. 그 뒤를 철환이 따라가며 중얼거렸다.

"아닌데, 닮았는데."

"집에 가자, 해 떨어진다."

해는 아직 중천에 있었다.

그 날 저녁, 철환은 책상에 앉아 가만히 눈을 감았다. 그리고 낮에 있었던 일들을 떠올리며 느꼈던 감정들을 천천히 정리해 나갔다.

두 여자의 웃음소리가 들려왔다. 그 중 하나는 아직은 낯선 웃음소리였고, 또 그 중의 하나는 너무나도 그리웠고, 너무나도 듣고 싶었던 웃음소리였다. 그것은 바로 딸 지은의 웃음소리였다.

은영이 세상을 떠난 뒤로 한 번도 들어보지 못했던 딸의 웃음소리가 들렸다. 철환은 감상에 젖어 먼발치에서 마냥 두 사람을 바라보았다. 무엇이 그리도 즐거운지, 무슨 이야기가 그리도 즐거운 것인지. 그 속에서 자신도 함께 즐거움을 나누고 싶었지만 다가가면 어색하게 분위기를 망칠까 하여 발길을 돌렸다. 딸이 즐거워하는 모습을 보니 만감이 교차했다. 기쁨과 슬픔, 그리고 허전함이 뒤섞여 마음속에 파도처럼 밀려왔다.

집으로 향하는 길, 선착장 앞을 지나가게 되자 철환의 발걸음은 무엇인가 홀린 듯 선착장 안으로 향했다.

은영을 마지막으로 떠나보낸 그곳, 철환은 은영을 떠나보낸 뒤 한동안은 이곳을 바라보지도 못했다.

강물을 바라보는 철환의 눈이 파르르 떨렸다. 은영이 다가와 철환을 어루만지는 듯 살며시 불어오는 바람이 철환의 얼굴을 스치고 지나갔다. 그녀를 품은 강물은 철환의 마음을 아는지 모르는지 그저 평온하게 흐르고 있었다.

"아빠!"

얼마나 시간이 지났을까, 자신을 부르는 익숙한 목소리에 철환이 고개를 돌려 소리가 난 방향을 바라보았다.

"은영아!"

은영에 대한 그리움이 컸기 때문이었을까. 딸 지은이 팔짱을 끼고 있는 여자의 얼굴이 은영의 얼굴로 보인 철환이었다. 기쁨과 당혹감 속에 허겁지겁 은영에게로 다가갈수록 은영의 얼굴은 마치 먼지가 된 것처럼 사라져갔다. 끝내 은영의 얼굴은 사라져 버리고 선생 지은의 얼굴이 보이는 순간 철환은 허탈한 탄식을 내뱉었다.

"다시 오신다더니 왜 안 오셨어요? 우리 엄청 재미있었는데, 그치 지은아?"

고개를 끄덕이며 긍정의 표현을 하고 있는 딸의 모습이 새삼 해맑다. 무엇인가 홀린 듯 은영의 모습을 쫓아 뛰었지만 이내 밀려온 허탈감을 딸의 웃음으로 채웠다. 그것으로 되었다. 잃었던 딸의 웃음을 되찾은 것만으로도 되었다고 스스로를 위로했다. 그리고 자꾸만 선생 지은과 은영이 겹쳐 보이는 자신이 의아했다.

여름이 찾아온 더운 날씨였지만, 가슴에는 차가운 바람이 스치는 듯 시렸다

제법 날씨가 추운 어느 날 영진은 얼굴을 스치는 차가운 바람에 몸을 움츠리며 걸음을 재촉했다.

3월에 접어들었다 했지만 아직 저녁 시간대의 날씨는 한겨울처럼 춥기만 했다.

오늘은 영진이 재학 중인 대학교 국문과 신입생 환영회가 열리는 날이었다.

신입생 환영회가 열리는 한 주점 앞에 도착하자 몇몇의 재학생들과 함께 신입생들 중 새로 뽑힌 학년대표, 그리고 이런 저런 임원을 맡은 학생들이 밖에 나와 도착하는 선배와 동기들을 맞이하고 있었다.

영진이 도착하자 같은 학년의 동기가 손을 흔들며 아는 채를 했다.

"안녕하세요. 선배님!"

선배의 등장에 입구에 있던 신입생들이 일제히 영진에게 인사를 했다. 어색하게 손을 들어 인사를 하는 영진은 순간 그 자리에서 얼어붙고 말았다.

그 곳엔 영진의 모든 생각을 멈춤 상태로 만들어 버린 한 여자가 있었다. 단정하게 빗어 내린 단발머리에 오밀조밀한 눈, 코, 입 그리고 눈웃음을 지을 때마다 초승달 모양으로 변하는 눈매가 너무도 예뻤다. 추울지도 모르겠다는 생각이 들게 만드는 짧은 치마를 입고 있었지만 전체적으로 단정한 느낌이 물씬 나는 옷매무새는 자꾸만 눈길이 갔다. 또한 선배들 앞에서 위축되어 있는 다른 신입생들과는 다르게 당당한 표정과 미소는 예쁘다는 표현이 아까울 정도로 아름답기까지 했다. 그런 여자가 웃으며 영진에게 다가왔다.

해가 지고 어둠이 내려앉아 사방이 어두운 시간이었지만 영진의 주변은 한순간 환하게 밝아졌다. 주위의 어느 누구도 보이지 않고 오로지 자신에게 다가오고 있는 이 여자 하나만 시선에 들어왔다.

"선배님, 이름이 어떻게 되세요?"

"구영진."

무의식적으로 나온 본인의 목소리에 영진은 한없는 자책을 했다. 마치 로봇의 목소리처럼 어색하게 자신의 이름 세 글자만 내뱉고 난 뒤 밀려오는 후회에 영진은 마음속으로 수십 번 땅을 쳤다.

"선배님 어디 불편하신 건 아니죠?"

이름표를 건네주고 있는 그녀의 손을 보지도, 이름표를 받지도 못하고 그저 멍하니 서있는 영진이 이상해 보였는지 그녀가 직접 영진의 목에 이름표를 걸어주며 물었다.

그녀가 이름표를 걸어주기 위해 영진에게 다가왔을 때 영진은 숨이 멎는 것만 같았다. 가까이 다가온 그녀의 향기에 머리가 취한 듯 어질했다. 지금까지 살아오면서 한 번도 경험해 보지 못한 감정이었다.

실내에서 진행 된 신입생 환영회는 새로 들어온 1학년들의 자기소개와 함께 시작 되었다.

가장 먼저 소개를 한 신입생은 입구에서 영진에게 이름표를 걸어 준 그녀였다.

그녀의 등장에 남자 재학생들이 술렁이는 소리가 들렸다. 그녀는 누가 봐도 예쁜 얼굴이었다. 예쁜 얼굴의 등장은 모든 남학생들의 이목을 집중시켰고, 일부 여학생들은 질투 섞인 한숨을 내쉬기도 했다.

"안녕하세요! 선배님들. 1학년 학년대표를 맡게 된 임은영입니다. 앞으로 선배님들의 많은 도움 부탁드리겠습니다."

그녀의 인사에 남학생들의 폭발적인 환호가 터져 나왔다. 영진도 그녀에게서 눈을 떼지 못했다.

첫 눈에 반한다는 말, 영진은 이 말을 부정하는 사람 중 한사람이었다. 어떻게 사람이 한 번도 겪어보지 못한 사람에게 단 몇 초 만에 빠져들 수 있단 말인가? 남자와 여자의 사랑이란 어느 한 쪽이든 지속적인 마주침과 교류 속에서 감정이 조금씩 자라나, 어느 순간 꽃이 피듯 사랑이라는 것으로 피어나게 되는 것이라고 굳게 믿어 왔다. 하지만 그랬던 자신이 지금 한 여자에게 완전히 빠져 버렸다. 본인도 믿지 못하는 일이 벌어졌다. 은영에게 첫 눈에 반해 버렸다. 그것도 단 몇 초 만에.

아침에 눈을 뜨면 가장 먼저 그녀가 떠올랐다. 그리고 그 생각은 밤에 잠이 들 때까지 이어졌으며, 때론 꿈에서 조차 그녀가 나왔다. 영진의 속은 날이 갈수록 까맣게 타들어갔다.

너무도 보고 싶었고, 너무도 만나도 싶었다. 그리고 마음 속 깊숙이 자리 잡은 그 감정과 느낌을 그녀에게 고백하고 싶었다. 하지만 영진은 그럴 수가 없었다. 그녀 옆에는 이미 다른 남자가 있었고, 그 두 사람의 사이에는 틈이라고는 없어 보였다. 그랬기에 영진의 속은 더욱 말이 아니었다.

같은 학과였으나 학년이 달랐기에 두 사람은 학교생활 중에서도 마주칠 일이 거의 없었다. 하지만 그저 보고 싶다는 마음에 영진은 1학년들이 수강하고 있는 교양 과목을 알아봤다. 1학년 1학기는 개인이 따로 수강 신청을 하지 않고 전체적으로 같은 전공과목과 교양과목을 수강하도록 되어 있었다. 다행이 아직 수강 과목 정정 기간이었고, 1학년이 수강하고 있는 교양 과목 중에 영진이 신청 할 수 있는 과목이 하나 있었다. 주저할 새도 없이 영진은 원래 수강하기로 했던 교양 과목 하나를 취소하고 1학년들이 듣고 있는 교양 과목을 신청했다. 그렇게 영진은 은영과 마주칠 수 있는 기회를 만들었다.

그리고 얼마 뒤 이미 불타고 있는 영진의 마음에 더욱 크게 불을 지피는 일이 발생했다.

수업을 듣고 있는 내내 은영의 표정이 어두웠다. 항상 미소를 띠고 있는 얼굴이었으나, 요즘 들어 미소가 사라졌다. 하지만 그녀의 친구들은 그녀의 그런 변화를 잘 모르는 것 같았지만 영진은 알았다. 요즘 그녀에게 무슨 일이 생겼다는 것을.

그리고는 며칠이 흘렀다. 그날은 영진이 애써 수강 신청을 바꿔가며 1학년들과 함께 수업을 들은 과목의 기말고사가 끝나는 날이었다. 이 과목의 시험을 끝으로 여름 방학이 시작 될 예정이었다. 한 학기 동안 정들었던 친구들과 한동안 떨어지는 것이 아쉬웠는지 시험이 끝난 후 몇몇 무리들이 술집에서 모이기로 했다.

"선배님도 오늘 같이 가요!"

자신과는 상관없는 일이라는 생각에 시험이 끝난 후 집으로 가려 자리를 정리하던 영진에게 무리 중 한 학생이 말을 걸었다. 본인이 갈만한 자리는 아닌 것 같다며 한사코 거절하는 영진에게 같은 무리의 다른 학생들까지 주위에 몰려들어 다함께 영진의 참석을 졸랐다.

"선배님 안 오시면 올 때까지 전화 할 거예요!"

거의 협박에 가까운 말에 영진은 그저 웃으며 승낙을 했다. 그 때 저 발치에서 은영에게도 참석을 권하는 모습이 보였다. 여전히 얼굴 표정은 좋지 않았으나 고개를 끄덕이는 은영의 모습을 보니 그녀도 참석하기로 한 것으로 보였다. 영진의 입가에 미소가 번졌다.

"방학이다!"

대학생이 되어도 방학은 언제나 듣기만 해도 좋은 단어였다. 모두들 들뜬 마음으로 술잔을 부딪치며 방학이 시작 된 기분을 즐겼다. 한쪽 구석 자리에 앉아 조용히 술잔을 비우고 있는 은영만 빼고.

후배들과 한잔 주고받은 영진은 여전히 그늘진 얼굴로 술을 마시고 있는 은영을 보고는 그녀에게로 다가갔다.

"왜 그러고 혼자 청승 떨고 있어?"

영진에게는 은영에게 말을 건다는 자체가 큰 용기가 필요했다. 하지만 어두운 표정의 그녀를 보고는 말을 걸어 보고 싶었고, 무슨 고민이 있는지 묻고 싶었다. 그리고 가능하다면 자신이 옆에서 힘이 되어 주고 싶었다. 그랬기에 크게 심호흡을 한 뒤 그녀에게 다가갔다.

"선배."

혼자 술을 얼마나 마셨는지 은영의 얼굴이 취기에 조금은 붉었다. 그저 배시시 웃는 은영의 얼굴이 마냥 귀엽게만 보였다. 한동안 아무 말을 하지 않는 그녀를 보며 영진은 답답함에 미칠 지경이었지만 목구멍까지 차오르는 수많은 말들을 꾹 눌러 참았다. 그리고 간간히 그녀가 마시는 술잔에 기분을 맞춰주며 묵묵히 앞에 앉아있었다.

술기운이 조금 더 돌기 시작하자 긴 한숨과 함께 조금씩 은영이 이야기를 꺼내기 시작했다.

얼마 전 사귀었던 남자친구에게 자신도 모르는 사이 다른 여자가 생겨서 헤어지게 된 이야기, 믿었던 남자친구에게 당한 참을 수 없는 모욕감과 배신감 때문에 요즘 자기 기분이 너무 안 좋았다는 이야기, 그리고 그녀가 재수를 해서 학년은 1학년이지만 영진과 동갑이라는 이야기. 다른 동기들 보다 한 살이 많다는 이유 하나 때문에 학년 대표가 되어 버렸다는 이야기들이었다. 영진은 은영과 동갑내기 친구라는 사실에 목소리까지 높여가며 반가워했다.

"휴, 속에 있는 이야기를 하니까 조금은 풀리는 것 같아."

어느새 둘은 친구가 되어있었고, 은영과 영진은 말을 놓는 사이가 되었다. 그렇게 제법 편해진 분위기가 영진은 마냥 좋았다.

술이 계속해서 들어가자 취기에 못 이긴 은영의 눈꺼풀이 자꾸만 내려왔다. 그리고는 조금 뒤 쿵하고 머리를 식탁에 부딪쳤다.

"아이, 아파!"

아픈 머리를 손으로 비비면서도 눈꺼풀은 계속 내려왔고, 이를 보다 못한 영진이 은영의 옆자리로 옮겨와 앉았다. 다시 한 번 떨어지는 고개를 영진이 손으로 받치고 천천히 자신의 어깨에 은영의 머리를 기대게 했다. 이제 조금은 편해졌는지 찌푸렸던 얼굴의 표정이 풀어지고 이내 잠이 들었다.

영진의 가슴이 미친 듯이 두근대기 시작했다. 그토록 마음에 담았던 여자가 지금 자신의 어깨에 기대어 잠이 들어 있었다. 그저 바라만 보아도 좋았던 여자가 지금 자신에게 안기어 잠이 들었다.

잠들어 있는 은영의 얼굴을 가만히 내려다보았다. 흘러내린 머리카락을 살며시 옆으로 넘기자 감춰졌던 하얀 얼굴이 보였다. 감은 두 눈에 보이는 긴 속눈썹, 발그레한 뺨, 오뚝하게 솟은 작은 코, 연분홍 입술. 그리고 시선이 점점 내려가자 그녀의 가녀린 목선이 눈에 들어왔다.

영진의 마음속에서 천사와 악마가 주입하는 두 가지의 생각이 격렬하게 싸우기 시작했다. 심한 갈증이 밀려와 테이블에 있던 맥주잔을 그녀가 행여 잠에서 깰까 조심히 가져와 한입에 모두 마셔버렸다. 술기운 탓인지 두 존재의 싸움은 그리 오래가지 않았다. 결국 그 중 하나의 존재가 승리를 거머쥐었고, 영진은 천천히 은영의 입술에 자신의 입술을 가져갔다. 터질 듯 날뛰는 심장을 그저 내버려둔 채 두 사람의 거리는 점점 좁혀졌고, 결국 두 입술이 서로 맞닿았다.

입술의 향긋한 향기가 머릿속을 가득 채웠다. 정신이 혼미해져 갔고, 벅차오르는 감정은 주체 할 수가 없었다. 이대로 이성이라는 존재를 모두 지우고 감정이 이끄는 대로 그녀를 강하게 끌어안고 싶은 욕망이 끓어 넘쳤다. 하지만 서로의 동의에 의해 이루어진 입맞춤이 아닌 한 사람의 일방적인 입맞춤이었기에 마지막 남은 한 가닥의 이성의 끈이 영진의 다음 행동을 필사적으로 가로막고 있었다. 하지만 언제까지 막을 수 있을지는 알 수 없는 노릇이었다.

뜨거워진 숨을 내뱉기 위해 영진의 얼굴이 떨어졌다. 얼굴은 이미 달아오를 대로 달아올라 귀까지 빨갛게 변해버렸다. 순간 은영이 작은 한숨을 내쉬며 살며시 눈을 떴다. 그리고 자신이 영진의 어깨에 기대어 잠이 들었었다는 사실을 인지하고는 화들짝 놀라 고개를 들었다. 은영이 얼굴을 대고 있던 영진의 셔츠 위로 화장품이 군데군데 묻어 있었다. 아이보리색과 분홍색 화장품의 흔적에 더욱 당황한 은영은 어쩔 줄을 몰라 했다.

"어떡하지? 미안해 영진아."

"아니야, 아니야, 전혀 미안해 할 것 없어. 미안해하지 마."

영진은 차마 마지막 한 마디를 말 할 수가 없었다.

'내가 더 미안해.'

집으로 돌아온 영진은 거울 앞에 섰다. 하얀색 셔츠 위에 은영의 화장품이 묻은 곳을 손으로 살짝 문지르자 자국이 희미해지며 번져갔다. 은영의 온기가 느껴졌던 순간을 잊고 싶지 않았기에 차마 셔츠를 세탁 바구니에 던져 넣을 수가 없었다. 영진은 씻지도 않은 채, 그리고 셔츠를 벗지도 않은 채 침대에 누웠다. 본인도 자신의 행동이 이상하다 생각하면서도 셔츠를 벗고 싶지 않았다. 그리고 가만히 누웠다. 은영과 입맞춤하던 장면이 그림처럼 눈앞에 펼쳐졌고 마음속에는 애틋한 감정이 피어올랐다. 손가락으로 입술을 만지니 그때의 감촉이 다시금 느껴지는 것 같았다. 입을 맞추는 그 순간 영진의 모든 마음이 은영에게로 기울었다. 이제는 은영을 마음속 깊이 너무나 사랑하게 되었다고, 이제는 그녀 없이는 살 수 없을 것 같다는 생각이 들었다.

은영을 생각하다 영진은 깜빡 잠이 들었다. 그리고 다시 눈을 떴을 때 시계는 이제 막 자정을 넘어가고 있었다. 깜깜한 어둠, 그리고 적막감이 영진을 감쌌다. 그대로 입고 잠든 셔츠에서는 아직도 은영의 향기가 코끝을 자극했다. 혼자 살고 있는 집, 아무도 없는 그 곳에서 사무치는 외로움이 밀려왔다.

'네가 지금 내 옆에 있다면 얼마나 좋을까.'

가슴이 아려왔다. 쓰린 가슴에 손을 얹고 영진은 다시 눈을 감았다. 그리고 다시 떠진 눈으로 시계를 보니 채 삼십분도 잠을 이루지 못했다. 도저히 깊은 잠을 잘 수가 없었다. 잠을 포기한 영진은 책상에 앉아 불을 켰다. 그리고 마음이 움직이는 대로 펜을 잡고 글을 써 내려갔다.

아직 어둠이 가득한 새벽,

문득 잠에서 깨었을 때, 그대 내 옆에 있었으면

잠든 고운 그대 얼굴 바라보다,

보드라운 그대 머릿결 어루만질 수 있었으면

향긋한 그 입술에 나는 그저 정신을 잃고,

그저 가만히 그대에게 입 맞출 수 있었으면

아직 술기운이 가시지 않은 상태였지만 견딜 수 없는 감정에 냉장고에 있던 소주를 병째 들이켰다. 쓰디쓴 알코올의 기운이 목을 타고 들어갔다가 긴 한 숨과 함께 내뱉어지며 머리를 뒤흔들었다. 어지러움이 몰려왔지만 그렇다고 눕고 싶은 기분도 아니었다. 가슴에 커다란 바위가 짓누르는 것만 같았다. 은영이 너무도 그리웠고 보고 싶었다. 전화를 걸어보려 핸드폰을 집어 들었으나 이내 포기하였다.

답답함에 거리로 뛰쳐나와 무작정 걸었다. 어디로 향해야 하는지 알 수 없는 목적 없는 발걸음이 꽤 오랫동안 멈추지 않았다. 인적이 거의 없는 거리는 어둠과 적막이 가득했다.

정처 없이 걷는 영진에게로 어디선가 교태로운 목소리가 들려왔다. 소리가 들린 방향을 돌아보니 단발머리에 짧은 치마를 입은 여자가 골목 어스름한 곳에서 영진을 향해 손짓을 하고 있었다. 영진은 무엇엔가 홀린 듯 여자에게로 다가갔다. 자신에게로 다가오는 영진을 보며 여자는 한층 더 교태스러운 웃음을 흘렸다.

"네 이름은 이제부터 은영이야."

"오빠 좋을 대로."

눌러왔던 욕망이 한 순간 터져 나왔다. 팔로 여자의 허리를 휘감아 강하게 끌어당기자 짧은 신음 소리와 함께 여자가 영진의 품에 안겼다. 영진의 눈은 이미 이성을 잃은 지 오래였고, 억눌렀던 감정이 터져 나왔다. 참을 수 없던 입맞춤은 거칠었고, 격렬했다. 뜨거워진 숨이 입에서 뱉어 질 때마다 갈증은 더욱 심해졌다. 인내의 한계에 다다른 영진은 여자를 침대에 던지 듯 밀쳐내고 급하게 옷을 벗었다. 그런 영진의 모습을 보고 여자도 옷을 벗으려 했으나 순식간에 옷을 벗은 영진의 손이 여자의 손을 잡았다. 그리고는 자신의 손으로 직접 여자의 옷을 하나씩 벗겨 나갔다.

그리고 얼마 뒤, 침대 위에서 나신의 두 남녀가 짙고 농염한 입맞춤을 나눴다. 남자의 몸짓은 여전히 갈급함에 몸부림치는 듯 했고, 여자는 그런 남자의 등을 두 팔로 감싸 않은 채 뜨거운 숨결을 내뱉으며 그의 모든 행위들을 받아 내고 있었다.

이윽고 남자가 여자의 영역 안으로 들어 왔고, 방안은 한동안 여자의 신음 소리로 가득 했다.

"은영아!"

얼마 뒤 여자의 이름을 부르며 절정을 맞이한 남자의 신음 소리를 끝으로 두 사람의 행위는 끝이 났다.

잠시 후 영진의 이성이 돌아 왔다. 참을 수 없을 정도의 후회가 몰려들었다. 여운이 남았는지 영진의 몸을 만지고 있는 여자의 손을 뿌리치고는 지갑에서 잡히는 대로 돈을 꺼내 여자에게 쥐어 주었다. 그 액수가 마음에 들었는지 여자는 영진에게 한 번 더 입을 맞췄다. 그 감촉이 아까와는 다르게 서글픔으로 밀려들었다. 서둘러 옷을 입고 여자의 집에서 뛰쳐나왔다. 끝을 모를 깊이의 공허함과 수치심에 눈물이 나올 것만 같았다. 그보다 더 견딜 수 없는 것은 앞으로 은영의 얼굴을 마주 할 수 없을 것만 같다는 미안함과 죄책감이었다.

방학이 끝나기 전, 영진은 아무에게도 말하지 않고 군대에 자원입대했다.

16화

아침부터 분주한 은영의 모습에 그녀의 엄마가 괜히 더욱 초조했다.

오늘은 그녀의 회사 첫 출근 날이다.

방학 동안 연락 한 번 없던 영진은 방학이 끝나도 학교에 나오지 않았다. 휴학을 하고 아무도 모르게 군대에 입대했다는 영진과 친했던 동기들의 말만 전해 들었을 뿐이었다. 영진에게 주기 위해 은영이 준비한 셔츠는 주인을 잃고 그녀의 옷장 구석에서 깊은 잠에 빠졌다.

그렇게 시간은 계속 흘러 어느덧 은영이 대학교 3학년이 된 어느 날이었다.

"엄마! 나 됐어! 됐다고!"

한껏 흥분된 목소리와 상기 된 얼굴로 방에서 뛰쳐나오는 딸의 모습에 무슨 일인지도 모르고 엄마는 그저 그녀를 얼싸 안고 함께 제자리를 방방 뛰었다.

"나 인턴 합격했어!"

합격이란 말에 엄마는 그제야 얼굴이 환해졌다. 은영이 그토록 가고 싶었던 대형 출판사에 인턴으로 합격한 것이었다. 딸이 얼마나 기대를 하고 있었는지 누구보다 잘 알고 있었기에 눈물까지 맺히는 엄마였다. 그 모습을 본 은영이 깔깔거리며 웃었다.

"나 인턴 합격에 엄마 우는 거야? 나중에 정직원까지 되면 우리 엄마 대성통곡 하겠네?"

학과장 교수의 추천을 받아 지원하게 된 서울의 한 대형 출판사. 처음 입사 조건부터 학교생활을 보장하는 조건이었기에 은영은 출판사에서 일을 배우며 남은 학업도 함께 병행 할 수 있었다. 졸업하기 전까지 인턴 생활을 하며 일을 배우고 졸업 이후 정직원으로 전환 할 수 있는 기회까지 주어진다. 은영의 학부에서는 가히 꿈의 직장으로 불리던 곳이었기에 은영의 기분은 마치 하늘을 나는 듯 했다.

그렇게 첫 출근을 하고 차근차근 일을 배우고, 실수 때문에 혼나기도 하며 하루

하루가 흘러갔다.

그렇게 마냥 즐겁고도 바쁜 생활을 이어가던 어느 날. 출판사 대표가 은영을 방으로 불렀다. 대표가 직접 인턴사원을 부르는 일은 거의 없었던 터라 은영은 의아한 마음을 가득 안고 대표실 문을 노크했다.

문을 열고 들어간 대표실 안에는 그녀에게 일을 가르쳐 주던 사수 문영선 대리도 함께였다. 아는 얼굴이 있어서인지 대표실로 향하는 내내 올라왔던 긴장이 조금은 가시는 듯 했다.

안으로 들어온 은영을 소파에 앉게 한 뒤 대표는 입을 열었다.

"류작가가 원고를 하나 보내왔어. 이번에 작정을 하고 내면에 있는 감수성을 모두 끌어내서 글을 쓴 것 같아. 대박이 날 느낌이야."

류작가라는 말에 영선의 얼굴에 놀람과 환희가 번지는 듯 했다.

류철환 작가. 대학생 작가로 이미 몇 권의 책을 낸 출판가에서는 어느 정도 이름이 알려진 작가였다. 아직 독자들 사이에서는 익숙하지 않은 작가였으나 그의 문체에 매료 된 출판 업계 종사자들은 그의 후속 작품을 마냥 기다리고 있을 정도였다. 하지만 마지막 책을 낸 이후 더 이상 작품을 내지 않았고, 그 시간은 해를 넘겨갔다. 시간이 지나면서 사람들 사이에서 회자되는 횟수가 점점 줄어들며 그렇게 잊혀져가는 느낌에 곳곳에서 아쉬운 목소리도 들려오던 차였다. 같은 자리에 있던 영선 역시 류철환 작가의 문체에 매료 되었던 사람 중 한 명이었고, 펜을 놓은 줄로만 알았던 그가 다시 돌아 왔다는 말이 너무도 반가워 입꼬리가 자꾸만 실룩거렸다. 그렇지만 인턴으로 들어온 은영에게는 낯선 이름이었다.

"이 책 출판은 문대리랑 은영씨가 맡아서 진행해봐. 은영씨는 아직 류작가가 낯설겠지만 아마 좋아하게 될 거야 여기 문대리처럼."

대표의 말에 영선은 양팔을 하늘 높이 치켜 올리며 뛸 듯이 기뻐했다. 원고를 받아 든 은영도 자신이 직접 출판에 참여 한다는 생각에 흥분이 가라앉질 않았다.

[생의 끝에서의 울림] 원고의 맨 앞장에 적혀있는 제목만 보아도 어딘가 마음 속 깊은 곳에 울림이 전해지는 느낌이었다.

은영은 주로 회사에 남아 원고를 꼼꼼하게 읽으며 오탈자를 찾고, 원고를 검토하는 작업을 진행 했다. 영선도 책의 표지를 디자인 부탁할 작가를 만나고 또한 류작가와의 계약도 마무리하느라 동분서주 했다. 하루하루가 어떻게 지나가는지 모를 정도로 정신이 없이 흘러갔다. 최종 편집을 마치고 인쇄소에 원고를 넘긴 뒤 은영과 영선이 긴 한숨을 내쉬며 의자에 털썩 주저 않았다.

책 한권을 만들기 위해 필요한 노력이 여간 많은 것이 아님을 새삼 다시 깨달았다.

은영은 커피를 내려와 영선에게 건넸다. 큰일을 마친 뒤 느껴지는 향긋한 커피향은 오늘따라 더욱 향기롭게 느껴졌다.

"매일하던 인턴 일 말고, 진짜 우리 일을 해 보니까 어땠어?"

"너무 신나요. 우리 손으로 책이 만들어진다니. 너무 흥분 돼서 피곤한 줄도 몰랐어요. 이 책 인쇄소에서 나오면 저도 주시는 거죠? 그렇죠?"

흥분 된 어조로 대답하는 은영을 영선이 흐뭇하게 바라보며 고개를 끄덕였다. 은영은 이번 책을 만들면서 원고를 읽고 또 읽고 수도 없이 읽었지만 그 때마다 문장 속에서 전해지는 감동에 류작가의 열렬한 팬이 되어 버렸다. 그런 책이 자신의 손으로부터 만들어져 세상에 나온다는 생각은 벌써부터 은영의 온 몸에 전율을 일으켰다. 영선은 그런 은영의 모습이 귀여워 미소를 띤 얼굴로 바라보았다.

"대리님은 류작가님 직접 만나 보셨어요?"

"아니, 계약도 이메일로 하셔서 한 번도 못 만나봤어. 계약 조건 맞추느라 여기저기 분주하기만 했지. 어떤 분인지 진짜 만나보고 싶은데."

내심 아쉬운 표정의 영선은 이번에도 끝내 류작가의 얼굴을 보지 못함에 커피잔만 내려다보며 입맛만 다셨다. 은영 또한 책을 만드는 작업을 진행하는 내내 작가의 얼굴을 보지 못한 것이 못내 아쉬웠다. 그도 그럴 것이 원고를 전달하고 이후 작가가 할 일은 많지 않았다. 책에 대한 설명을 직접 써서 전달해 주는 것 아니면 이미 작성 된 설명문을 수정하는 것, 그리고 작가에 대한 설명을 점검하고 수정하는 것, 그것 외에 다른 일은 영선과 은영이 진행했다. 그랬기에 작가와의 연락은 주로 이메일로 이루어졌고, 따로 자리를 마련하여 만나는 일은 필요치가 않았다.

"아마, 이 글처럼 따뜻하고 아름다운 사람이 아닐까?"

영선의 말에 은영은 수긍을 하며 천천히 고개를 끄덕였다.

그 후로 며칠 뒤, 은영이 다니는 출판사의 회의실에서 환호성이 터져 나왔다.

"우리 문영선 대리와 임은영씨가 출판한 [생의 끝에서의 울림]이 말 그대로 대박!

대박이 터졌습니다. 초판 인쇄본은 이미 완판 되었고, 주문 대기 물량이 너무 많아서, 바로 2쇄에 들어가려 하는데 이번엔 초판 인쇄본의 세 배, 아니 네 배로 늘려서 인쇄에 들어갈 계획입니다. 베스트셀러를 만들어낸 문영선 대리와 은영씨, 그리고 이 자리에는 없지만 류철환 작가에게 우리 모두 박수!"

회의실에 울려 퍼지는 박수 소리가 은영의 가슴을 치는 듯 했다. 감격스러움이 벅차올라 감정이 주체가 되질 않는 기분이었다. 채 흥분이 가시기 전에 대표가 검지를 세워 들고 입으로 가져 댔다. 그 모습을 보고 모두들 대표에게 다시 집중했다.

"아, 그리고 한 가지 더. 이렇게 훌륭하게 일을 해냈는데 그냥 넘어 갈 수는 없는 일 아니겠어요. 지금 인턴으로 일하고 있는 은영씨. 앞으로 더 열심히 우리와 함께 일하자고 오늘 부로 정직원으로 채용하기로 결정 했습니다!"

은영은 차마 숨기지 못하고 비명을 지르며 기뻐했고, 연신 사방에 고개를 숙여 감사 인사를 전했다. 주위의 사람들도 또한 함께 축하를 하며 은영과 기쁨을 나눴다. 그 중 영선은 은영을 바라보며 흐뭇한 미소를 지었고, 은영도 영선과 눈빛을 맞추며 감사를 표했다.

"은영씨가 정직원이 되기에는 문대리의 적극 추천이 있었다는 건 안 비밀이고, 다들 바쁜 일 없으면 오늘은 이만 정리하고 다 같이 오랜만에 회식 어때?"

회식이라는 말에 갑자기 분위기에 찬물이 끼얹어졌다. 다들 굳이 없는 할 일을 찾으려 하는 자세를 취하자 대표가 결심한 듯 폭탄선언을 했다.

"한우!"

그 순간 고도로 훈련 되어 전장에 뛰어드는 군인들처럼 직원들은 일사불란하게 회의실을 정리하고 그 중 한명은 빠르게 근처 식당에 전화를 걸어 자리 예약을 했다. 이 후 각자의 자리로 재빠르게 돌아가 개인 물품들을 챙긴 후 식당에 집결한 그들은 마치 고기가 그들의 눈앞에 대치중인 적군인 양 엄청난 양의 고기를 먹어서 해치웠다는 후문이다.

은영의 친구들 또한 은영의 정직원 전환과 책의 성공을 자기 일 마냥 기뻐해주고 축하해주었다.

그리고 오늘, 은영은 자신에게 아낌없는 축하를 전해 준 친구들을 불러 함께 저녁을 먹고 있었다. 그 자리에는 대학 친구인 진수도 함께였다.

친구들이 다 같이 한자리에 모이자 은영은 자신이 작업한 [생의 끝에서의 울림]을 꺼내 한 권씩 친구들에게 나눠 주었다. 친구들은 반색을 하며 좋아했다. 국문학을 전공하는 친구들이었기에 책을 좋아하는 것은 어찌 보면 당연한 일이었지만, [생의 끝에서의 울림]은 시중에서 구하기가 쉽지 않은 책이었다. 구입을 위해서 몇 주를 기다려야 했던 책이었기에 그녀의 친구들은 더욱 기뻐하였다.

"와, 철환이 이 자식 이번에 진짜 기가 막히게 썼네. 내가 철환이한테 책 좀 한권 달라고 해도 본인도 없다는 거야. 결국은 이렇게 받아보는구나."

감격에 젖은 진수의 말에 은영의 눈이 휘둥그레졌다.

"너, 철환 작가님 알아?"

"당연하지! 내 친구인데."

17화

방 안 침대에 걸터앉은 어린 지은이 한 손에 들고 있는 달력을 빤히 바라보고 있었다. 달력 안에는 분홍색 색연필로 커다랗게 동그라미를 쳐 놓은 한 날이 눈에 띄었다. 그리고 그 안에는 '아빠 생일' 이라는 예쁜 손 글씨가 쓰여 있었고, 빨간색 하트도 양쪽으로 그려져 있었다.

겉으로는 늘 툴툴 대고 아빠를 미워하는 척하였지만 속으로는 늘 아빠 생각이 먼저였던 딸 지은이었다. 아빠 철환의 생일을 앞두고 무언가 의미 있는 선물을 하고 싶었지만 어린 지은의 주머니 사정은 그리 여유롭지 않았기에 지은의 고민이 깊어져 갔다.

산책을 하며 조금 더 생각을 해보기 위해 밖으로 나와 천천히 걸었다. 8월의 초, 여름 날씨가 후덥지근했다. 하지만 해는 이미 강물 저편으로 넘어갔기에 이따금씩 불어오는 강바람에 더위를 식히며 걷는 것도 나쁘지 않았다. 그렇게 얼마를 걷다보니 어느새 버스 정류장이 있는 곳 까지 걸어 나왔고, 마침 버스 한 대가 정류장을 향해 오고 있었다.

버스가 정류장에 멈춰 서자, 반가운 얼굴이 버스에서 내렸다.

"지은아!"

선생 지은이었다. 두 지은은 서로를 보고 반가워 활짝 웃었다. 요즘 들어 두 사람 사이가 부쩍 가까워졌다. 이름이 같다는 사실은 두 사람이 가까워지는데 한 몫을 했다. 어린 지은은 때로는 언니처럼, 그리고 때로는 엄마처럼 지은을 따랐다.

"곧 아빠 생일인데, 무슨 선물을 해야 좋을지 모르겠어요. 엄마 돌아가시고 처음 맞는 아빠 생일이라 아빠한테 조금은 힘이 되는 무언가를 해드리고 싶은데."

어린 지은의 말하는 것이 어른스럽기도 하고, 귀엽기도 하여 지은은 흐뭇하고 대견스러운 얼굴로 어린 지은을 바라보았다.

"아빠는 지금처럼 지은이가 예쁘고 반듯하게 잘 크고, 아빠 옆에 있어주는 것만으로도 충분히 좋아하실 거야. 선물을 꼭 하고 싶다면, 지금 아니면 줄 수 없는 걸로 준비해봐 예를 들면 손으로 직접 꾹꾹 눌러 쓴 편지 같은 걸로. 그리고 아빠를 사랑한다는 표현 꼭 하고. 그러면 아빠가 엄청 좋아하실걸?"

"사, 사랑이요?"

사랑이라는 말에 어린 지은은 닭살이 돋는다는 듯 양팔을 손으로 문질렀다. 그런 모습을 보고 지은은 깔깔 소리를 내며 웃었다.

"선생님은 생일이 언제예요?"

어린 지은의 물음에 순간 지은의 표정이 아련해졌다. 상당히 오랜 시간 동안 자신의 생일을 챙겨 본 적이 없던 지은이었다. 항상 학교와 집만을 오가며 친구를 만드는 일도 하지 않던 지은이었기에 생일날 친구들과 모여 축하를 받는 일은 대학교 졸업 이후 해 보지 못했다. 아무 대답 없이 어린 지은의 얼굴을 보며 배시시 웃는 지은을 어린 지은이 다시 한 번 채근했다.

"그래서 선생님 생일이 언제냐고요"

"내 생일, 8월 마지막 날."

어린 지은이 고맙다고 말하며 환하게 웃었다. 이미 달력은 8월을 알리고 있었기에 생일까지 얼마 남지 않았다. 새삼 자신의 생일이 다가오고 있다는 사실이 마냥 달갑지만은 않았지만 밝게 웃는 아이를 보니 이미 선물을 받은 것 같이 기분이 좋아지는 지은이었다. 나이는 어리지만 살갑게 대해주는 녀석이 고마워 지은은 손을 들어 어린 지은의 머리를 쓰다듬으며 함께 환하게 웃었다. 그녀의 손길이 닿자 어린 지은은 부끄러운 듯 얼굴을 붉히며 수줍은 미소를 지었다. 친구 하나 없는 작은 시골 동네에 어느 날 갑자기 나타나 친구처럼, 동생처럼 다가온 어린 지은이 그녀는 참 좋았다.

책상 앞에 머리를 두 손으로 감싸고 끙끙 앓고 있는 어린 지은은 집에 돌아 온 뒤 한참동안 고민에 빠졌다. 지은의 말을 듣고 아빠에게 편지를 써보려 펜을 들었지만 도무지 무슨 말을 해야 할지 떠오르지가 않아 내내 머리만 쥐어뜯고 있을 뿐이었다. 지금까지 한 번도 아빠에게 진지하게 편지라는 걸 써 본적이 없었기에 더욱 어색하고 쑥스러웠다.

하지만 어느 덧, 한 글자씩 천천히 편지를 적어 내려가던 지은의 눈에서 눈물이 주르륵 흘러 내렸다. 그리 길지 않은 인생이지만 지나 온 시간동안 아빠와 함께 했던 순간들, 행복했던 기억, 서운했던 기억, 그리고 엄마를 떠나보내며 슬프고 가슴 아팠던 기억들이 주마등처럼 스쳐 지나갔다. 그 기억들 옆에는 항상 아빠가 있었다. 아빠가 있었기에 그 모든 시간들을 보냈고 또 견뎌냈다. 그런 아빠를 서운한 감정 때문에 미워했던 자신이 부끄럽고 미안해 계속해서 눈물이 흘렀다.

직접 아빠에게 미안하고 사랑한단 말을 전할 용기가 나지 않아 편지의 끝에 조그맣게 적었다.

- 아빠 항상 내가 사랑해, 그리고 미안해.

편지를 접어 봉투에 넣고는 긴 한숨을 내쉬며 마음을 추슬렀다.

책상 위 엄마 은영과 함께 찍은 사진이 들어있는 액자를 집었다. 반쯤 접혀진 사진을 꺼내 접혀진 부분을 다시 폈다. 철환의 모습까지 더해진 세 사람의 모습이 액자 안에 담겼다.

편지가 담긴 봉투를 어린 지은이 가만히 바라보았다. 편지만 주기에는 아무래도 무언가 아쉬웠다. 곰곰이 얼마 동안 생각에 잠겼을까, 지은은 지갑을 챙겨 밖으로 나갔다.

시내로 나온 어린 지은은 문구점에 진열 된 만년필을 한참동안 뚫어져라 바라보고 있었다. 값이 싼 만년필부터 꽤 비싼 만년필 까지 종류가 제법 많았다. 하지만 어느 것 하나 정확히 고를 수가 없었다. 값이 싼 만년필은 선물을 하기에는 알맞지 않아 보였고, 그럭저럭 마음에 드는 만년필은 지은이 부담하기에는 가격이 상당했다. 이런 시골 문구점에서 이런 만년필을 사는 사람이 과연 있을지 의문일 정도의 가격이었다.

한참을 진열대 앞에서 고민하고 있는 지은에게 동그란 안경을 쓴 문구점 주인이 다가와 말을 걸었다.

"누구 선물 하시려고?"

잠시 머뭇거리던 지은이 문구점 주인에게 대답했다.

"선생님이요"

무언가 알겠다는 표정을 지으며 문구점 주인이 잠시 기다려 보라는 말과 함께 진열대 아래 서랍을 열었다. 서랍 안에서 작은 상자를 하나 꺼내 뚜껑을 열어 보이며 손가락 하나로 흘러내린 안경을 고쳐 올렸다.

상자 안에는 꽤 고급스러워 보이는 만년필 하나가 들어있었다. 만년필에 대해 잘 모르는 지은이 보기에도 눈앞에 있는 만년필은 어딘가 고급스러워 보였다.

"이게 유명한 브랜드 제품은 아니지만 그래도 나름 우리나라에서 실력 좋은 사람이 만든 수재 만년필이라 내수성이나 필기감은 유명 브랜드 제품에 뒤지지 않아요."

얼굴 표정을 보아하니 마음에 들어 하는 것 같아 보였으나, 아직 선뜻 결정을 내리지 못하는 지은을 보며 문구점 주인이 한마디 더 보탰다.

"여기에 선물 하는 사람 이름이나 짧은 메시지 같은 것도 새길 수 있으니 의미 있는 선물이 될 것 같은데"

"얼마에요?"

마음에 드는 선물을 골랐지만 문구점을 나선 어린 지은의 얼굴에는 고민이 가득했다. 지은의 마음은 같은 만년필을 두 개를 준비해서 하나는 아빠에게, 그리고 하나는 선생님 지은에게 선물하고 싶었지만 주머니 사정이 여유롭지 않은 학생 지은은 선뜻 결정을 내리기가 어려웠다. 문구점 주인에게 꼭 사러 올 테니 다른 사람에게 팔지 말아 달라는 말을 남기고 발길을 돌리는 지은에게 문구점 주인은 주문 제작이 가능하니 언제든 찾아오라는 답을 했다. 그 대답이 그나마 위안이 되었지만 만년필 두 개를 사기에는 부족한 돈을 어떻게 준비 할지 막막하기만 하던 지은이었다.

그 순간 지은의 머릿속에 하나의 기억이 스쳐 지나갔다.

급하게 열리는 문소리에 수선집 아주머니가 화들짝 놀라 눈을 동그랗게 뜨고 열린 문 쪽을 바라보았다. 그 곳에는 급하게 달려 온 듯 가쁜 숨을 내뱉고 있는 어린 지은이 성큼성큼 자신에게로 걸어오는 것이 보였다.

"아이, 깜짝이야! 얘가 갑자기 그렇게 들어오면 어떻게 해?"

수선집 아주머니의 투정 섞인 목소리는 지금 지은에게 중요하지 않았다.

"아주머니! 저 그거 할게요. 알바!"

지은의 말에 조금 전까지는 짜증이 다소 묻어난 얼굴이었던 수선집 아주머니의 표정이 한순간에 밝아졌다.

"정말이지? 진짜 하는 거지?"

못 믿겠다는 듯 연거푸 되묻는 아주머니에게 지은이 고개를 끄떡이며 말을 이었다.

"대신, 저 알바비를 미리 주시면 안 될까요? 제발요. 제가 꼭 쓸데가 있어서 그래요. 저 진짜 열심히 할게요."

사정을 하는 지은의 말에 잠시 난색을 표하던 아주머니는 말없이 방으로 들어간 뒤 이내 한 손에 봉투 하나를 들고 나왔다.

"뭐 급하게 돈이 필요하나 본데, 네가 나쁜 일에 쓸 애처럼 보이진 않고. 아줌마가 생각했던 알바비에 반만 먼저 넣었어."

봉투를 건네받은 지은이 감사하다며 연신 고개를 숙여 인사를 했다. 그 모습에 수선집 아주머니는 다시 얼굴에 미소를 지으며 피식 웃음을 터뜨렸다.

"그럼 다음 주 부터 학교 끝나고 보자"

미리 받은 알바비의 절반은 예상 보다 많았기에 어린 지은은 깜짝 놀랐다. 지금 가지고 있는 돈과 합치면 만년필 두 자루를 사기에는 충분했다. 지체하고 싶지 않은 마음에 지은은 곧장 다시 문구점으로 향했다.

고심 가득한 얼굴로 떠났던 아이가 시간이 얼마 지나지 않아 환한 얼굴로 다시 들어오는 모습을 보며 의아한 표정으로 문구점 주인은 다시 한 번 손가락으로 흘러내린 안경을 끌어 올렸다. 그리고 잠시 후 한껏 신이난 아이의 목소리가 들렸다.

"아저씨, 두 개 살게요."

"그 자식이 또 왔어?"

"또 돈 떨어지니 찾아 왔구먼."

"세상 나쁜 놈이야! 그 놈이."

"어휴 불쌍해서 어째, 왜 하필 그런 놈이랑."

시간은 흐르고 흘러 해가 바뀌었다. 그 사이 딸 지은은 중학교를 졸업하고 고등학교로 진학을 했고, 철환은 조금씩 마음에 안정을 찾아가며 책상에 앉아 있는 시간이 점차 많아졌다. 하지만 아직까지는 소설을 쓸 만큼 감정을 길게 끌고 갈 수 있는 정도는 아니었기에 철환은 단편 위주로 어렵사리 글을 썼다. 그리고 조만간 철환이 쓴 글이 문학잡지 한 페이지에 실릴 예정이었다.

평온한 날이 계속 되던 어느 날 마을에 그림자가 드리웠다. 마을 사람들의 수군거림이 심상치 않았고, 저마다 얼굴에 근심어린 표정 혹은 분노가 담긴 표정을 하고는 행여나 누가 들을세라 주위를 두리번두리번 살피며 저마다 속삭이듯 말했다.

마을에 누군가 한 사람의 등장으로 인하여 불길한 기운이 엄습했다.

어느 한 밤중, 침대 위에 정사를 나누는 두 남녀가 있었다.

남자의 행위는 너무나 거칠었다. 관계를 나누는 여자에 대한 배려심이 전혀 없는 듯 했고, 여자는 남자의 몸놀림에 때로는 고통스러운 듯 얼굴을 찡그리며 아픈 신음소리를 내었다. 하지만 남자는 그런 상대가 전혀 신경 쓰이지 않는 듯 오로지 자신의 쾌감과 절정을 향해 계속해서 몸을 움직였다.

얼마 후 한 차례 부르르 몸을 떤 남자는 조금 전까지 자신과 관계를 나눈 여자는 신경도 쓰지 않은 채 몸을 씻으러 욕실로 들어갔다.

침대 위에는 복잡한 심정을 반영하듯 눈물이 맺힌 얼굴의 여자가 그저 멍하니 아무런 움직임 없이 옆으로 누워있었다.

여자는 남자가 몸을 다 씻고 나올 때 까지 조금의 미동도 없었고 그저 숨 쉴 때마다 들썩이는 어깨가 전부였다.

남자는 자신이 씻고 나올 때까지 침대에 쓰러져 있는 여자를 보고는 미간을 찌푸렸다.

"오늘 중으로 돈 보내놔."

남자의 말에도 여자는 아무런 대답이 없었다. 그저 깊은 한숨만 내쉬었을 뿐이었다.

그러자 남자의 고함이 방 안에 울렸다.

"알았어."

일말의 저항도 해보지 못하고 여자는 힘없는 목소리로 대답했다.

잠시 후 거칠게 문이 닫히는 소리를 뒤로 하고 방 안에는 여자 혼자 남겨졌다. 무거운 침묵만이 가득한 방에는 이따금씩 여자의 한숨 소리만 들려왔다.

그리고 얼마 뒤 여자도 씻기 위해 몸을 일으켰다.

고개를 들자 고여 있던 눈물이 주르르 흘러 내렸다. 수도꼭지를 틀어 흘러나오는 물에 연거푸 세수를 한 뒤 얼굴을 들어 거울을 바라보았다.

그 곳에는 금방이라도 울음을 터뜨릴 것 같은 얼굴을 한 선생 지은의 얼굴이 비쳤다.

얼마 뒤 잔뜩 화가 난 할머니가 지은의 집 대문을 급하게 열고 마당으로 들어섰다. 지팡이를 꼭 쥔 손에 힘이 얼마나 들어갔는지 손에 피가 돌지 않아 하얗기까지 했다.

지은에게 직접 만든 반찬을 가져다주러 오는 길에 지은의 집에서 그 녀석이 나오는 것을 본 할머니였다. 들고 있던 지팡이를 들고 그 녀석에게 달려들어 보았지만 그 녀석의 힘을 이겨 낼 수 없었다. 귀찮은 듯 할머니를 밀쳐낸 녀석은 넘어진 할머니를 돌아보지도 않고 그대로 사라져 버렸다. 할머니가 놓친 반찬통에서 반찬들이 쏟아져 나와 바닥에 흘렀다.

"지은아, 아이고 우리 새끼."

할머니의 목소리는 울분이 섞여 거의 흐느끼는 정도였다. 그 목소리를 듣고 지은이 서둘러 옷을 입고는 밖으로 나왔다. 부들부들 떨며 서있는 할머니는 금방이라도 쓰러질 듯 위태로워 보였다. 지은은 서둘러 할머니에게 달려갔다. 할머니는 지은을 보자 덥석 끌어안고 흐느끼며 지은의 등을 토닥였다.

"아이고, 불쌍한 우리 새끼."

"괜찮아요. 난 괜찮아요. 할머니."

지은도 할머니를 부둥켜안고 흐느꼈다.

늦은 저녁, 영진과 술 한 잔을 기울인 철환이 느릿한 걸음으로 집으로 향했다.

어느 집 대문 앞을 지나는 순간, 살며시 대문을 열고 나오는 한 여자의 모습이 보였다. 그리고 그 여자는 철환과는 반대 방향으로 주위를 두리번거리며 빠른 걸음으로 사라졌다. 어두움에 알아보긴 힘들었지만 낯이 익은 얼굴과 그리고 무언가 불안해 보이는 행동들이 철환의 호기심을 자극했다.

그리고 갑자기 여자가 나왔던 대문이 거친 소리를 내며 다시 열어 젖혀졌다.

"야! 너 빨리 안 돌아와?"

소란스러운 소리와 남자의 고함에 철환은 무언가 불길한 일이 생길 것 같은 느낌이 들었다. 남자가 눈치 채지 못하게 철환은 조용히 전봇대 뒤 그림자 속으로 몸을 감추고는 남자를 주시했다.

남자는 여자가 사라진 곳을 향해 부리나케 달렸다. 그리고 얼마 뒤 남자의 손에 붙잡혀 오는 여자가 보였다. 두 사람이 가로등 아래를 지날 때 철환은 여자의 얼굴을 알아보고는 깜짝 놀랐다. 당장이라도 달려가 남자에게서 그녀를 구해내고 싶었지만 자세한 내막을 모르는 철환은 선뜻 나설 수가 없었다.

결국 아무것도 할 수 없던 철환은 전봇대 그림자에 숨어 가만히 두 사람을 바라보았다. 순간 남자의 손이 여자의 뺨을 때렸고, 철환은 하마터면 달려 나가 남자에게 달려 들 뻔 했다. 치밀어 오르는 감정을 가까스로 억누른 채 철환은 두 사람을 계속 지켜보았다. 잠시 뒤 두 남녀는 나왔던 대문 안으로 다시 들어갔다.

철환의 주먹 쥔 손이 분노로 부르르 떨렸다.

다음 날 철환은 영진을 다시 만났다.

"혹시 지은 선생님은 요즘 어떻게 지내는 줄 알아? 우리 지은이랑 요즘은 통 만나지 않는 것 같고 못 본지 꽤 된 것 같은데."

철환의 말을 듣고 영진이 얼굴이 굳어졌다.

"그 짐승만도 못한 자식, 그 놈 때문이지 뭐."

영진의 말에 철환은 어제 본 남자를 떠올렸다.

"넌 그 놈에 대해서 전혀 모르겠구나?"

영진의 말에 철환이 매우 궁금하다는 얼굴로 영진을 바라보았다. 대체 왜 지은이 그런 남자와 함께 있는 것인지, 그리고 그 남자는 왜 지은을 그리도 거칠게 대하는 것인지. 주제넘지만 자신이 지은을 도울 수 있는 방법은 없는 것인지.

밤새 참을 수 없는 분노에 잠을 한 숨도 이루지 못한 철환이었다.

"원래 그 놈이 처음부터 그렇게 나쁜 놈은 아니었다. 지은 선생이랑 둘이 대학교 때부터 사귀던 사이었고, 둘이 아주 죽고 못 사는 사이였다는데."

"그런데 왜 저렇게 된 거야?"

철환의 물음에 영진은 어디부터 설명을 시작해야 할 지 곰곰이 생각에 잠겼다.

"처음 들어간 회사가 아마 문제였었나 봐."

"회사?"

"아무래도 책임감이 너무 과중했던 게 아니었나 하는, 내 추측."

뜬구름 잡는 것 같은 영진의 대답에 철환의 성화가 올라왔다.

"무슨 말인지 하나도 모르겠으니까 에둘러 말하지 말고 속 시원하게 말을 해봐."

얼굴색이 변하면서까지 목소리를 올려가며 자신을 채근하는 철환을 잠시 이상한 듯 바라본 영진이 다시 말을 이었다.

"군대 간 남자 제대 할 때 까지 기다려주고, 남은 대학 생활 내내 뒷바라지 해준 여자를 너라면 어떻게 하겠냐?"

"평생 업고 다녀야지."

"그래 그 평생 업고 다녀야 할 책임감이 문제였던 것 같단 말이지. 둘이 서로 감정적으로 좋아 할 줄만 알았지, 그 녀석이 뭐 잘하는 게 있었어야지. 대학 성적도 그렇게 좋은 것 같지도 않고, 취직도 어려워서 이력서 넣은 곳마다 떨어져, 그러다가 등 떠밀려 들어간 적성에도 맞지 않는 회사는 적응조차 못했겠지. 매일 매일 상사한테 꾸지람만 듣다가 어느 날 어떻게 구워삶았는지 어지간히 큰 계약을 하나 따왔나 봐. 그 거래처가 실적이 나쁘지 않았는데 문제는 매일같이 술 접대를 했어야 했다는 거야. 그래도 실적이 어지간히 나오니까 그 녀석 자신감도 생기고 자리도 잡아 가는가 싶었는데, 나중에 알고 보니 술만 접대 한 게 아니었더라고."

계속해서 들은 영진의 이야기는 영화나 드라마에서나 볼 법한 내용이었다.

이후 그 남자는 거래처 담당자를 따라 재미로 발을 들여놓은 도박장에서 새로운 경험을 하게 되었다. 그리고 점점 그 횟수가 잦아지고 나중에는 거래처를 핑계로 자기 여자 친구는 뒷전으로 밀어 놓고 매일같이 도박판을 들락 거렸다. 그리고 그 곳에서 또 다른 한 여자 만났다. 세상을 이제 알아가는 사회 초년생인 이 남자에게 도박의 세계는 마약과도 같았다.

시작은 너무나도 달콤했다. 생각보다 많은 돈을 노름판에서 딴 남자는 처음에는 지은에게 한 없이 상냥했다. 노름판에서 딴 돈으로 지은에게 선물과 용돈을 안겨 준 남자는 그 돈을 회사에서 상여금을 받은 것이라 거짓말을 했다. 상여금이란 말에 지은은 감격에 겨워 눈물까지 흘렸다. 마음을 놓은 지은은 이 남자와의 미래를 꿈꾸며 하루하루를 설레는 마음으로 살아갔다.

하지만 쉽게 얻은 돈이라는 것은 쉽게 사라지는 법이었다. 처음 큰돈을 손에 쥐었던 기억에 사로잡혀 남자는 점점 도박에 중독이 되어갔다. 결국 얼마 되지도 않던 그 동안 모은 돈을 거의 다 탕진 했을 때 남자는 정신이 번득 들어 도박을 그만 두려 했다.

그러자 도박판에서 이 남자에게 접근한 여자가 남자를 다시 도박판으로 꾀었다. 마지막이라는 마음으로 가진 돈을 모두 찾아 들고 다시 도박장에 찾아 온 남자는 그 날 남은 돈 마저 모두 잃고 현장에서 빚까지 지고 말았다.

남자를 꾀어낸 여자도 결국에는 한통속이었다. 망연자실하며 터덜터덜 집으로 돌아오는 길, 자신이 그 동안 살았던 기억을 되돌아 본 남자는 이제 더 이상 돈도, 가족도, 회사도, 거래처도, 그 무엇도 남아 있지 않았다. 오직 지은 한 사람만 남자의 곁에 남아 있었다.

나락으로 떨어진 남자에게 지은은 다시 한 번 손을 내밀었다. 사랑하는 남자의 바닥으로 떨어진 모습을 보며 지은의 가슴 역시 무너져 내렸다. 하지만 그런 남자였어도 지은은 아직 그를 사랑했기에 그동안 그와 함께하려 아끼고 아껴 모았던 적금통장을 선뜻 그에게 내밀었다. 그리고 자기와 다시 시작하자고 남자를 다독였다. 하지만 그것이 남자에게 독이 될 것이란 사실을 지은은 꿈에도 생각하지 못했다.

적금통장을 본 남자의 눈과 마음은 다시 한 번 이성을 잃었고, 남자는 바로 그 다음 날 다시 도박판에서 모든 것을 잃었다.

그 때만큼은 지은도 이성을 잃을 수밖에 없었다. 눈물을 흘리며 자신을 원망하는 지은의 모습에 남자는 도리어 화를 내며 지은을 떠났다.

마을을 떠나버린 남자는 그 뒤로 무엇을 하고 사는 지 아무런 소식도 들을 수 없었지만 가끔씩 지은을 찾아 나타날 때면 동네는 소란스러웠고, 사람들 모두 남자를 좋지 않게 말하고 손가락질 했지만, 그 때마다 지은은 말없이 남자를 받아 주었다.

영진의 말을 계속 들을수록 철환의 속이 답답해져 견딜 수가 없었다. 분노가 치밀어 올라 숨이 막혔다. 하지만 자신과는 아무런 관계가 없는 사람의 일 때문에 대체 이렇게까지 신경이 쓰이고 속에 무언가 막힌 기분이 드는지 알 수 없었다.

술도 넘길 수 없을 만큼의 답답함에 일찍 영진과 헤어진 철환은 집으로 돌아와 침대에 누워 잠을 청하려 했으나 머릿속엔 온통 지은 선생의 이야기가 가득해 좀처럼 잠에 들 수가 없었다. 남자의 손에 붙잡혀 거의 끌려오다시피 한 지은 선생의 모습이 생각났다. 울고 있던 그녀의 모습, 그리고 아무런 저항조차 하지 못하고 남자에게 뺨을 맞던 모습이 떠오를 때는 견딜 수가 없어 철환의 입에서 욕이 세어 나왔다. 밝아 보이기만 했던 모습 뒤에 저런 아픔을 감추고 있었다는 사실에 마음이 무거웠다. 자신이 할 수 있는 것만 있다면 뭐든 하고 싶었다.

우선 딸 지은에게는 이런 일이 있다는 것을 알게 하고 싶지는 않았다. 하지만 동네가 작은 데다 최근 사람들의 이야기 주제가 대부분 그 녀석과 지은 선생에 대한 것이었기에 걱정이었다.

다음날 학교에 가려 교복을 입고 나온 지은의 얼굴이 어두웠다.

아니나 다를까 며칠 동안 지은 선생님과 연락이 되지 않는다며 울상이었던 것이다.

"영진 삼촌이 그러는데 학교에 일이 많나봐 바빠서 그런가봐."

"그런 거면 진짜 나 삐질 거야! 아무리 바빠도 그렇지 너무해!"

토라진 얼굴을 하고는 신발을 신고 등굣길에 나서는 지은의 뒷모습을 철환은 잠시 멍하니 바라보았다. 이곳에 온 이후 마냥 어둡기만 했던 딸의 얼굴을 다시 밝게 해준 사람에게 일어나고 있는 일. 딸에 대한 고마움이었을까? 측은함에서 비롯한 동정이었을까? 아니면 자꾸만 선생 지은에게서 은영의 모습이 보이는 철환 자신도 알지 못하는 또 다른 어떤 감정이었을까?

긴 한숨을 내쉬는 철환의 머리가 터질 것만 같았다.

서울에 있는 출판사에 볼 일이 있어 기차를 타기 위해 철환은 아침 일찍 버스를 타고 기차역이 있는 시내로 향했다. 버스 안에는 이른 아침부터 시장에 무언가를 내다 팔기 위해 이런 저런 보따리를 가지고 시내로 향하는 어르신들이 많았다. 이런 저런 이야기를 나누며 시내로 향하는 어르신들의 대화 내용 속에 유독 철환에게 익숙한 이야기가 들려왔다.

"그 자식이 손찌검했다며?"

"아이고 말도 말아. 어찌나 쌔게 때렸던지 눈가가 시퍼렇더라니까?"

"그런 자식이 뭐 아쉽다고 올 때마다 재워주고 돈 쥐어주고."

"누가 아니래, 우리 새끼 안쓰러워서 어쩌누."

저마다 혀를 차며 나누는 이야기 속 들리는 이야기의 주인공은 다름 아닌 선생 지은이었다. 철환은 멀미가 나는 기분이었다. 치밀어 오르는 분노에 머리가 어지럽고, 속이 뒤틀리는 기분이었다.

서울에서 해야 했던 일들을 서둘러 정리하고 철환은 계획했던 일정보다 일찍 돌아오는 기차에 몸을 실었다. 정확히는 온통 지은 선생 생각에 서울에서 해야 했던 일들을 어떻게 했는지 기억이 나질 않았고, 그저 빨리 끝내고 돌아가고 싶은 생각뿐이었다.

어둠이 서서히 내리기 시작할 무렵 철환은 기차에서 내렸다.

하루 종일 고심을 했지만 자신이 과연 무엇을 할 수 있을지 아무것도 떠오르지 않았다. 침울해 하고 있는 딸 지은을 위해서 라고는 하지만 자신이 두 사람의 일에 개입 할 수 있는 마땅한 명분이라는 것이 전혀 없었다. 하지만 발걸음은 무엇엔가 이끌리듯 얼마 전 선생 지은이 뛰쳐나왔던 집을 향하고 있었다. 조금 돌아가는 길이었지만 철환의 집을 가는 방향이기도 했기에 행여나 지은을 마주치더라도 둘러 댈 수 있는 이유가 있었다. 아니 지금 철환은 지은과 마주치기를 바라고 있었다. 우연이라는 단어에 기대어 느린 걸음을 걷고 있던 철환의 기대를 우연은 일어났다.

잔뜩 화가 난 남자의 억센 손이 지은의 얼굴을 내리쳤다. 아무리 사람들의 비난을 받고 있던 사람이라 했어도 지금까지 단 한 번도 폭력을 휘두른 적은 없던 사람이었다. 그랬기에 지은이 받은 충격은 얼굴에서 전해진 고통보다 갑절은 더 크게 다가왔다.

사랑하는 남자에게서 받은 실망감에 지은의 큰 눈망울에서 눈물이 뚝뚝 떨어졌다. 꽃길만 걷는 아름다운 사랑이야기의 여주인공이 되고 싶은 마음은 이미 오래전 포기했다. 하지만 적어도 비련의 여주인공은 되고 싶지 않았다. 그런 지은의 작은 바람은 처참히 부서졌고, 현실은 이미 비련을 넘어 비참하기도 이렇게까지 비참할 수가 없었다.

"그러니까 빨리 돈 가져오라고 했잖아. 돈 만 주면 다시 조용히 사라져 준다니까?"

남자의 말을 들은 지은의 얼굴이 순간 변했다. 그리고 손을 들어 남자의 뺨을 때렸다. 지금까지 고분고분하게 자신의 말에 순종하던 지은의 변한 모습을 보자 남자도 당혹감을 감추지 못했다.

"누가 너한테 사라져 달라 했어? 네가 단 한 번도 나한테 연락하지 않고 죽었는지 살았는지 알지도 못하다가 어느 날 갑자기 네가 찾아와도 한 번도 너한테 뭐라 하지 않았어. 무얼 하고 살았는지 어디에 갔다가 이제 나타난 건지 물어 본 적도 없고, 난 그저 네가 무사히 다시 내 눈 앞에 나타나 준 것 만으로도 감사했어. 그리고 네가 나타날 때 마다 매번 내심 바랐어. 이번에는 제발 떠나지 말고 너도 이제 마음 다잡고 나랑 같이 잘 살았으면 좋겠다고. 그런데 너는 지금 내가 한시라도 빨리 네가 사라져 주길 바라는 사람으로 생각하고 있잖아! 단 한 번이라도 너는 나랑 잘 살아보고 싶은 마음이 있기나 했어? 매 번 네가 나타날 때마다 이런 상황인데도 내가 이 동네를 떠나지 못하는 이유를 알기나 하냐고!"

"뭐 이렇게 말이 길어. 누가 너보고 나 기다려 달랬어? 그냥 나 같은 건 잊고 다른데 가서 살지, 왜 이 거지같은 촌구석을 왜 못 떠나는 건데!"

지은은 남자의 대답에 망연자실한 표정을 지었다. 그리고 잠시 후 얼굴에 흐른 눈물자국을 손으로 지우며 마치 마음을 정리하기라도 한 듯 차분한 음성으로 대답했다.

"내가 이 동네를 떠나면, 네가 기댈 곳이 없어지잖아. 너 나한테 기대러 오는 거잖아. 아니야? 넌 정말 모르는 구나. 아니 단 한 순간도 너 자신에 대해 알려고도 하지 않았구나."

지은의 대답을 전혀 예상하지 못했다는 듯 남자는 멍하니 지은을 바라보았다. 하지만 이내 짜증이 난다는 듯 얼굴을 찌푸리며 지은에게 소리쳤다.

"됐고, 돈이나 빨리 내놔!"

"내가 돈 주면 또 노름판에 갖다 바칠 거잖아! 대체 언제 정신 차릴 거야?"

지은의 외침에 남자의 손이 다시 한 번 지은의 얼굴을 내리쳤다.

"그만 때려!"

입술에는 피가 흘렀지만 정작 가장 아픈 곳은 지은의 마음이었다. 지은은 이를 악물고 남자를 노려보았다. 그리고는 방문을 열고 밖으로 뛰쳐나갔다. 남자는 그 자리에 선 채 조금 전 지은을 내리쳤던 떨리는 손을 잠시 바라보다 지은을 따라 방을 뛰쳐나갔다.

밖으로 뛰쳐나온 지은은 흐르는 눈물을 닦을 생각도 하지 않은 채 마당을 거슬러 대문을 열고 밖으로 걸어 나왔다. 그러다 대문 밖에 있는 철환과 마주쳤다.

적잖이 당황한 지은이 아무 말도 하지 못하고 철환을 바라보았다. 철환의 얼굴은 누가 보아도 화가 단단히 났음을 알 수 있었다. 아무리 집 안에서 벌어진 일이었다지만 방음이 좋지 않은 오래 된 집이라 안으로부터 들려오는 고성과 뺨을 맞고 쓰러진 지은의 신음 소리가 적나라하게 바깥까지 전달되었던 것이다. 그렇기에 철환은 이미 대략적인 상황을 파악한 뒤였다. 지은의 얼굴을 따라 미처 다 떨어지지 못한 눈물이 주르륵 흘러 방울이 되어 밑으로 떨어졌다.

"어딜 나가!"

뒤따라 나온 남자의 고성이 골목길을 울렸고, 남자의 큰 손이 지은의 작은 어깨를 덥석 움켜쥐었다.

"그 손 놓으시죠."

철환의 음성이 한없이 무거웠다.

"뭐야 이 자식은."

철환의 모습을 위아래로 훑어 본 남자는 비릿한 웃음을 지었다.

"그새, 남자라도 생겼나?"

남자의 비꼬는 말투에 철환의 심기가 더욱 나빠졌다. 지은은 아무런 대꾸조차 하지 못한 채 눈앞에서 벌어진 상황에 그저 몸만 오들오들 떨었다.

"그 손, 놓으시라고 했습니다."

지은을 붙잡고 있는 남자의 손목을 철환이 손을 뻗어 낚아챘다.

"네가 뭔데 참견이야!"

남자의 말에 철환은 아무 대답도 할 수가 없었다. 굳이 대답을 할 필요도 없는 남자의 말이었으나, 철환은 대답을 찾고 싶었다. 자기 자신이 지은에게 무엇일까? 남자의 말대로 철환은 지은에게 아무런 사이도 아니었다. 지은에게 철환은 그저 같은 동네 사람, 그리고 자신의 딸에게 학교에서 국어를 가르치고 있는 선생님 정도일 뿐이었다. 조금 더 보태자면 딸 지은과 매우 친한 사이라는 것 뿐.

말문이 막혀 철환이 아무 말도 하지 못하던 그때 지은 선생이 몸을 돌려 남자를 말렸다. 그러자 감정이 격해진 남자가 철환에게 다시 소리쳤다.

"네가 뭔데 참견이냐고! 이 여자 애인이라도 되냐?"

철환을 향한 남자의 비꼬는 말이 정신없이 쏟아졌다.

"나는!"

남자의 말에 감정이 격해진 철환이 소리를 높였다. 하지만 뒤에 말이 도무지 나오지 않았다. 무언가 말하고 싶었으나 차마 아무 말도 하지 못하는 철환의 입술이 바짝 말라왔다.

"학부형이다. 왜!"

철환의 외침에 나머지 두 사람의 표정이 알 수 없게 변했다. 철환도 자신의 입에서 튀어 나온 말을 뒤늦게 자각하고는 창피함이 몰려와 그들에게서 등을 돌리고는 그대로 집으로 향해 급하게 걸었다. 지금 당장 속에서 끓어오르는 화는 문제가 아니었다. 멀리서 철환을 향한 남자의 욕설이 들려왔지만 아랑곳하지 않고 최대한 빨리 걸어 그 곳을 벗어났다.

집으로 돌아와 그대로 침대에 쓰러지듯 몸을 던진 철환은 창피함에 몸부림을 쳤다. 자신의 입에서 나온 말이 자꾸만 머릿속에 맴돌았고 철환은 계속해서 머리를 쥐어뜯었다. 지은 선생을 앞으로 어떻게 봐야 할지 막막하기만 했다.

"학부형이 뭐야, 학부형이!"

기껏 생각해 낸 말이 고작 그거였다니. 철환의 몸부림은 끝이 날 생각을 하지 않앓다. 앓는 듯이 신음 소리를 내는 소리에 딸 지은이 방문 밖에 살며시 다가왔으나 이내 철환의 상태를 느끼고는 자신의 방으로 총총히 사라졌다.

"학부형이라니!"

그 일이 있은 후로 철환은 행여나 지은과 마주칠까 가급적 집 밖으로 나가지 않았다. 최대한 외출을 자제했고, 인적이 드문 동네이지만 그나마도 더 사람들이 지나다니지 않는 시간대에만 골라서 외출을 하곤 했다. 며칠이 지났지만 생각 할 때마다 창피함이 몰려와 가만히 누워있다가도 이불을 걷어찼다. 하지만 철환의 노력은 그리 오래가지 못했다.

저녁 무렵 인적이 드문 시간에 산책을 나간 철환은 심란한 마음을 안고 집 근처 선착장에 있는 의자에 앉아 흐르는 강물을 마냥 멍하니 바라보았다. 지은에 대한 걱정, 창피함, 그리고 그 남자에 대한 분노, 온갖 감정들이 복합적으로 차올랐다.

복잡한 철환의 심경은 아는지 모르는지 흐르는 강물은 그저 마냥 평온하기만 했다.

긴 한숨을 내쉬며 먼발치로 시선을 옮기던 그 때. 낮에 익은 얼굴이 선착장 안으로 걸어 들어오는 것이 보였다.

"무슨 한숨을 그렇게 길게 쉬어요? 저 멀리서 까지 한숨 소리가 다 들려요."

철환을 알아보고 말을 걸며 걸어오는 선생 지은이었다. 지은을 보자 철환의 얼굴이 갑자기 화끈거리며 붉어졌다. 앞에서는 지은이 다가오고 있었고, 뒤에는 강물이었다. 마음 같아서는 강물로 뛰어 들고 싶은 철환이었다.

안절부절 못하고 있는 철환이 어색한 표정으로 고개를 꾸벅 숙이며 지은을 맞았다.

"지은이한테 들었어요. 요즘 집 밖에도 안 나가신다던데."

선생 지은의 말에 그렇지 않아도 붉게 변한 철환의 얼굴은 붉다 못해 검게 변하려 하고 있었다.

"혹시 그 날, 그 말 때문에 창피해서 그러세요? 학부형이다?"

철환은 당장이라도 강물로 뛰어들까 수천 수백 번 마음속으로 갈등했다. 지은이 얼굴에 살며시 미소를 지었다.

"고마웠어요. 고맙다는 말 꼭 전해 드리고 싶었어요."

두 손으로 머리를 감싸고 고개를 떨어뜨리고 있던 철환이 살며시 고개를 들었다. 미소를 짓고 있는 지은의 얼굴과 시선이 마주쳤다. 철환의 숨이 멎는 듯 했다. 마주친 시선이 부끄러운 듯 고개를 돌린 지은이 철환의 옆에 앉았다.

"그 날은 정말 제 인생에 최악의 날이었어요. 너무도 비참해서 당장이라도 어딘가 달려가 죽어버리고 싶은 심정이었거든요. 그 순간 제 앞에 그렇게 나타나주셔서 정말 다행이었다고 생각해요. 아니었으면 진짜 어디 가서 무슨 짓을 했을지 몰랐을 거예요. 그리고 학부형이다!"

철환의 입에서 짧은 탄식이 터져 나왔다. 지은도 참지 못하고 웃음을 터뜨렸다.

"멋있었어요. 그 말 때문에 창피해 하지 않으셨으면 좋겠어요. 저는 감동이었거든요. 계속 그렇게 창피해 하시면 제가 너무 미안해져요."

아무 말 없이 듣고만 있던 철환이 고개를 돌려 지은의 얼굴을 바라보았다.

지은의 입 주변은 그 남자에게 맞아 상처가 난 자국이 여전히 선명하게 보였다. 상처를 보자 철환의 마음속에 남자에 대한 분노가 다시금 울컥하고 터져 나올 것 같았다. 마냥 예쁘기만 한 얼굴에 도대체 어떻게 손을 댈 생각을 할 수 있는지 상상도 할 수 없었다. 마음이 한 없이 무거웠다.

그 뒤로 두 사람은 한동안 말이 없었다. 철환은 하고 싶은 말이 너무도 많았지만 지은이 먼저 조금 더 깊은 이야기를 꺼내 주길 기다렸다. 하지만 지은은 아무 말 없이 그저 멀리 흘러가는 강물만 바라보고 있었다.

"그 남자, 선생님한테 대체 왜 그러는 겁니까?"

긴 침묵 끝에 철환이 먼저 입을 열었다. 철환의 말에 지은은 다시 고개를 숙였다.

"말해주기 힘든 일인 것 같지만 그래도 그 사람 선생님한테 너무 하잖아요."

미소를 띠고 있던 지은의 얼굴에 그림자가 드리웠다. 그리고 두 사람의 사이에는 다시 침묵이 시작 되었다.

"제가 그 사람한테 상처를 줬어요. 말씀 드리긴 어렵지만, 그저 제가 안고 가야할 사람이에요."

"선생님이 받는 상처는요?"

선뜻 대답을 하지 못하는 지은을 향해 철환이 계속해서 말을 이었다.

"내가 선생님의 전후 사정을 잘 아는 것도 아니고 아직 많은 것을 본 것은 아닐 테지만, 그 남자가 받은 상처보다 지금 선생님이 받는 상처가 더 크고 아파 보여요. 그 남자에게서 선생님에 대한 사랑 같은 감정은 느껴지지 않는다고요."

"아니요, 그 사람 저 사랑해요. 저도 그 사람 사랑하고요."

"거짓말!"

차오르는 감정을 어찌하지 못하고 철환이 소리를 높였다. 그리고 철환의 말에 지은은 가슴이 칼에 베인 듯 아려왔다. 철환 역시 가슴 한 쪽이 시큰 했다. 지은의 어떤 말이 철환의 가슴을 그토록 아프게 했는지 철환은 그때까지는 아직 알지 못했다.

지금까지 혼자 모든 것을 짊어지는 것에 익숙했던 지은은 항상 아픔을 혼자 참아내기만 했다. 그리고 그 누구에게도 아픔을 드러내 본 적이 없었고, 아프다고 마음을 터놓고 말할 사람도 주위에 없었다. 어쩌면 혼자 이런 시골에 살고 있는 이유 또한 자신이 가진 마음의 상처를 누구에게도 보이고 싶지 않은 까닭일지도 몰랐다.

"과거에 얽매여 지금 현재의 마음을 속이려 하지 마세요."

"속이다니요. 그런 적 없어요."

대답하는 지은의 목소리가 점점 작아졌다. 지은은 철환에게 마음속에 있는 상처들이 들춰지는 것 같아 부끄러운 마음이 들었다.

"처음 선생님을 보았을 때 참 맑고 밝은 사람이라고 생각했어요. 그 밝음이 우리 지은이한테도 전해져서 제가 미처 다 보듬어 주지 못했던, 엄마를 잃은 지은이의 상처가 덮어지는 것을 전 옆에서 계속 지켜보고 있어요. 우리 지은이에게 선생님이 찾아 온 건 정말 행운이라고 생각했고요. 그리고 저 또한 마음에 위로를 받았어요. 제가 얼마나 선생님한테 고마워하고 있는지 모르실거예요."

"제가 뭘 그렇게까지."

"그런데 지금 선생님 얼굴을 한 번 봐요. 그 밝았던 사람이, 그렇게 웃음이 많았던 사람이, 우리 가족 두 사람을 치유해주던 그 사람이. 그 남자가 나타난 이후부터 모든 밝음이 사라졌잖아요. 그리고 도리어 상처투성이가 되어 버렸잖아요. 아니 이미 오래 전부터 마음속은 곪아있을지 모르죠."

감정을 억누르고 있는 철환의 손이 심하게 떨렸고, 그 떨림은 지은에게 전달되었다. 틀린 말이 하나도 없었다. 지은 스스로도 남자친구가 마을에 찾아 온 뒤로 사람들과의 만남을 꺼렸고 사람들의 수군거림이 불편하여 스스로의 동굴을 파고 들어가 외부와의 접촉을 일절 차단하였다. 지은의 긴 한숨 소리에 철환의 가슴

속에 뜨겁고 무거운 무언가가 차올랐다. 할 수만 있다면 당장이라도 무거운 그 무언가를 토해버리고 싶은 답답함이었다.

"제발 선생님이 좋은 것을 하세요. 선생님을 위한 선택을 하고, 선생님에게 필요한 것을 하세요. 저는 선생님이 행복했으면 좋겠어요."

지은이 고개를 돌려 철환을 바라보았다. 철환 역시 고개를 돌려 지은과 눈을 맞췄다.

"처음이에요. 엄마 아빠가 아닌 다른 누군가가 저의 행복을 빌어준 건."

철환은 말없이 지은을 계속해서 바라보았다. 일종의 동정심이었을까, 철환은 마음속으로 조용히 기도했다. 이 여자가 정말로 행복했으면 좋겠다고, 더 이상 상처 받아 아프지 말고 이제부터라도 진정한 행복을 찾았으면 좋겠다고.

그날 밤, 잠자리에 누운 철환은 가슴이 너무도 답답하여 숨도 제대로 쉬지 못 할 지경이었다. 머릿속에는 온갖 생각들이 뒤엉켜 정작 자신이 무슨 생각을 하고 있는지조차 알 수 없었다. 누웠다 일어나기를 수차례 반복하던 철환은 동이 틀 무렵에서야 겨우 잠에 들 수 있었다. 하지만 잠이든지 얼마 되지 않아 철환은 잠에서 깨어났다. 긴 한숨을 내쉬며 철환은 멀뚱멀뚱 눈을 뜨고 가만히 누워 있었다. 가장 먼저 머릿속에 떠오른 것은 선생 지은이었다. 생각 많은 표정을 하며 등을 돌려 멀어지던 지은의 모습이 떠오르면서, 지은 선생이 밤새 잠은 잘 잤는지, 밤 사이 무슨 일은 없었는지, 평소 하지도 않던 괜한 걱정들이 머리를 스쳐 지나갔다.

"그런데요, 전 행복해지면 안 된다는 그런 강박감 같은 것이 있어요."

멀어지던 지은이 걸음을 멈추고 철환에게 한 말이었다. 그 말에 철환은 그런 말이 어디 있냐며 지은을 따라가 붙잡아 세우고 싶었지만 차마 그러지 못했다.

"아빠, 나 학교 갔다 올게."

밤새 제대로 못 잤던 터라 깜빡 졸았던 철환은 방문 밖에서 들려오는 딸 지은의 목소리에 화들짝 놀라 급하게 침대에서 일어났다.

"아침 먹고 가야지?"

"벌써 먹었죠."

싱긋 웃으며 대답하던 지은이 식탁을 손가락으로 가리켰다. 식탁 위에는 계란을 입힌 빵으로 만든 토스트가 놓여 있었다.

"맛있을지 모르겠네?"

수줍은 미소를 짓는 지은을 보며 철환은 딸 지은이 많이 컸다는 것을 새삼 다시 느꼈다. 고등학교에 진학한 후 지은은 친구도 많이 사귀었고, 반장도 하며, 공부도 썩 잘했다. 엄마가 없는 빈자리가 힘들었을 것임에도 내색하지 않고 밝고 명랑한 아이로 잘 성장하고 있었다. 이제는 제법 어른스러운 모습이 보이기도 하고, 때론 엄마 은영의 얼굴이 지은에게서 보이기도 했다. 철환은 지은이 자신의 딸이라는 것이 너무도 고맙고 대견스러웠다.

"그런데 평소보다 일찍 나가는 것 같네?"

시간을 보니 평소 등교하던 시간보다 조금 일찍 집을 나서는 지은이었다.

"선생님 만나서 같이 가기로 했어."

"선생님?"

"응, 지은 쌤 만나서 같이 가려고. 왜?"

선생님이란 말에 지레 놀란 표정을 하는 철환을 보고 지은이 두 눈을 동그랗게 뜨고 되물었다. 마음 같아서는 딸 지은에게 선생님에 대하여 이것저것 알아봐 달라고 하고 싶었으나 철환은 꾹 눌러 참았다.

"아, 아니야 잘 다녀와."

딸 지은이 나간 후 철환은 식탁 의자에 털썩 주저앉았다.

"나 진짜 왜 이러지?"

한동안 멍하니 식탁에 앉아 있던 철환은 천천히 지은이 만들어준 토스트를 먹기 시작했다. 꽤 먹을 만한 정도가 아니라 정말 맛있는 토스트였다. 철환의 입가에 흐뭇한 미소가 번졌다. 먹었던 그릇을 정리하고 글을 쓰기 위해 책상에 가서 정신을 집중하려 하였으나 그럴 수 없었다. 머릿속은 다시 온통 지은 선생 생각뿐이었다. 눈앞에는 글자 대신 멀어지던 지은의 뒷모습만 보이는 듯 했다. 결국 단한 글자도 쓰지 못하고 철환은 방으로 들어가 이불 속을 파고들었다. 차라리 밤새 못 잔 잠이라도 자려는 의도였다. 하지만 철환에게는 수면도 허락 되지 않았다.

"미치겠네."

말 그대로 미칠 노릇이었다. 철환은 핸드폰을 집어 영진에게 문자를 남겼다.

-술 한 잔 하자-

"실화냐?"

"아니, 나 지금 진지하다고."

"실화네."

"장난 아니라니까!"

그날 저녁 철환을 만나 대략적인 이야기를 들은 영진은 뭐가 그리 웃긴지 연신 껄껄거리며 철환을 놀려댔다.

"실화(失火) 든 실화(實話) 든 딱 알겠네. 상사병!"

"말이 돼? 내가?"

"상사병이라니, 내가? 어떻게……"

영진과 헤어지고 터덜터덜 걸으며 집으로 돌아오던 철환의 머리가 복잡했다. 상사병이라는 영진의 말을 애써 부정했다.

은영을 떠나보낸 후 너무 힘겹고 외로운 시간을 견뎌왔던 철환이었다. 그 빈자리가 너무나 커 딸 지은이 몰래 숨죽여 눈물을 흘리던 날이 샐 수도 없이 많았다. 그런데 선생 지은에게 자신의 마음이 끌리고 있다는 사실을 철환은 인정 할 수가 없었다. 누군가에게 다시는 마음 주지 않고 은영에 대한 마음만을 품고 평생을 살아가리라 다짐 했건만, 지은에게 흔들리는 자신의 감정이 용납 되지 않았다. 어떻게 해서든 이 마음을 털어내야 한다고 철환은 생각했다.

자신의 딸에게 너무도 정답게 다가와준 사람의 불행한 모습에 대한 그저 동정심일 뿐일 것이라고, 그 동정심 때문에 순식간에 불이 붙었다가 금방 사그라질 모닥불 같은 마음일 것이라고 그렇게 생각 했다. 어떻게 해서든 철환은 자신의 마음을 확인하고 싶었다. 그러지 않고서는 가슴이 답답하여 견딜 수가 없었다. 지은 선생과 만나야했다. 지은 선생과 만났을 때 자신의 마음이 어떤 말을 하는지 제대로 들어 보고 싶었다.

어떻게 지은과 최대한 자연스럽게 만나수 있을지 철환의 고민이 시작되었다. 하지만 철환의 고민은 의외로 쉽게 해결 되었다.

철환의 핸드폰이 짧은 진동을 하며 소리를 냈다. 딸 지은에게서 온 문자였다.

-아빠 이번 주말에 나 선생님이랑 바다 놀러 갈래-

허락을 구하는 것이 아닌 거의 통보에 가까운 문자였으나, 다른 사람도 아니고 선생 지은과 함께 간다는 말에 철환은 흔쾌히 허락을 했다. 하지만 그 뒤에 도착한 딸 지은의 문자에 고심이 깊어졌다.

-아빠도 같이 가자! 선생님도 괜찮대-

평소 같았으면 기겁을 하며 거절을 했을 문자였지만 지금은 상황이 달랐다. 철환은 선뜻 답을 하지 못했다. 솔직한 철환의 속마음은 같이 가고 싶었다. 마침 지은 선생을 만날 구실을 찾고 있던 철환에게 기회가 찾아 온 것이었다. 그랬기에 더더욱 어떻게 대답을 해야 할지 생각이 나지 않았다. 너무 쉽게 승낙을 하기도, 그리고 거절을 하기도 애매했다.

하지만 며칠 후 주말, 철환은 영진에게 빌린 자동차의 운전대를 잡고 있었다. 뒷좌석에는 쉴 새 없이 웃음을 터뜨리고 있는 소녀 같은 두 여자가 얼굴에 웃음을 가득 띤 채 수다를 떨고 있었다. 그런 모습을 보고 있자니 철환의 기분도 마냥 좋았다. 복잡하기만 했던 생각들은 잠시 잊혀졌다.

차를 빌려 달라는 철환의 말에 눈치가 빠른 영진은 묻지도 빠지지도 않고 차키를 내주었다.

"그냥 차 한 대 사지 그러냐?"

"갈 곳도 없고 집에서 글이나 쓰는 게 일인 사람이 차는 무슨."

영진은 말없이 그저 고개를 끄덕였고, 다 알겠다는 표정을 지으며 철환을 배웅했다.

푸른 바다를 보고 있자니 가슴이 뻥 뚫리는 기분이었다. 이렇게 떠나와 본 것이 언제인지 기억조차 나지 않았던 세 사람은 바다에 도착하자마자 저마다의 감정이 솟구쳐 올랐다. 마냥 신이 나 소녀 시절로 돌아간 선생 지은과 역시나 들뜬 감정을 감추지 않고 있는 어린 지은은 바다를 보자 소리를 지르며 파도를 향해 달려갔다. 그런 두 지은의 모습을 철환은 얼굴에 미소를 가득 담은 채 바라보았다.

밀려들어오는 파도에 발을 담그며 소리를 지르기도 하고, 손을 잡고 파도를 넘어 보려 폴짝 뛰는 두 여자의 모습이 천진난만한 친구 같아 보이기도 했고 또한 엄마와 딸 같아 보이기도 했다.

"이것 좀 봐요. 아기멍게인가 봐요. 조그만 게 엄청 귀여워요."

어느새 철환의 곁으로 다가온 선생 지은이 손바닥을 철환에게 내밀어 보였다. 파도에 밀려 온 아주 작은 멍게를 손바닥 위에 올려놓고는 귀엽다며 미소 짓고 있는 선생 지은의 모습을 철환은 조용히 바라보았다. 바닷바람에 지은의 긴 머리칼이 흩날렸다.

웃음이 가득한 얼굴, 두 눈의 눈동자는 초롱초롱 빛이 났다. 살며시 미소를 머금은 선홍빛 입술과 가녀린 목선을 따라 이어지는 작은 어깨. 분홍색 티셔츠 아래 하얀 긴 치맛자락이 바람을 따라 살랑거렸다.

"그러네요. 정말 귀엽네요."

철환의 시선은 지은의 얼굴을 계속해서 바라보고 있었으나 지은은 손 위의 멍게를 보느라 그런 철환의 시선을 느끼지 못했다. 철환의 가슴이 심하게 요동쳤다. 그 요동침이 너무 심해 가슴이 아팠다. 그리고 어느 순간 철환의 머리와 가슴에서 쿵하는 소리가 들렸다. 철환이 억지로 부여잡고 있던 감정이 끝내 터져버린 것이다. 흘러넘치는 감정을 부여잡고 철환이 나지막하게 마음속으로 말했다.

'그거 알아요? 활짝 웃고 있는 당신이 더 귀엽다는 걸요.'

어린 지은이 부르는 소리에 지은이 달려가고 철환은 멀어지는 지은의 뒷모습으로 바라보며 긴 한숨을 쉬었다. 오늘 지은을 만나면서 자신의 마음을 확인하고자 했다. 자신의 마음은 그저 불행한 일을 겪은 한 여자의 불행한 모습에 대한 단순한 동정심이었다는 것을 확인하려 했고, 그리고 확신하려했다. 하지만 철환의 의도는 보기 좋게 틀렸다. 자신의 마음은 동정이 아닌 애정이었다. 머리로 애써 거부하던 감정을 가슴이 외치고 있었다.

내심 지은이 더 이상 여자로 보이지 않길 바랐으나, 그 바람은 보란 듯이 깨어져 버렸으며 타오르던 철환의 마음에 오히려 기름을 부은 상황이 되어 버렸고, 터져버린 감정은 이미 어찌 할 수 없을 정도로 넘쳐흘렀다.

'미치겠다. 나, 이 사람 좋아한다.'

저녁에 늦도록 즐거운 시간은 보내고 집으로 돌아오는 차안에서 두 여자는 피곤함에 잠이 들었다. 어린 지은을 안은 채 잠이든 선생 지은의 자세가 조금은 불편해 보였지만 두 사람은 동네 어귀에 도착할 때 까지 잠에서 깨지 않았다.

지은 선생의 집 앞에 도착하고 헤어질 때 어린 지은은 아쉬운 마음에 붙잡고 있던 지은의 손을 한참 동안이나 놓지 못했다. 같은 마을에 살고 마음만 먹으면 다음 날에도 볼 수 있다 하지만 헤어짐은 언제나 아쉬운 법이었고 그리고 오늘 하루의 기억이 너무나도 좋았기 때문에 이 순간의 헤어짐은 그 어느 때보다 아쉬운 마음이 컸다. 두 사람의 헤어짐의 순간을 철환은 그저 기다려주었다.

"오늘 너무 행복했어."

어렵사리 작별 인사를 하고 집으로 돌아오는 차 안에서 딸 지은이 말했다. 그 한마디에 철환의 마음이 더욱 복잡해졌다. 지은이 딸의 엄마가 되어 주는 상상이 불현듯 머릿속을 스쳤다. 그런 생각이 들자 철환은 불에 덴 듯 화들짝 놀라며 머리를 흔들었다.

"아빠 왜 그래?"

"아빠도 오늘 정말 오랜만에 기분 좋은 여행이었어. 간만에 운전을 했더니 조금 피곤하네."

적당한 말로 둘러대고 서둘러 집으로 향하는 차 안은 그 뒤로 정적이 흘렀다. 어린 지은은 하루 종일 찍은 사진을 다시 돌려 보며 오늘을 추억했고, 얼굴엔 미소가 떠나질 않았다.

집에 돌아와 대충 짐을 풀고 샤워를 한 뒤 침대에 몸을 던진 철환은 다시 생각에 빠졌다. 무엇을 하든 눈앞에 맴도는 한 사람의 모습, 잠들기 직전까지 계속해서 떠오르는 한 사람, 아침에 눈을 뜨면 가장 먼저 생각나는 한 사람, 그 사람의 하루가 궁금하고 그 사람의 기분, 취향, 모든 것이 궁금했다. 그리고 철환은 결국 자신의 마음을 인정 할 수밖에 없었다. 자신의 마음속에 선생 지은이 들어와 버렸다는 것을. 자신이 끝내 그녀를 마음에 품어 버렸다는 것을.

결론에 도달했고, 그 결론을 확인까지 했다. 그러자 철환의 가슴은 더욱 답답했다.

그녀에게는 아주 못 되었지만 남자가 있다. 또한 자신은 아내와 사별한 자식이 있는 남자였다. 자신의 현 상황이 그녀와 이어질 수는 있는 상황이 아니었다. 더욱이 자신의 딸을 이토록 챙겨주는 고마운 사람을 자신의 감정과 욕심 때문에 두 사람의 사이가 멀어지거나 서먹해지는 일은 죽어도 싫었다. 힘들더라도 그녀와 거리를 두어야 할 것 같았다. 눈에서 멀어지면 불같이 타오르는 마음이 조금을 사그라지지 않을까. 사그라지다 보면 어느 순간 더 이상 그녀를 향했던 뜨거웠던 마음이 식지 않을까. 쉽지는 않겠지만 그것이 맞다고 철환은 생각했다.

그날 밤, 잠이 들기 전 선생 지은은 베개를 등에 대고 침대에 앉았다. 그녀의 손엔 책이 한 권 들려 있었다. 조용히 책의 겉면을 넘겼다. 그러자 '평생 간직 될 소중하고 아름다운 사랑을 하길.' 이라는 문구와 함께 철환의 사인이 적혀있는 뒷장이 나왔다. 지은은 철환의 사인과 작가 소개에 함께 있는 철환의 사진을 한동안 바라본 뒤 책을 가슴에 끌어안았다. 어린 시절 동경하던 사람이었고, 선생님이 될 수 있도록 동기를 부여해 준 자신의 첫사랑. 그 사람이 오랜 시간을 지나 다시 눈앞에 나타날 것이라고는 꿈에도 생각하지 못했다. 아내의 병간호로 인하여 책을 쓰지 못한 공백기가 길었다는 사실을 알았을 때 지은은 마음이 너무 아팠다. 글을 쓰지 못해 고통스러워하던 모습에 자신이 도울 수 있는 것은 없을까 고심도 했다. 하지만 철환이라면 이겨 낼 것이라 굳게 믿었다. 이 후 철환이 마음에 조금은 안정을 찾고 다시 글을 쓰기 시작하여 얼마 뒤 문학잡지에 철환의 글이 실렸다는 말이 들리자마자 지은은 서점으로 달려갔다. 그 책 안에 실린 철환의 글과 사진을 보고는 요동치는 가슴을 한동안 진정시키기가 어려웠다. 그리고 다시 꺼내 본 [우리 시작할래요?]' 라는 책 안에서 지은은 그 시절 풋풋했던 첫사랑의 감정을 다시 떠올렸다. 하지만 한편으로는 철환이 자신을 기억하지 못하는 것 같아 서운한 마음도 없지 않았지만 수많은 사람들을 만났을 철환을 생각하며 자신을 기억하지 못할 수도 있겠다고 스스로를 위로했다. 첫사랑과의 재회 그리고 함께 여행을 하며 보낸 그 시간의 감회가 남달랐기에 지은은 고등학교 시절 설렘을 오늘 다시 느꼈다. 옛 추억을 떠올리며 그때의 두근거림에 오늘은 잠이 오지 않을 것 같았다.

철환과 지은 두 사람 모두 서로 때문이지만, 서로 다른 이유로 잠을 이룰 수 없는 그런 날이었다.

다음 날 일요일, 선생 지은은 강가에 앉아 한가로움을 만끽하며 여유롭게 글을 적어보고 싶었다. 마음속에 따뜻한 느낌이 들어 왠지 모르게 기분이 좋았다. 머릿속에 쓰고 싶은 글들이 마구 떠올랐고, 그 느낌 그대로 종이에 적어보고 싶었다. 콧노래를 흥얼거리며 집을 나서던 선생 지은은 대문을 여는 순간 소스라치게 놀랐다.

22화

"좋은 일 있나봐? 콧소리가 절로 나와?"

선생 지은의 눈앞에 남자친구 근호가 서있었다. 보통 한 번 왔다가 떠나면 한 달은 기본이었고 1년 가까이 다시 나타나지 않던 사람이었으나, 이번에는 떠난 지 얼마 되지 않아 다시 지은을 찾아 왔다.

놀란 마음에 아무 말도 못하고 발에 못이 박힌 듯 멍하니 서있는 지은에게 근호가 비아냥거리는 말투로 말을 이었다.

"아니, 내가 사업을 해보려 했는데 지난 번 네가 준 돈으로는 턱없이 모자라지 뭐야. 전화로 내가 돈 보내라고 해 봤자 네가 보내 줄 것 같지 않아서 내가 또 이렇게 손수 힘든 걸음을 했다는 거 아니겠어. 그러니까 돈 좀 더 내줘봐. 이번 사업 잘 되면 내가 두 배로 갚아 줄게."

갚아 준다는 말 애초에 믿지 않았다. 그냥 돈 내놓으라는 협박이 분명했다. 이번에도 역시나 돈 때문에 자신을 찾아 온 것이었을 뿐이었다. 봄볕처럼 따뜻했던 마음이 한순간에 한겨울 얼음장 같이 차가워졌다. 자신의 앞에 서있는 이 존재가 너무나도 원망스러웠고 미웠다.

"너한테 나는 어떤 존재니? 우린 대체 무슨 사이인거니?"

"내 여자 친구잖아, 사랑하는 사이."

사랑이라는 두 글자를 한글자한글자 강조하며 말하는 근호를 지은이 뚫어질 듯 노려보았다. 사랑이라는 말이 이렇게 견딜 수 없이 가볍게 느껴질 수가 없었다.

병상에 누워있는 50대 중반의 여자를 한 청년이 간호하고 있었다. 청년은 병상에 있는 여자를 어머니라 부르며 거동이 불편한 것을 대신하여 수건에 물을 적셔와 얼굴을 닦아주기도 하고, 팔과 다리를 주물러 주기도 하며, 적적한 병원 생활을 하는 여자의 말동무가 되어주기도 하였다. 병상에 누워있는 여자는 다름 아닌 지은의 엄마였다.

졸업 후 바로 바로 학교로 출근을 하기 시작했던 지은은 엄마를 간호하기에는

128

역부족이었다. 그 자리를 남자친구 근호가 대신 하였다.

퇴근 후 바로 병원으로 온 지은은. 엄마의 말동무가 되어 수다를 떨고 있는 남자친구 근호를 보니 마음속에 감동이 밀려와 눈시울이 촉촉해졌다. 그녀의 엄마 또한 비록 병상에 있지만 근호와의 대화에 진심으로 즐거워하며 활짝 웃어 보이기까지 했다. 이 남자와의 미래를 꿈꾸기에 부족함이 없을 듯 했다.

그런 근호의 지극한 정성 덕분이었는지 지은의 엄마는 얼마 후 퇴원을 하여 집으로 돌아 왔다. 지은의 엄마 또한 근호에게 진심으로 고마운 마음을 가지고 있었고, 자신의 딸과 화목한 가정을 꾸리길 마음속으로 원했다.

하지만 지은의 아버지는 생각이 달랐다.

"안돼! 적어도 내 딸이랑 같이 살 생각이라면 최소한의 능력은 있어야 할 거 아니야!"

오늘 큰 결심을 한 근호는 지은의 아버지를 찾아가 결혼을 허락 받으려 했다. 하지만 근호의 얼굴을 본 지은의 아버지는 긴말 들을 필요도 없다며 단호하게 말했다. 아버지의 불호령에 지은은 옆에서 그저 눈물을 흘렸다.

"다음에 또 오겠습니다. 아버님."

"아버님은 누가 아버님이야!"

끝까지 예의를 갖추고 인사를 하는 근호를 보지도 않고 지은의 아버지는 현관문을 닫아 버렸다. 뒤에는 지은의 엄마가 어찌 할 줄 모르는 표정으로 두 사람을 바라보았다.

"내가 근호 때문에 산거야. 내가 병원 있을 때 한 번 얼굴도 내밀어 보지 않은 당신이랑은 비교도 안 되는 착한 아이라고!"

아직 몸이 온전하지 않아 크게 목소리를 내긴 어려웠으나 지은의 엄마의 목소리에는 어딘가 힘이 실려 있었다.

"내 딸을 저런 거렁뱅이 같은 놈한테 줄 수 없어."

"누가 거렁뱅이인데? 취직 준비 중인거지 아직 일을 안 하고 있다고 다 거렁뱅이야?"

"내가 안 된다는데 뭐 이렇게 말이 많아! 난 절대 허락 못 해! 내 눈에 흙이 들어가도 못한다고!"

두 사람의 말다툼이 계속해서 이어졌다. 언성이 점점 높아지면서 집 바깥에 까지 그 소리가 세어나가고 있었다.

"미안해 근호야."

사과하는 지은의 목소리가 심하게 떨렸다. 얼굴은 이미 눈물로 젖어 있었고, 얼굴을 따라 흐르는 눈물이 방울이 되어 땅으로 뚝뚝 떨어졌다. 지은의 아버지 앞에서는 내색하지 않았으나 근호 역시 마음에 크게 상처를 입었다. 지은에게 보이지 않으려 등을 돌린 채로 근호 역시 울고 있었다. 자신의 신세가 너무도 한탄스러웠고, 초라했다. 자존심이 너무도 무너져 창피한 마음에 당장에라도 도망치고 싶은 심정이었다.

가진 것은 없어도 착하고 성실하게 살면 언젠간 인정받을 것이라 그렇게 믿고 그렇게 살아왔다. 하지만 결국 돈이었고 능력이었다. 자신이 사랑하는 사람을 지키고 함께 할 수 있는 것도 세상적인 지위와 능력이 필요 했다. 철저하게 마음이 무너진 근호는 지은을 향해 돌아보지 못했고 그대로 발길을 옮겨 떠나버렸다. 마음속으로는 언젠가 반드시 자신의 능력으로 인정을 받아내고 말겠다는 다짐을 몇 번이나 했는지 모른다.

그렇게 떠나가는 근호를 지은은 붙잡을 수가 없었다. 그저 그 자리에서 눈물만 흘리며 사라져가는 근호의 뒷모습만 하염없이 바라보았다.

아버지의 반대와 마음의 상처를 극복하지 못하고 두 사람은 얼마 뒤 이별했다.

그리고 또 얼마가 지난 뒤 지은은 시골의 한 고등학교로 발령을 받았다. 그녀의 엄마는 딸을 멀리 보내게 된 사실에 망연자실 하였지만 아버지는 오히려 어려운 곳에서 잘 해내면 앞으로의 교사 생활에 있어 큰 도움이 될 것이라며 반겼다. 하지만 사실 시골 학교로의 발령은 지은이 지원한 것이었다. 근호와 헤어진 후 가능한 집에서 멀어지고 싶었던 지은은 아무도 가려하지 않는 시골 학교로의 발령을 스스로 원했다.

아무도 모르는 곳에 혼자 처음 도착한 지은의 가장 큰 과제는 외로움과 싸워야 했다는 것이었다. 밤마다 외로움에 눈물 흘리던 지은을 다독여 준 사람은 길 건너 사는 할머니였다. 할머니는 장에서 팔다 남은 나물이나 반찬거리가 있으면 요리를 해 가져다주며 지은을 친손녀처럼 챙겼다. 지은도 할머니의 도움에 닫혔던 마음을 조금씩 열며 이곳에서의 생활에 익숙해지려 하였지만 근호의 빈자리는 크기만 했다. 그러다 끝내 참지 못하고 근호를 찾았다. 지은의 연락을 기다리고 있었다는 듯 근호는 바로 다음날 지은에게도 달려왔다. 기차역에서 다시 만난 두 사람은 서로를 부둥켜안고 오랜 시간 눈물을 흘렸다.

그렇게 그 둘의 동거가 시작 되었다.

아직 직장을 구하지 못했던 근호는 어렵사리 근처 도시에 소재한 한 중견회사에 취직을 하게 되었다. 일은 어려웠으나 근호는 지은을 생각하며 할 수 있는 최선을 다했다.

지은 역시 학교에서 열심히 아이들을 가르치며 두 사람은 행복한 나날을 보내고 있었다.

어느 날 지은은 평소 보다 늦어지는 생리에 초조한 마음을 가지고 테스트를 해 보았다.

임신이었다.

순간 지은에게 셀 수도 없이 많은 감정들이 몰아쳤다. 기쁘기도 했으나 슬프기도 했고, 아직 결혼도 안한 상황에 찾아온 아기는 걱정이기도 했다. 이 사실을 근호에게 어떻게 말해야 할지조차 고민이 되었다.

가장 먼저 이 사실을 알게 된 사람은 길 건너 할머니였다. 할머니는 지은의 임신 소식을 듣자, 잘 되었다며 지은의 두 손을 잡고 눈물까지 보이며 축하를 해주었다.

하지만 그날 저녁 근호는 집에 들어오지 않았다. 회사에 일이 생겨 야근을 해야 한다는 근호는 다음날 밤이 늦어서야 술에 잔뜩 취한 상태로 집에 돌아왔다. 손에는 어디서 샀는지 명품 가방이 담겨 있는 종이가방이 들려있었다.

"그 동안 고생 많았어. 지은아, 이제 우리 아무 걱정 할 거 없어."

술에 취해 발음조차 정확하지 않은 근호가 지은에게 종이 가방을 쥐어주고 외투 주머니에서 봉투를 꺼내 내밀었다.

"이게 다 뭐야? 어디서 난거야?"

두둑한 봉투 안에 현금이 가득 들어있는 것은 본 지은이 두 눈이 휘둥그레져 근호에게 물었다.

"열심히 일했다고 회사에서 준 보너스!"

근호의 말에 지은은 감격하여 눈물이 맺혔다. 마음속에 이제는 제대로 자리를 잡고 행복하게 살 수 있을 것 같다는 안도감이 밀려왔다.

"근호야 나 할 말이 있는데."

"나 지금 너무 피곤한데 급한 얘기 아니면 내일 하면 안 될까?"

"그래, 내일 얘기해 그럼."

근호는 베개에 머리가 닿자마자 깊이 잠이 들어버렸다. 하지만 지은은 가슴이 벅차 잠이 오질 않았다.

아침이 되어도 근호는 잠에서 깨어나질 않았다. 지은이 아무리 흔들어 깨워도 일어나지 않았다. 지은은 근호를 위해 밥상에 북엇국을 차려놓고는 학교로 향했다.

오늘은 꼭 근호에게 임신 사실을 알려야겠다고 지은은 속으로 다짐을 했다. 하지만 지은이 퇴근을 하고 집에 돌아 왔을 때, 근호는 집에 없었다. 그리고 그날 역시 근호는 집에 돌아오지 않았다.

무언가 잘못 되었다는 생각이 머리를 스쳤다. 지은이 아무리 근호에게 전화를 해보았지만 근호는 전화를 받지 않았다. 그 후 며칠이 지나도록 근호는 집에도 오지 않았고 연락조차 없었다. 지은의 불안감이 극도로 커진 어느 날이었다.

아침부터 대문을 두드리는 소리에 지은은 겨우 든 잠을 깼다.

"누구세요?"

대문 밖에는 처음 보는 낯선 여자가 한 명 서있었다.

"여기가 근호 오빠 집이라던데 맞아요?"

짙은 화장에 새빨갛게 칠한 입술, 가슴골이 다 드러난 상의에 조금만 허리를 굽혀도 속옷이 보일 것 같은 짧은 치마를 입은 여자의 모습은 시선을 어디에 두어야 할지 민망할 지경이었다. 껌을 질겅질겅 씹고 있던 여자는 파마를 하여 꼬불꼬불한 머리카락을 손가락으로 빙빙 감으며 지은을 위아래로 훑었다.

"그쪽이 근호 오빠 여친? 아휴, 왜 이렇게 촌스러워."

"그러는 그쪽은 누구신데요?"

아침 일찍부터 찾아와 기분을 상하게 하는 여자의 말투가 거슬렸지만 지은은 근호의 행방에 대한 정보를 알 수 있을지도 모른다는 생각에 기분 나쁜 내색을 꾹 눌러 참으며 여자에게 물었다.

"굳이 말하자면 근호 오빠랑 살을 섞은 사이랄까?"

부끄러움이란 단어를 모르는 것 같은 여자의 대답에 지은은 심장이 멎을 것만 같았다. 정신이 혼미해 지는 것을 힘겹게 부여잡으며 지은이 되물었다.

"지금 근호 어디 있어요?"

"그게 말이야."

여자의 말에 지은의 피가 거꾸로 솟는 기분이었다. 자신에게 준 선물과 돈이 모두 노름판에서 딴 것이었다. 그리고 그곳에서 만난 지금 눈앞에 가증스럽게 서있는 여자와 몸을 섞었다는 사실에 구역질이 올라왔다.

"근호 오빠가 나한테 줄 돈이 있어."

노름판에서 가진 돈을 모두 탕진하고 사채업자에게 돈을 빌려 그 돈으로 다시 노름을 한 근호는 빌린 돈 마저 모두 잃고 말았다. 여자에게도 돈을 빌렸던 근호는 지금 사채업자들에게 붙잡혀 있는 상황이라고 했다. 여자는 행여나 사채업자들이 먼저 근호가 가진 것을 전부 빼앗아 갈까 걱정 되어 자신의 돈을 먼저 받고자 아침 일찍 지은의 집으로 찾아 온 것이었다.

지은은 근호에게 받았던 현금 봉투를 여자에게 내밀었다. 그리고는 지금 근호의 행방을 물었다.

돈을 손에 쥔 여자는 흡족한 미소를 지으며 지은에게 자신의 차에 타라며 고갯짓을 했다.

차는 숲속 길을 따라 계속해서 들어갔다. 경찰의 단속을 피하려 산속 깊은 곳에서 도박장이 운영되고 있었던 것이었다.

끝도 없이 숲속으로 들어가던 차가 어느 순간 멈췄고, 여자는 한 비닐하우스를 가리켰다.

"저기야. 난 더 안가고 싶으니까, 여기서부터는 언니 혼자 가."

여전히 말이 반 토막인 여자의 말이 상당히 기분이 나빴지만 지은은 근호를 찾을 생각에 여자는 신경을 쓸 겨를이 없었다. 차에서 내린 지은을 여자가 다시 불렀다.

"언니, 그냥 그 남자 버려. 언니가 안쓰러워 보여서 하는 말이야. 장담하는데 절대 원래대로 못 돌아와."

여자는 말을 마치고는 차를 돌려 사라져 버렸다. 혼자 남겨진 지은은 겁이 덜컥

났다. 하지만 근호를 찾아 데리고 갈 생각을 하며 용기를 냈다.

여자가 알려준 비닐하우스 근처로 가자 덩치가 큰 남자 두 명이 지은에게 다가왔다.

"아가씨 뭐야?"

"근호를 찾으러 왔어요."

겁에 질린 지은의 목소리가 떨려왔다. 남자들은 지은의 말에 서로의 얼굴만 멀뚱히 쳐다봤다.

"근호가 누구지?"

"아! 그 호구 놈 이름이 근호였나?"

남자들은 뭐가 우스운지 서로 얼굴을 보며 키득거렸다. 그러고는 지은을 향해 들어가 보라며 비닐하우스의 문을 열어 주었다. 비닐하우스 안에 들어간 지은은 눈앞의 광경을 보고 하마터면 정신을 잃을 뻔했다.

눈앞에는 심하게 얻어맞은 것 같은 근호가 입가에 피를 흘리며 바닥에 쓰러져있었다. 그리고 근호 주변에 남자들 세 명이 둘러서 있었고 그 너머로 한 남자가 의자에 다리를 벌린 채 앉아있었다.

"그년, 일 하나는 참 잘해."

지은을 이곳으로 데려온 여자를 말하는 것 같았다. 모든 것이 지은을 이곳으로 오게 하려는 계획이었다. 아직 정신이 붙어있던 근호는 지은을 보자 한숨을 내쉬며 망연자실한 듯 고개를 숙였다.

"혼자 이런 데를 올 생각을 다하고 용기 하나는 인정. 근데 돈은 가져왔을라나 모르겠네. 이놈이 빌려간 돈은 대신 갚아줬음 하는데."

의자에 앉아 있던 남자가 빈정거리는 말투로 지은에게 말했다. 겁에 질려 있던 지은은 남자에게 아무런 대꾸조차 하지 못했다.

"보아하니 돈은 안 가져온 것 같고, 이 놈 데려가고 싶으면 아가씨도 여기에 손가락 찍어. 이놈 손가락은 진작 받았으니."

남자는 지은에게 종이 한 장을 내밀었다. 각서라고 쓰여 있는 종이를 보자 지은은 거부감이 들었다. 하지만 근호를 데리고 이곳을 나가겠다는 생각으로 남자에게서 종이를 받아 들었다. 각서에 적혀있는 근호가 빌렸다는 금액은 다행이라고 해야 하는 것인지 그동안 지은이 모아둔 돈으로 갚을 수 있을 것 같아 보였다.

가능한 빨리 이곳을 벗어나고 싶었기에 지은은 서둘러 종이에 지장을 찍고는 남자에게 건네주었다.

"예쁘장하게 생겨서 돈은 되겠어."

비릿한 웃음을 지으며 남자는 의자에서 일어나 비닐하우스 밖으로 사라졌다 그를 따라 다른 남자들도 떠나고 비닐하우스 안에는 지은과 근호만 남았다. 근호는 얼굴에 아무런 표정도 없었다. 무슨 생각을 하고 있는 것인지 지은은 알 수가 없었다.

집에 오자마자 지은은 서랍 깊이 넣어 두었던 통장을 꺼내 근호에게 건넸다.

"이 돈 찾아서 빚 갚고 와. 빚 갚고 우리 다시 시작하자. 응? 괜찮아 그럴 수 있어. 나 다 이해 할 수 있어. 그러니까 우리 처음부터 다시 시작한다고 생각하자."

입으로는 이해한다 말하고 있었지만, 지은은 지금 이 상황을 납득 할 수가 없었다. 하지만 빨리 모든 것을 끝내고 싶은 마음에 선뜻 근호에게 통장을 내밀었다. 하지만 한 마디 말도 하지 않고 있는 근호는 지은의 손에서 그저 통장을 받은 후 말없이 집을 나갔다. 그리고 얼마 뒤 돌아온 근호는 완전히 정신이 나가있는 사람 같았다.

"빚 다 갚고 온 거지?"

지은의 물음에도 근호는 아무 대답을 하지 않았다. 초점을 잃은 눈동자는 계속해서 흔들렸다.

"근호야, 나 할 말이 있는데. 사실 말이야……"

"미안해 지은아."

지은의 말을 끊고 근호가 지은의 앞에 무릎을 꿇었다.

"괜찮다니까, 일어나 근호야."

일으켜 세우려는 지은의 팔을 근호가 뿌리치며 계속해서 눈물을 흘렸다. 근호의 그런 모습을 보고 있으니 불길한 예감이 밀려왔다.

"너 설마?"

차마 대답을 하지 못하는 근호 앞에 지은이 털썩 주저앉았다.

"대체 너 왜 이렇게 된 거니?"

근호의 가슴을 치며 지은이 절규했다. 너무도 참담했다. 사랑했던 사람이 다른 여자와 몸을 섞었다는 사실을 알았을 때도, 그리고 미래를 꿈꾸며 차곡차곡 모아 두었던 돈을 노름 빚 탕감에 내어줄 때까지만 해도 어떻게든 참고 견뎌보려 했다. 그래도 본성은 착한 사람이었기에, 그리고 둘이서 행복하게 보냈던 그 시간을 다시 되돌리고 싶었기에, 그리고 뱃속에 잉태 된 아기를 생각하며 제발이라도 근호가 다시 돌아오기를 바랐다. 하지만 그렇게 내어준 돈 마저 다시 노름판에 날려버린 근호를 더 이상 용납할 수가 없었다.

"너 때문이잖아. 그리고 네 아버지 때문이잖아!"

눈빛이 변한 근호가 소리를 질렀다. 근호의 말은 칼날이 되어 지은의 가슴에 꽂혔다. 근호를 바라보는 지은의 눈에서 눈물이 계속해서 흘러내렸다.

집을 나가버리는 근호를 지은은 차마 붙잡을 수가 없어 마냥 보고만 있었다. 자신 때문에 변해버린 근호에 대한 미안함, 죄책감, 원망, 분노가 복잡하게 얽혀 지은은 그 자리에서 정신을 잃었다.

지은의 뱃속에 잉태 되었던 아기는 결국 세상의 빛을 보지 못했다.

근호를 노려보는 지은의 눈빛이 매서웠다. 조금 전까지 따뜻했던 기분은 이미 차갑게 식은 지 오래였다. 자신에게서 돈을 받아간 지 채 한 달도 되지 않은 시간이었다. 그리고 다시 나타나 또 돈을 달라하고 있는 이 남자를 이제는 그냥 놓아 버리고만 싶었다. 몇 번이고 근호가 다시 나타나면 다시는 받아 주지 않겠다고 다짐을 하였으나, 마음이 약한 지은은 차마 그럴 수 없었다. 천성은 착한 사람이라며, 자신 때문에 저렇게 변해 버린 것이라며, 되레 자신을 탓하며 그런 근호라도 사랑하려 노력했다.

그런 지은의 마음을 전혀 알지 못하는 근호는 지은을 찾아올수록 더욱 염치가 없어졌고 뻔뻔해졌다. 이제는 지은에게 돈을 받는 것에 대한 일말의 주저함도 없었고 오히려 지은이 자신에게 돈을 주는 것이 당연하게 여기는 듯 했다.

지속하기에 힘든 노력이 필요한 관계는 끊어 버리는 것이라 했던가. 지은의 힘겨운 노력도 점점 한계에 다다르고 있었다.

"너는 정말 나랑 행복하게 살고 싶기는 하니?"

"그럼 당연하지, 내가 그래서 돈 벌라고 하는 거 아냐, 나중에 내가 몇 배로 다 갚아 준다니까?"

근호의 대답에서 아무런 진심도 느껴지지 않았다. 지은의 두 손에 힘이 들어가 주먹이 쥐어지며 부르르 떨렸다. 그 순간 자신의 행복을 빌어 주던 철환의 말이 떠올랐다.

눈물이 나려하는 것을 힘겹게 참아내며 금방이라도 울음을 터뜨릴 것 같은 목소리로 말했다.

"너 정말 내가 행복하길 바라기는 하니?"

"왜 자꾸 행복 타령이야! 돈 주기 싫으면 됐어. 관둬!"

진심이 없는 말이라도 행복하길 바란다는 말이 듣고 싶었다. 다른 사람에게서가 아닌 자신이 아직은 사랑하고 있는 사람에게서 행복을 빌어주는 말이 너무도 듣고 싶었다. 하지만 이런 지은의 마음을 알지도 못한 채 근호는 여전히 돈에만 관심이었다.

"어떻게 나한테 그래? 너는 왜 내가 행복하길 빌어 주지 않는 건데?"

"언제까지 그런 고리타분한 이야기만 하고 있을 거야? 돈이 있어야 행복한 거야. 돈이 능력이고 권력이고, 행복인거야!"

지은의 말이 지겨운 듯 근호가 버럭 소리를 질렀다. 지은에게는 간절했던 행복이라는 단어가 그저 고리타분한 것으로 전락했다. 지금까지 실낱같은 희망을 품으며 근호와의 행복한 삶을 꿈꿔왔던 것들이 산산이 깨어져 쏟아졌다. 그리고 그런 자신이 너무도 초라하게 느껴졌다.

"최악이다. 능력? 권력? 행복? 너나 나한테 어울리지도 않아. 너란 사람 정말 최악이야."

"뭐? 이게 정말 보자보자 하니까!"

근호의 손이 지은의 얼굴로 날아들었다. 지은의 손에 들려있던 노트와 펜이 바닥에 나뒹굴었고, 균형을 잃은 지은은 그 자리에 풀썩 쓰러졌다. 자신을 찾아오자마자 또 다시 시작 된 손찌검, 지은은 맞은 뺨의 고통보다 마음의 고통이 더욱 쓰라렸다. 맞은 뺨에 손을 댄 채 지은은 그 자리에서 일어나지도 못하고 주저앉아 울고 있었다.

"이게 뭐하는 겁니까? 어? 너 이 자식 왜 또 나타난 거야?"

영진이었다. 멀리서 상황이 심상치 않은 것을 본 영진은 지은을 때린 당사자가 근호라는 것을 확인하고는 목소리를 높였다. 그리고는 근호에게 달려들어 멱살을 붙잡았다.

"아, 이건 또 뭐야! 너도 학부형이냐?"

멱살을 잡힌 근호가 미간을 구기며 귀찮은 듯 영진을 쏘아보았다.

근호가 영진의 팔을 내리치자 힘이 부족했던 영진의 손은 너무 쉽게 근호를 놓쳤다. 잡혔던 손이 풀리자 근호는 영진의 가슴을 손으로 밀쳐냈다. 이에 화가 난 영진이 근호에게 다시 달려들었으나 근호의 주먹이 빨랐다. 익숙하지 않은 충격에 영진의 머리가 흔들렸고 그대로 바닥에 비틀거리며 쓰러졌다. 쓰러진 영진의 배 위로 근호의 발길질이 가해졌다. 영진은 외마디 비명을 내며 바닥을 뒹굴었다.

"그만해 제발!"

또 한 번의 발길질이 영진에게 향하던 순간 절규와 같은 목소리로 지은이 소리쳤다. 그러자 영진에게 향하던 근호의 발길질이 주춤하며 멈추었고, 대신 분노가 가득 찬 눈빛이 지은을 향해 날아와 꽂혔다.

눈물로 지은의 얼굴은 온통 젖어 있었다. 지은의 마음속에 알 수 없는 온갖 감정이 휘몰아 쳤고, 자신도 인정하기 싫었지만 근호에 대한 연민도 피어올랐다. 오랜 시간 사랑했던 사람에 대한 애증이었을까, 근호에게 맞고 쓰러져 신음소리를 내고 있는 영진이 제발 근호를 용서해 주길 마음속으로 바랐다. 그러면서 또 한편으로는 이런 남자를 포기하지 못하고 여전히 마음에 품고 있는 자기 자신이 죽도록 미웠다. 여전히 아직도, 언젠가는 다시 예전의 착했던 사람으로 돌아 올 수 있을 것이란 아주 작은 희망을 가지고 있는 자신이 너무도 미웠다.

성난 숨을 거칠게 내쉬고 있던 근호는 허공을 향해 큰소리로 욕을 하고는 바닥에 침을 뱉고 떠나가 버렸다. 옆을 스쳐 지나가며 지은을 쏘아 보는 얼음 같이 차가운 근호의 눈빛이 예리한 비수가 되어 날아드는 것 같았다. 그 따가운 눈빛에 지은은 고개를 돌릴 수밖에 없었다.

근호가 시야에서 사라지고 난 뒤 지은은 영진에게로 다가갔다. 맞은 곳의 통증보다 자존심이 무척이나 상한 영진이었다. 입가에 흐르는 피를 옷소매로 닦으며 자리에서 일어나려는 영진을 지은이 부축했다.

연신 미안하다며 사과하는 지은에게 영진은 어렵사리 웃어 보이며 지은을 안심시켰다. 그리고는 바닥에 떨어진 지은의 펜과 노트를 집어 먼지를 털고 지은에게 건네준 뒤 영진은 등을 돌려 그 자리를 떠났다.

내심 지은 앞에서는 괜찮은 척을 하였지만 속에서 올라오는 화는 쉽사리 사그라지지 않았다.

파도가 절벽에 부딪혀 쏴아 소리를 내며 잘게 부서지고 하얀 물거품을 만든 뒤 사라진다. 넓게 펼쳐진 바다 위에 떠있는 작은 고깃배들이 넘실대는 파도를 따라 위아래로 흔들거렸다.

절벽 위 해안을 따라 만들어진 둘레길 위를 철환과 지은이 함께 걸었다. 따뜻하게 쏟아지는 햇살을 받아 더울 법도 했지만 바다에서 불어오는 시원한 바람에 더위가 씻겼다.

얼마나 걸었을까, 바다가 한 눈에 들어오는 전망이 좋은 곳에 두 사람이 잠시 걸음을 멈추었다. 바다를 향해 있는 긴 의자를 가리키며 지은이 잠시 쉬었다 가자고 철환의 옷을 잡아끌었다. 못 이기는 척 지은의 손에 이끌려 두 사람이 의자에 앉았다. 하지만 아직 마음의 거리가 느끼지는 만큼 떨어진 두 사람의 거리, 철환은 고개를 돌려 지은을 가만히 바라보았다. 바다를 담은 지은의 검은 눈동자가 한 없이 아름다워 보였다. 철환은 이미 그 검은 눈동자 속에 온 마음을 담가 버렸다. 그 검고 아름다운 바다 속에서 숨이 막힐 것도 같았지만 철환은 그곳에서 헤어 나오기를 포기한 듯 했다. 그 바다에 빠지기까지에는 의식이 인식조차 하지 못하는 찰나의 시간이면 충분했다. 그 시간은 빛의 속도처럼 매우 빠른 시간이기도 했고, 또한 바다 속의 땅이 솟아올라 거대한 산맥이 되는 만큼의 긴 시간이기도 했다. 검은 눈빛의 황홀함에 젖어 철환의 얼굴이 점점 지은의 얼굴에 가까이 다가갔다. 기척을 느낀 지은의 움직임에 화들짝 놀라 다시 제자리로 돌아온 철환은 멋쩍은 표정을 지었다. 자신에게 다가온 철환을 느꼈던 것일까 지은의 얼굴이 조금을 발그레 하게 물들었다. 부끄러워서였을까 지은은 고개를 들어 하늘을 바라보았다. 맑고도 높은 하늘이 바다에 출렁이는 파도와 함께 일렁였다.

"하늘 너무 예쁘다."

지은은 조금 더 편한 자세로 하늘을 보고 싶은 듯 의자에 누워 시선을 위로 향했다. 고개를 들고 하늘을 보는 것 보다는 편했지만 이내 딱딱한 의자가 불편했다. 팔로 베개도 해보고 손으로 받쳐도 보았지만 불편함은 여전했다.

"내 다리, 베고 누울래요?"

잠시 고민이 되었지만 못 이기는 척 지은은 철환의 다리를 베고 누웠다. 자세가 편안해지고 날씨도 따뜻했으며, 선선하게 불어오는 바람에 마음도 편안해졌다. 그리고 스르륵 눈이 감겨왔다.

철환은 살며시 눈을 감고 있는 지은의 얼굴을 내려다보았다. 사랑스러운 그녀 모습에 자꾸만 마음이 요동쳤다. 살그머니 그녀의 손에 자신의 손을 포개 보았다. 감겨있던 지은의 눈이 살며시 떠졌다. 그리고 그녀의 손은 철환의 손에서 벗어나려는 듯 움찔거리며 밑으로 내려갔다. 이미 예상을 한 그녀의 거부였으나, 어쩔 수 없는 실망감은 철환의 마음속에 천천히 스며들었다. 우리는 이러면 안 되는 사이라며 말하는 그녀의 목소리가 들리는 것만 같았다. 그럼에도 자꾸만 커져가는 마음은 주체 할 수가 없었다. 이내 무언가 결심한 듯, 한 번 더 철환은 그녀의 손에 자신의 손을 포개었다. 또 한 번 그의 손을 피해 내려가는 그녀의 손에 실망하며 철환은 손을 떨어뜨렸다. 실망감에 눈물이 차오르려 하는 것을 애써 꾹 누르며 고개를 돌리는 순간, 그녀의 손이 철환의 손을 잡아 자신의 배 위에 살며시 포개었다.

"이러면 나도 더 이상 참을 수가 없잖아요."

지은은 철환의 손에 깍지를 끼며 꼭 움켜쥐었다. 그 감촉이 너무도 감격스러워 철환은 금방이라도 고였던 눈물이 흐를 것만 같았다. 그녀의 손가락 마디마디의 느낌이 철환의 손가락을 통해 전해졌다. 조금은 차가웠을까. 그녀의 차가운 손을 자신의 손으로 영원히 따뜻하게 해주리라 생각했다.

철환의 눈에 눈물이 차올랐고, 시야가 흐려졌다. 순간 눈앞의 모든 풍경들이 눈물과 함께 흔들렸다. 불어오던 바람도 더 이상 느껴지지 않았고, 파란 하늘도, 넘실대는 바다도, 모든 것이 뒤틀려 검게 변하고 있었다. 철환은 깨달았다. 보고, 느꼈던 모든 것이 자신의 꿈속에서 일어나고 있었던 상황이라는 것을. 자각몽이었다.

꿈에서 깨어나고 싶지 않아 몸부림을 쳤지만 결국 눈은 떠지고야 말았다.

철환은 자리에서 미동조차 하지 않은 채 가만히 천장만을 바라보았다. 도저히 꿈의 여운에서 빠져 나올 수가 없었다. 결국 참았던 눈물이 흘렀다. 그 꿈은 너무도 달았다. 가능하다면 그 꿈 안에 영원히 남고 싶을 정도로 그 순간이 너무도 행복했다. 너무도 선명하게 기억되는 손가락 마디마디의 감촉, 맞닿은 손바닥의 전율. 이룰 수 없을 것만 같은 현실 속 달콤한 한 자락의 꿈으로 인해 철환은 처절하게 무너지고 있었다. 마음껏 사랑하고 싶고, 사랑 받고 싶으나 마음이 향하는 대로 할 수 없는 현실에 좌절했고, 그것이 너무도 원망스러웠다.

"아빠 괜찮은 거야?"

안색이 말이 아닌 철환에게 딸 지은이 걱정스러운 얼굴로 물었다.

부쩍 수척해진 얼굴은 창백했고, 식은땀도 흘리고 있었다. 누가 봐도 어딘가 아픈 사람의 모습을 하고 있는 철환은 그저 고개를 저었다.

"안되겠어, 병원가자."

자신이 왜 그러는지 이유를 너무나도 잘 알고 있던 철환이 사양을 하며 안 가겠다 버텼으나, 눈물이 그렁그렁한 얼굴로 철환의 팔을 잡아끄는 딸을 보니 차마 더 이상 거절 할 수가 없었다.

겨울의 기운이 물러가고 봄의 따스함이 퍼지고 있는 계절이었으나 철환의 몸에는 한기가 느껴졌다. 옷장에 넣어 두었던 외투를 다시 꺼내 입고 딸 지은의 부축을 받으며 병원으로 향하는 철환의 모습이 무척이나 힘에 겨웠다.

병원에 도착한 후 참을 수 없이 밀려오는 두통에 의자에 앉아 있는 것조차 고역이었다. 의자 옆 기둥에 머리를 기대고 자신의 순서만 겨우 기다릴 뿐이었다. 잠시 후 진료실에 들어 온 철환을 이리저리 살피던 의사는 아무런 병증도 찾지 못했다. 검은 머리카락 사이사이로 희끗희끗한 새치가 꽤 보이는 오십 중반 정도의 의사는 잠시 동안 철환의 눈을 가만히 바라보았다. 그리고는 철환과 함께 진료실에 들어와 있던 지은을 잠시 밖에 나가 있으라고 부탁했다.

"많이 힘드시죠?"

지은이 나간 뒤 의사의 조용한 한마디에 철환의 눈에 다시 눈물이 고였다.

"저는 그 쪽 분야가 전공이 아니라서 이렇다 할 도움을 드리지는 못합니다. 몸이 아파서 오셨다면 치료를 해 드리겠지만, 마음이 아파서 오신 분은 제가 어떻게 해드려야 할지 몰라요. 그래도 말씀 드리는 건, 이렇게 마음속에 너무 쌓아 두시면 안 된다는 거예요. 너무 힘들잖아요."

마음이 후벼지는 듯 아팠다. 의사라면서 왜 자신을 더 아프게 하는지 원망스러웠지만, 한편으로는 자신의 마음을 알아주는 것 같아 고맙기도 했다. 철환에게 내려진 처방약은 딱히 없었다. 혹시라도 있을지 모를 어지러움에 대비한 약만 지어주었을 뿐이었고, 이미 지칠 대로 지친 철환을 위해서 수액을 맞고 가라 한 것이 전부였다. 고개를 끄덕인 후 힘겨운 발걸음으로 진료실을 나가는 철환의 뒷모습을 의사가 안쓰러운 듯 바라보았다.

24화

"박 선생! 거 얼굴이 왜 그래요?"

학교에 출근을 하자마자 교감 선생님의 잔소리가 떨어졌다. 터진 입가를 화장으로 감춰 보려 했으나 차마 모두 감출 수는 없는 노릇이었다. 연차를 쓰고 싶었지만 이미 얼마 전 근호가 왔을 때 쓸 수 있는 모든 연차를 다 써버렸기에 학교를 쉴 수도 없었다. 아침부터 필사적으로 화장을 했던 노력은 온대간데 없이 교감 선생님의 눈에 상처를 들키고만 지은은 최대한 밝게 웃어 보이며 말했다.

"그게, 유리문이 안보여서 그만, 그 유리문이 엄청 깨끗하게 잘 닦여있더라고요."

지은의 말에 교감 선생님은 어이가 없다는 표정을 지으며 혀를 찼다.

"칠칠치 못하게 조심 좀 하지, 애들 보기 창피하지도 않아요?"

"죄송합니다!"

마음속에 있는 슬픈 감정은 최대한 보이지 않기 위하여 지은은 애써 더욱 밝은 척을 하며 큰소리로 말했다. 평소와 다를 것 없는 모습의 지은이었기에 다른 선생님들조차도 지은의 무거운 마음을 알아채지 못했고, 지은은 자신의 책상 위에 놓여있는 출석부를 집어 들고 총총걸음으로 교무실을 나왔다.

"언니!"

교무실에서 나오는 지은의 뒤에서 어린 지은이 다가와 팔짱을 꼈다. 새초롬하게 웃으며 지은이 어린 지은의 머리에 살짝 꿀밤을 때렸다. 이 아이와 함께 있으면 지은은 마냥 기분이 좋아졌다.

"학교에서는 선생님이라고 부르랬잖아!"

"아, 싫어! 우리끼린데 어때."

깔깔대고 웃으며 교실로 향하는 두 사람의 뒷모습이 너무도 다정스러워 보였다. 시간이 지날수록 점점 더 가까워지는 두 사람이었다.

새 학기가 시작한지 얼마 되지 않은 교실 분위기는 어수선하기 짝이 없었다. 여자아이들의 떠드는 소리, 교실을 뛰어다니는 남자아이들의 쿵쾅대는 소리, 친구들끼리 서로 뒤섞여 장난을 치며 만들어내는 온갖 소리들이 교실을 가득 채웠다. 그런 소란 중에도 책을 펴놓고 공부를 하는 아이도 있었고, 책상에 엎드려 자는 아이도 있었다.

수업 시작을 알리는 종이 울리고, 선생 지은이 교실 문을 드르륵 열고 들어오자 아이들은 재빨리 자기 자리로 돌아가 앉았다. 교실을 한 번 스윽 둘러 본 지은은 아직도 잠에서 깨지 않은 아이를 불러 깨우고는 수업을 시작했다.

봄의 따뜻한 기운이 열어 둔 창문을 통해 교실 안으로 쏟아져 들어왔다. 창문 밖 멀리 보이는 분홍빛으로, 노란빛으로 물든 꽃밭은 이제 완연한 봄이 왔음을 알리고 있었다. 수업을 듣는 아이들이 집중을 하지 못하는 것은 어쩌면 당연한 듯 했다.

칠판 한가득 교과서에 실린 소설에 대한 이해와 감상들을 적어 가던 지은은 아이들을 보고는 의미심장한 미소 지으며 말했다.

"중간고사랑 다음 모의고사에 이 소설은 무조건 나올 거야. 나중에 후회하지 말고 집중하자!"

시험 이야기에 아이들의 표정이 울상으로 변했다.

"선생님! 공부도 안 되는데 첫사랑 얘기 해주시면 안돼요?"

창가 자리에 앉아 있던 아이 하나가 눈에 생기를 띠우며 말했다. 그 아이의 말에 다른 아이들도 일제히 지은에게 간절한 눈빛을 보내며 첫사랑을 외쳤다. 첫사랑이라는 단어를 듣는 순간 지은의 마음도 봄바람처럼 살랑였다. 자신을 바라보는 아이들의 눈빛을 무시하고 수업을 계속하기는 무리가 있어보였다. 어쩌면 지은의 마음도 이미 꽃밭을 향하고 있었는지 모른다.

"재미없을 텐데?"

하지만 이미 아이들은 기대가 가득한 표정으로 지은의 입만 바라보고 있었다.

"그때도 지금처럼 꽃이 피는 봄이었어. 봄 햇살이 참 따뜻했지."

지은의 한마디에 아이들은 뭐가 그리도 좋은지 환호성을 질렀다. 그렇게 고등학교 시절의 기억을 떠올리며 추억 속에 넣어 두었던 첫사랑의 감정을 다시 꺼내보았다. 아이들에게 이야기를 들려주고 있다는 사실도 잠시 잊을 만큼 그 시절의 감정은 여전히 따뜻했고 아련했다.

지금까지 단 한 번도 누구에게 말해보지 못했던 자신의 첫사랑의 이야기를 자신이 가르치는 아이들 앞에서 꺼내어 놓고 있는 지은은 이 순간만큼은 선생 지은이 아닌 그 시절 풋풋하고 순수했던 고등학생 지은으로 돌아가 있었다.

아이들 속에서 선생 지은의 이야기 가만히 듣고 있는 어린 지은의 마음에도 첫사랑의 떨림이 전해지는 것만 같았다.

지은이 이야기를 마치자 아이들의 입에서 아쉬움 섞인 탄식이 터져 나왔다. 이루지 못한 첫사랑의 아쉬움인 탓인지 그저 이야기가 끝나고 다시 공부를 시작해야 하는 탓인지 알 수 없었었다.

하지만 지은의 마음은 알 수 없는 설렘으로 두근거리고 있었다. 얼굴이 발그레해진 지은에게 한 학생이 질문을 했다.

"선생님 아직도 그 첫사랑 좋아해요?"

홍조를 띠고 있던 지은이 얼굴이 더욱 빨갛게 변해갔다. 잠시 머뭇거리던 지은이 나지막하게 말했다.

"응, 좋아해."

귀까지 빨개진 지은은 손으로 얼굴에 부채질을 하며 화끈거리는 얼굴을 식혔다. 아이들은 무엇이 그리 신이 났는지 소리를 지르며 좋아했다.

때마침 수업이 끝나는 종이 울렸고 지은은 부끄러운 얼굴로 아이들에게 인사를 받고 교실을 도망치 듯 빠져나왔다.

복도를 따라 걸으며 교무실로 돌아가는 길, 지은은 잠시 걸음을 멈추고 창문 밖에 펼쳐진 봄의 풍경을 바라보며 감상에 젖었다. 수업에 지루함을 느낀 아이들을 위해 해준 이야기였지만 덕분에 그동안 잊고 살았던 감정이 다시금 떠올랐다. 그때 그 시절 운동장을 거슬러 학교로 걸어오던 철환의 모습이 떠오르던 찰나였다.

"언니!"

멍하니 창문 밖을 바라보고 있는 지은에게 어린 지은이 다가와 어깨를 손으로 살짝 건드렸다. 선생 지은은 다시 한 번 학교에서는 선생님이라고 부르라며 어린 지은에게 주의를 주고는 눈웃음을 지으며 지은을 반겼다.

"이번 주말에 아빠가 서울 간다는데 우리도 따라 갈래요? 아빠 볼 일 보는 동안 우리는 따로 놀러가요. 나 하고 싶은 게 있는데 언니랑 같이 하고 싶단 말이야. 응? 언니!"

평소 잘 부리지도 않던 애교를 부리며 어린 지은이 사정을 하자 지은도 못이기는 척 허락을 했다. 주말에 별다른 계획도 없었고, 이렇게 좋은 봄날에 집에만 머물러 있기도 내심 아쉬웠던 차에 오히려 잘 되었다는 생각이었다. 그리고 철환과 같이 동행한다는 사실이 새삼 마음이 벅차오르는 것만 같았다.

"뭐? 지은 선생님이랑 같이?"

딸 지은의 말을 들은 철환은 무척이나 당황스러웠다. 서울에 일이 있어 주말 동안 가야 한다는 사실을 딸이 알고 있다는 사실도 놀라웠으나 선생 지은도 같이 간다는 말에 도대체 어떻게 반응을 해야 할지 몰랐다.

선생 지은과 거리를 두려 애를 쓰면 쓸수록 자신의 마음만 점점 피폐해져 가는 것을 본인 스스로도 너무나 절실히 느끼고 있었다. 그리웠고 너무도 보고 싶었다. 그랬기에 딸 지은의 말이 너무도 반가웠으나, 겉으로는 그 반가움을 내색하기도 어려웠다. 마지못해 허락하는 것 같은 말투로 철환은 동행을 허락했다. 하지만 자꾸만 번지는 입가의 미소를 들키지 않으려 노력하며 하루하루가 지나고 주말이 되었다.

"두 사람 옷이......"

마냥 신이 나서 얼굴에 웃음이 한가득인 딸 지은 옆에, 쑥스러운 듯 얼굴이 붉어져 고개도 제대로 들지 못하고 있는 선생 지은이 어색하게 철환에게 인사를 건넸다. 철환은 무슨 말을 해야 할지 몰라 그저 두 눈을 동그랗게 뜨고 두 사람을 번갈아 보았다. 그래도 한껏 신이 나서 그 어느 때보다 밝게 웃고 있는 딸의 얼굴을 보니 철환도 절로 얼굴이 미소가 지어졌다.

오늘도 역시나 영진의 차를 빌려 온 철환은 마음속으로 차를 사야하나 고민을 했다. 바다를 보러 갔을 때와 같이 뒷좌석에서 친구처럼 그리고 자매처럼 웃음꽃을 피우고 있는 두 사람을 보며 이렇게 세 사람이 함께 간다면 어디든 마냥 즐거울 것 같았다.

아름다운 두 여인의 즐겁게 이야기하며 웃는 소리는 그동안 어둡기만 했던 철환의 마음에 한줄기 빛을 비춰주는 것만 같았다. 가슴 위를 짓누르는 것만 같았던 무거운 느낌도 어느새 사라졌다.

'당신은 나를 아프게 하더니 이제는 당신이 나를 치유해 주네요. 나를 숨 쉴 수

있게 하는 사람은 이제 당신 뿐 일 것 같습니다.'

가슴 한편이 쓰려왔지만 견딜 만 했다. 지은을 만나지 않고, 보지 않고 사는 것 보다 쓰린 가슴일지라도 이렇게 지은을 보는 것이 나을 것 같았다.

신호등의 빨간 불에 철환이 잠시 차를 세웠다.

"자, 예쁜 아가씨들 여기 보고 웃어요."

철환이 뒤를 돌아보며 폴라로이드 카메라를 들어 눈에 가져다 댔다.

렌즈를 통해 예쁜 두 여인이 손가락으로 브이를 만들며 활짝 웃어 보이는 얼굴 이 보였다. 잠시 후 나온 사진에는 마치 친구와 같은 두 지은의 모습이 한 장의 추억이 되어 담겨있었다.

"일 끝나고 저녁에 호텔에서 봐요."

두 사람을 내려 준 뒤 철환이 딸 지은에게 용돈과 비상시 쓸 수 있는 신용카드 를 쥐어 주며 말했다. 신이 나 발을 동동 구르고 있는 두 지은은 철환에게 서둘 러 인사를 하고 달려갔다. 철환의 눈에 너무나도 예쁜 모습의 두 여고생이 멀어 져 갔다.

소리를 지르며 달려간 두 지은은 정말 오랜만에 놀이동산이라는 곳에서 즐거운 시간을 보냈다. 선생 지은에게는 더더욱 오랜만에 와보는 장소였다. 대학교 생활 중에서도 공부와 아르바이트를 하느라 놀이동산이라는 곳은 꿈도 꿔보지 못했다. 졸업 뒤에 바로 임용에 합격 되어 선생님이 되었고 그리고 얼마 지나지 않아 근 호와의 일로 시골에 내려왔기 때문에 놀이동산과는 인연이 없었던 터라 고등학 교 시절 소풍으로 왔던 뒤로 처음이었다.

어린 지은 역시 서울을 떠나온 뒤 처음으로 오는 놀이동산이라 너무도 신이 난 상태였다. 그리고 그토록 해보고 싶었던 교복을 입고 놀이동산에 오는 것을 자신 이 좋아하는 사람과 함께 할 수 있게 되어 너무도 기뻤다.

두 사람이 온 놀이동산에는 교복을 입고 오는 것이 어느 순간부터 유행이 되어 있는 곳이었기에 주말임에도 불구하고 교복을 입고 온 사람들이 여기저기 많이 보였다. 다소 어색해 하던 선생 지은도 그 덕분에 시간이 지날수록 어색함이 사라졌고 마음껏 놀이동산을 즐기기 시작했다.

오랜만에 동심으로 돌아간 선생 지은과 자신의 버킷리스트 중 하나였던 것을 이룬 어린 지은은 모든 것을 내려놓고 마음껏 지금을 즐겼다.

"너네 어느 학교야? 우리랑 같이 놀자!"

교복을 입은 남학생 하나가 다가와 선생 지은을 보며 말을 걸었다. 남학생의 대시를 받은 지은은 얼굴이 홍당무처럼 빨개져서 아무 말도 못한 채 손사래를 치고는 옆에 있던 어린 지은의 팔을 붙잡고 도망치듯 자리를 떠났다. 서둘러 떠나는 두 사람의 뒷모습을 바라보는 남학생은 아쉬운 표정으로 뒤돌아설 수밖에 없었다.

남학생이 있던 자리에서 멀찌감치 떨어진 곳에 멈춰선 두 사람이 잠시 숨을 골랐다. 선생 지은의 얼굴은 여전히 조금 붉었다. 어린 지은은 뭐가 좋은지 손으로 배를 붙잡고 깔깔대며 웃었다.

"언니가 고등학생인 줄 알았나봐."

그 뒤로도 두세 명의 남학생들이 다가와 선생 지은에게 대시를 했다. 연신 깔깔대던 어린 지은도 나중에는 입이 삐죽 나왔다.

"다 언니한테만 가고, 나한테는 한명도 안 오잖아!"

볼에 한가득 바람을 집어넣은 어린 지은이 토라진 듯 말했다. 그 모습이 마냥 귀여워 보이기만 하는 선생 지은이 손가락으로 볼을 꼬집었다. 토라진 표정도 잠시, 다시 예전같이 밝게 웃어 보이며 다시 팔짱을 끼고 안겨오는 어린 지은이 무척이나 사랑스러웠다.

"난 우리 지은이랑 같이 노는 게 제일 좋아."

어린 지은을 꼭 안아주며 지은이 미소 지었다. 지은의 가슴에 안긴 어린 지은의 얼굴에도 미소가 가득 담겼다. 두 사람은 날이 저물 때 까지 놀이동산에서 즐거운 시간을 보냈고, 하늘에 폭죽이 터지는 하루의 피날레를 배경으로 두 사람만의 추억을 남긴 후 아쉬운 발걸음을 옮겼다.

"철환아, 이 자식 이게 얼마만이야!"

진수가 달려 나와 철환을 맞았다. 진수는 그동안 서울에 위치한 한 출판사의 편집장이 되어 있었다. 아직 규모가 많이 크지 않은 작은 출판사였으나 내로라하는 유명한 책들을 많이 출간해 내며 출판 업계에서는 잔뼈가 굵은 편에 속하는 곳이었다. 최근에도 베스트셀러에 드는 책을 출간하여 하루하루를 바쁘게 보내고 있었다. 그 덕에 주말인 토요일에도 편집장인 진수를 비롯하여 몇몇 직원들이 사무실에 나와 주중에 못한 업무를 처리하고 있었다.

철환은 오랜만에 옛 친구인 진수의 얼굴도 보고 또 얼마 전 자신이 메일로 보낸 자료에 대한 의견을 물을 겸 시간을 내어 서울로 올라왔다.

"공기 좋고 물 좋은 곳에 가있다고 하더니 얼굴이 왜 이 모양이야?"

모처럼 만난 친구의 수척해진 얼굴이 안타까워 보였던 진수가 마음에도 없는 타박을 하였다.

"은영이 그렇게 떠나고 너도 서울 떠난다고 했을 때 내가 얼마나 마음이 아팠는지 아냐? 너희 둘 이어준 게 난데 괜한 설레발 친 것 같아서. 그렇게 정리하고 떠났으면 마음 편히 잘 살아야지 꼴이 이게 뭐야 인마. 은영이가 하늘에서 네 꼴 보고 참 좋아하겠다. 남은 인생 은영이 몫까지 더 행복하게 살아야 할 거 아니야."

"나 은영이 잘 보내줬어. 은영이는 영원히 내 마음속에 소중히 간직 될 거야. 그리고 나 지금 딸이랑 충분히 행복하게 잘 살고 있어. 그리고 항상 내가 너한테 고마워하고 있다는 사실은 잊지 말아줘라. 은영이라는 사람, 네 덕분에 인연이 될 수 있어서 여전히 너무 감사하게 생각하고 있어. 마음 아파 할 필요 없다."

"그렇다면 다행이고, 그럼 본론을 이야기 해 볼까?"

괜히 은영의 이야기를 꺼냈나 싶어 아차 하던 진수가 철환의 눈치를 살피며 급하게 대화 주제를 바꿨다. 진수는 자신의 책상에 놓여있던 종이 뭉치를 가지고 와 철환과 이야기를 나누고 있던 손님 접대용 테이블 위에 올렸다. 종이는 철환이 집필하고 있는 소설의 원고와 앞으로 계속해서 쓰게 될 글의 방향에 대해 적혀있는 서류였다.

"네가 보내 준 소설이랑 포트폴리오는 잘 봤어. 글도 너무 좋고 내용도 대중들에게 공감을 이끌어 내기에 너무 좋은 건 사실이야. 느낌은 참 좋아."

좋은 말을 하고 있었지만 진수의 얼굴은 마냥 밝지 못했다. 잠시 머뭇거리던 진수가 다시 입을 열었다.

"마음 같아서는 당장이라도 계약을 하고 싶어. 너무 좋아. 물론 친구라서 억지로 하는 말은 아니야. 그런데 문제는 지금 우리도 새로 낸 책이 꽤 잘 나가고 있거든. 보아하니 네가 쓰고 있는 소설도 거의 마침표 찍기 직전인 것 같던데, 보다시피 우리가 지금 네가 쓴 책까지 출판을 할 수 있는 여력이 안 될 것 같아."

진수의 말을 들은 철환의 표정에는 변화가 없었다. 대형 출판사도 아니었고 새로 출간한 책의 홍보에도 전념을 해야 하는 지극히 편집장의 입장에 따른 이야기였다. 그렇다고 친구라는 이유로 무리하게 계약을 진행해 달라고 하고 싶은 마음은 눈곱만큼도 없었다. 그렇다고 아쉬운 마음이 아주 없지만은 않은 철환이었다.

"어쩔 수 없지, 나도 무리하게 부탁하고 싶지는 않아."

철환의 아쉬워하는 마음을 안다는 듯 진수 또한 아쉬운 표정을 지었다. 하지만 진수의 아쉬운 표정의 의미는 다른 것이었다. 진수의 솔직한 속마음은 무리를 해서라도 철환이 탈고한 소설을 자신의 출판사에서 출간해 내고 싶었다. 그만큼 글이 좋았고 마음에 들었다. 하지만 지금의 업무로도 이미 모든 직원들이 과부하에 걸려 있을 만큼 힘에 부쳤다. 그랬기에 욕심은 났지만 행여 자신의 욕심 때문에 출간 일이 그르쳐져 철환의 글이 세상에 제대로 알려지지 못할까 그것이 염려스러운 부분이었다.

"그래서 내가 누구를 불렀는데, 우리 학교 후배인데 너도 알만한 출판사에서 입김 좀 부는 위치에 있어. 아마 곧 도착 할 거야."

철환의 마음에 작은 기대가 피어올랐다. 그리고 다시 한 번 자신을 신경써준 진수가 무척이나 고마웠다.

"너, 시는 안 쓰지?"

진수가 부른 학교 후배가 오기를 기다리며 잠시 사담을 나누던 중 진수가 철환에게 물었다.

"시는 나에게 너무 어려운 영역이라서. 단어에 함축적인 의미를 담아내는 것도 내겐 너무 어려운 일이고, 읽는 사람에 따라서 해석도 제각각이라 내가 전하고 싶은 말을 바로 전하기도 어려워서, 행여 다른 방향의 해석이 오해를 불러일으킬까 무섭기도 해."

철환의 말에 진수는 아쉬운 듯 입맛을 다셨다. 아무래도 시대적인 경향이 시라는 장르는 마냥 어렵고 구시대적이라는 인식이 많이 자리 잡고 있었다. 그래도 진수에게는 아직 시라는 글이 주는 낭만이 아직 남아 있는 것 같았다.

"영진이가 예전에 시는 잘 썼는데 말이야. 선생 되더니 글 쓰는 일은 아예 손 놓은 것 같고. 난 시가 정말 좋은데 요즘은 다들 기피하는 장르가 되어가는 것 같아 아쉬워. 네가 말한 것처럼 하나의 시를 가지고 여러 가지 해석을 할 수 있다는 것도 시가 가지고 있는 하나의 묘미인데 말이야. 요즘 사람들은 정말 시의 매력을 몰라도 너무 몰라."

진수의 괜한 심통이 마침 옆을 지나가던 직원에게 불똥이 되어 튀었다.

"아무리 주말이어도 옷은 제대로 입고 다니자. 그게 잠옷이냐 뭐냐?"

진수의 잔소리를 들은 직원의 얼굴이 구겨졌다. 몇 주째 제대로 쉬지도 못하고 주말도 없이 나와서 일을 하고 있는 상태라 직원의 심기도 매우 좋지 못한 상태였다.

"주말에 쉬지도 못하고 나와서 일하잖아요. 제가 편한 옷 입는다는데 편집장님이 무슨 상관이세요?"

"무슨 상관? 내가 네 상관이니까 상관이지!"

편집장에게도 지지 않고 자기 할 말 다 하던 직원은 편집장에게 혀를 쭉 내밀고는 웃으며 사라졌다. 진수도 마지막에는 웃으면서 힘내라는 격려의 말과 함께 손을 흔들어 보였다. 말은 투박하게 했지만 직원들끼리 다들 터울 없이 지내는 것 같아 보기 좋았다.

한동안 이런저런 이야기를 나누던 중 출판사 문이 열리면서 한 여자가 안으로 들어왔다.

그 순간 사무실 안에 있는 모든 사람들의 이목이 집중 되었다.

길고 웨이브 진 검은 머리에 하얀 피부의 얼굴, 큰 눈망울에 과하지 않은 것 같으면서도 신경 쓴 듯 보이는 화장과 코랄색의 립스틱을 바른 입술은 여자의 얼굴을 더욱 여성스럽게 보이게 했다.

검은 바탕에 은색 빛 줄무늬가 들어간 정장 재킷 안에 하얀 블라우스는 맞춤인 듯 그녀의 몸매 라인을 따라 주름 없이 굴곡을 이루고 있었고, 블라우스 위로 보이는 그녀의 가슴은 뭇 남자라면 한번쯤은 눈길을 다시 돌릴 만큼 봉긋하게 솟아 있었다.

재킷과 함께 맞춤으로 보이는 치마는 무릎보다 한참 위의 아슬아슬한 길이였으며 치마 앞부분 한 쪽으로는 트임이 있어 한걸음, 한걸음 걸을 때마다 그녀의 하얀 허벅지 살이 살짝살짝 내비쳤다.

꽤나 높은 힐을 신고도 불편한 기색 없이 당당한 걸음으로 또각또각 소리를 내며 여자는 두 사람이 앉아 있는 곳으로 다가왔다.

"안녕하셨어요. 선배?"

"너는 주말인데 옷이 이게 뭐냐? 지금 여기 누구 유혹하러 나왔냐?"

"내가 무슨 옷을 입든 선배가 무슨 상관?"

여자가 문을 열고 들어오는 순간부터 입을 떡하니 벌린 채 놀라서 바라보고 있던 진수의 타박을 당돌하게 받아친 여자가 싱긋 웃으며 두 사람에게 가까이 다가왔다. 작지 않은 키에 힐까지 신은 그녀는 더욱 키가 커 보였고 가까이 다가온 여자에게서는 향긋한 냄새가 풍겨왔다. 철환은 그 향기가 싫지 않았다. 진하지 않은 은은한 향수의 향은 마치 달콤한 과일을 한 입 가득 베어 문 뒤 느껴지는 상큼함이 코끝을 맴도는 듯 했다.

"김채린이라고 해요. 작가님, 아니 선배님이라고 해야 하나? 혹시 저 모르시겠어요? 학교에서 저는 몇 번 봤는데."

채린의 또박또박하면서도 밝은 말투는 듣는 이로 하여금 기분이 좋아지게 하는 그런 말투였다. 철환도 자리에서 일어나 채린이 내밀은 명함을 받으며 인사를 건넸다. 채린은 철환을 학교에서 보았다고 했으나, 철환은 전혀 기억에 없었다. 대학 시절 여자와 말 한번 섞어본 적 없는 철환이었기에 채린을 모르는 것이 어쩌면 당연한 것일 지도 몰랐다.

"이번 작가님이 하고 계신 작품에 대한 포트폴리오는 잘 봤어요. 저의 생각과 저희 회사의 생각이 다행히도 일치해서, 회의도 길지 않았고, 세부적인 조건들만 조율하는 정도로 끝이 났죠."

자리에 앉아 철환의 글에 대한 이야기가 다시 시작되었다. 채린의 첫마디를 들을 철환은 선뜻 이해하기가 힘들었다. 아무런 변화가 없는 철환의 표정을 보며 채린이 봉투를 하나 꺼내 테이블 위에 올렸다.

"작가님이 쓰고 계신 소설 저희가 출간하고 싶어요. 이건 지금 쓰고 계신 작품이 완성 되어 탈고하셨을 때 저희와 출간을 하신다는 계약서에요. 보통 저희 출판사 랑 처음 일을 진행하시는 다른 작가님들에게는 좋은 조건을 드릴 수가 없어요. 저희에 대한 기여도, 작품에 대한 대중의 평가, 기타 여러 조건들이 쌓여가며 차 츰 나은 조건을 제시해 드리고는 하죠."

불필요한 말들은 성격에 맞지 않는 양 곧바로 본론을 꺼내는 채린의 말에 철환 이 천천히 봉투에 손을 가져갔다. 하지만 채린이 먼저 손을 봉투 위에 올리며 철 환이 봉투를 가져가지 못하게 막았다. 조금은 당황스러워 하는 표정의 철환을 보 며 채린이 말을 이었다.

"하지만 작가님은 다르죠. 이미 대중에게 인정받는 작가, 감수성의 대가. 샘플로 보여 주신 글만 봐도 이건 베스트셀러에 오르는 건 너무도 당연할 거예요. 그래 서 저희가 작가님에게 드릴 수 있는 최고의 조건을 제시해 드렸어요. 당연히 계 약서상에 저희 날인은 끝난 상태지요. 보시면 조건은 마음에 드실 거예요."

타고난 승부사의 기질일까, 그녀의 말에는 거침이란 것이 없었다. 표정과 말투에 서 당당함이 묻어났다. 채린의 손이 봉투에서 떨어지자 철환은 봉투를 가져와 안 에 있는 계약서를 확인했다. 채린의 말대로 계약 조건은 철환의 기대치를 넘는 가히 파격적이었다. 달리 말하면 작가에게 그만한 투자를 해도 자신들은 그보다 훨씬 이상의 수익을 올릴 자신이 있다는 뜻이었다.

옆에서 함께 계약서를 본 진수도 역시 대형 출판사다운 계약이라며 두 손을 들 며 혀를 내둘렀다. 진수의 입장에서는 상상도 할 수 없었던 조건이었다. 자본을 앞세운 대형 출판사의 횡포라며 진수는 부러움이 섞인 불만을 채린에게 쏟아 냈 다.

"확신이 있고, 자신이 있으니까요."

"나, 얘 조금 무서운 것 같아."

입가에 미소를 짓는 채린의 얼굴을 보며 진수가 몸서리를 쳤다.

계약서를 바라보는 철환에게 두 사람의 대화는 들리지 않았다. 철환의 눈이 희미 하게 떨리기 시작했다. 은영이 세상을 떠난 뒤 슬픔에 잠겨 오랫동안 글을 쓰지 못했다. 슬픔을 겨우 이겨내고 글을 쓰려 할 때는 막상 무엇을 써야 할지 아무런 생각이 떠오르지 않았다. 간신히 짧은 글만 쓰며 그저 철환이라는 작가의 존재만 알려 왔던 긴 시간 동안 스스로 얼마나 많은 좌절을 했는지 몰랐다. 다시는 글을 쓰지 않겠다고 펜을 내려놓기를 수도 없이 반복 하였다. 그러던 중 선생 지은이 자신도 모르는 사이 마음속에 들어왔다.

마음속에 들어온 지은은 철환에게 또 다른 좌절을 안겨주었다. 은영과 딸 지은에 대한 미안함, 그리고 사랑해선 안 될 것만 같은 사람을 마음에 품었다는 죄책감, 밖으로 꺼내지도 못하는 사랑의 감정은 철환의 마음 깊은 곳에서 억눌리며 응축되었다. 감당할 수 없을 만큼 커진 응어리는 결국 터져 버렸고, 거대한 폭풍우로 몰아쳤다. 가슴에서 뿜어져 나오는 감정의 소용돌이는 철환의 펜 끝을 통해 분출되었다.

그것이 철환의 유일한 탈출구였다. 딸에게서 선물 받은 만년필은 그렇게 쉬지 않고 종이 위를 휘저으며 멈추지 않는 춤을 추었다. 잉크로 글을 쓰는 것인지, 눈물로 글을 써내려가는 것인지 모를 정도로 철환은 활자의 나열 속에 혼혈일체가 되었다.

"대신 조건이 하나 있어요."

지나온 시간에 대한 회상에 잠시 빠졌던 철환을 다시 현실로 돌아오게 하는 채린의 한마디였다.

"서울로 오세요. 아니 서울이 아니더라도 서울 근교로 자택을 옮기셨으면 좋겠어요. 작가님과 하고 싶은 일들이 많아요. 저희와 함께 하시면서 작가님 명성도 쌓고 좋은 기회가 앞으로 많이 있을 거예요. 그런데 지금 계신 곳에서는 제약이 참 많을 것 같아 보여요. 작가님을 위해서라도 그리고 미래를 위해서라도 서울로 오셨으면 좋겠어요. 원하신다면 자택은 저희가 준비해 드릴 의향도 있답니다. 그리고 저 개인적으로도 작가님과 가까이 지내고 싶은 마음도 있고요."

마지막 말을 하는 순간 채린의 얼굴이 살짝 붉어졌다. 하지만 겨우 감상에서 헤어 나와 마음이 복잡해진 철환이 그것을 눈치 챌 수는 없었다.

휘몰아치는 감정의 폭풍우가 차가운 눈보라로 변하여 마음의 벽에 부딪혔다. 각혈의 심정으로 써 내려간 글이다. 그런 글이 세상에 나와 또 다른 누군가의 공감을 얻는 것을 보고 싶었다. 그것은 철환의 절규였으며 하소연이었다. 누군가 자신과 같이 마음속에 억누르고 있는 감정을 품고 있는 이에게 울림을 전하고 싶었고 그것으로 하여 자신도 위로를 얻고 싶었다. 하지만 그러기 위해서는 지은이 있는 그곳을 떠나야 한다는 말은 가히 철환에게는 사형선고와 같은 말이었다. 지은을 보지 못한다는 생각이 드는 순간 기도에 무언가 막힌 듯 숨이 막혔다. 누군가 목이라도 조르는 것만 같은 답답함에 눈앞이 아찔했다.

복잡한 심경이 철환의 얼굴에 고스란히 드러났다.

"지금 바로 결정하지 않으셔도 돼요. 아직 글도 더 쓰셔야 하고, 시간은 충분히 가지세요. 그래도 너무 오래 기다리는 것도 제가 마음이 조급할 것 같으니까, 탈고하시기까지 생각해보시고 말씀해 주세요. 작가님에게는 나쁘지 않은 조건이라고 저는 확신해요. 계약서 꼭 사인하셔서 보내주시길 기다릴게요. 작가님이 직접 저한테 가져다주시면 더 좋고요."

말 그대로 다른 출판사를 알아보기에는 채린이 제시한 조건이 너무도 괜찮았다. 다른 어느 곳을 찾아 가더라도 그만한 조건을 제시하는 곳은 없을 것만 같았고, 서울로 다시 돌아오는 것 또한 철환에게는 기회였다. 하지만 마음속에 자리한 지은에 대한 동경과 아쉬움에 선뜻 결정을 내릴 수가 없었다.

차마 결정을 내리지 못한 철환은 복잡한 마음이 담긴 계약서 봉투를 들고 진수의 출판사를 나왔다. 절로 긴 한숨이 내쉬어졌다. 철환의 마음은 모르는지 마냥 푸르기만 한 하늘이 야속하기 까지 했다. 하늘을 바라보며 연거푸 한숨을 내쉬고 있는 철환의 뒤로 채린이 따라 나왔다. 변함없이 당찬 걸음걸이로 철환의 뒤로 다가 온 채린의 향긋한 향기가 다시 한 번 느껴졌다.

"우리 작가님 어떤 게 그렇게 고민이실까요? 다른 작가님들 같으면 바로 그 자리에서 사인하셨을 조건이었는데."

계속을 하늘만 바라보며 철환은 아무런 대답이 없었다. 채린은 분명 철환에게 무언가 다른 이유가 있을 것이라는 직감이 들었다. 그리고 궁금했다 그 이유가 무엇인지.

"대답 안 해 줄 거죠? 큰일이네요. 회사에는 작가님 사인 무조건 받아간다고 큰소리 쳤는데. 가서 뭐라고 핑계를 대야 할지 모르겠네요."

채린도 철환을 따라 하늘을 바라보며 얕게 한숨을 내쉬었다. 하늘을 향해 고개를 든 채린의 긴 속눈썹 아래로 맑은 눈동자가 반짝였다.

푸른 하늘 멀리 해가 지면서 노란 석양이 서서히 물들기 시작했다. 두 사람은 마냥 하늘을 바라보고 서서 발걸음을 떼지도, 누가 먼저 입을 열지도 않았다.

"커피 한 잔 하실래요?"

몇 분이나 지났을까. 두 사람 사이에 드리웠던 침묵을 철환이 깨고 입을 열었다. 그 목소리에 하늘을 바라보고 있던 채린의 시선이 철환에게 향했고, 두 사람의 눈이 마주쳤다. 철환의 향해 새침한 미소를 지으며 채린이 대답했다.

"커피 말고 술 어때요? 서울까지 오셨으니까 제가 살게요."

숙소에 차를 두고 온 철환은 채린의 차를 타고 함께 이동했다. 그녀와 함께 간 곳은 한 호텔 최상층에 있는 바였다. 입구에 들어서는 순간부터 고급스러운 분위기가 물씬 풍겨왔다. 철환에게는 익숙하지 않은 곳이었기에 조금은 낯설고 거부감이 느껴지는 장소였다. 이곳에서 파는 술의 가격만 해도 철환은 눈을 의심할 정도였다.

"저는 그냥 소주 정도 한잔 할까 생각 했는데요. 이런 곳은 처음이라 굉장히 낯서네요."

큰 유리창 너머 지척으로 한강이 내려다보이는 자리에 두 사람이 앉았다. 서로를 마주 보고 앉는 자리가 아닌 긴 테이블을 두고 나란히 앉아 함께 한강을 바라볼 수 있게 의자가 놓여있는 자리였다. 회전이 가능한 의자는 몸은 조금만 비틀면 한강을 바라볼 수도 있었고, 옆에 앉은 상대를 바라볼 수도 있게 조작이 가능했다.

그 사이 해가 많이 내려와 한강 물을 황금빛으로 물들이고 있었다. 높은 곳에 올라와 해가 지는 서울, 한강의 석양을 바라보는 것만으로도 기분이 오묘했다. 마치 성공한 사람만이 누릴 수 있는 특권과 같은 풍경이었다.

"이제 익숙해 지셔야죠. 곧 작가님도 이런 곳에 오는 것이 자연스럽고 당연한 사람이 되실 거예요. 그런 시골에서 작가님의 능력을 펼치지 못하고 있다는 건, 이 세상에게 너무도 안타까운 일이거든요. 많은 사람들에게 작가님의 가치관과 작품 세계를 보여주시면서 많은 가르침과 도움도 주시고 후진을 양성하시는 일도 생각을 해보셔야죠. 그렇게 하시다 보면 아무도 모르는 어느 샌가 지금보다 훨씬 더 대중의 사랑과 관심을 받고 계신 작가님 자신이 되어 있을 거예요. 물론 그 뒤엔 제가 물심양면으로 작가님을 도와드릴 각오와 준비가 되어 있고요. 고민 너무 길게 하지 마세요."

부드러운 눈매에 순수함이 담겨 있는 눈망울이었으나 채린의 눈빛에서 자신감이 느껴졌다. 마치 바보 온달을 위대한 장수로 만든 평강공주의 모습이 이 여자에게서 보인다 해도 과언이 아닐 정도로 반짝이는 의지가 그녀의 눈동자를 통해서 비쳐졌다.

마침 주문했던 과일 안주와 술이 테이블 위에 올려졌다.

"사실은 저도 소주에 삼겹살이 더 좋아요. 이런 격식 차리는 자리도 중요하고 좋지만, 삼겹살에 소주 한 잔 하면서 시끌벅적하게 웃고 수다 떠는 거, 그게 저는 개인적으로 더 즐거워요."

고급스러운 음식과 양주, 와인이 어울릴 것만 같은 멋있고 화려한 겉모습과는 달리 삼겹살과 소주를 더욱 좋아한다는 말에 철환의 입가에 미소가 지어졌다. 지극히 사무적이고 영업적인 생각이 가득할 것이라는 채린에 대한 첫인상이 조금은 희석 되어지는 느낌이었다.

"만약 우리에게 다시 만날 수 있는 기회가 있다면 그 때는 소주 한 잔 하시죠."

"그 기회, 저한테 허락해 주실 거죠?"

두 사람의 잔이 맞부딪혔다. 테니스공만 한 크기의 얼음이 들어있는 잔에 담긴 갈색 빛에 가까운 진한 오렌지 빛깔의 양주가 강한 알코올의 향을 풍기며 철환의 입으로 들어갔다.

익숙하지 않은 높은 도수의 술이 식도를 타고 내려가자 뜨거운 열기가 느껴졌다. 독한 술의 기운에 철환의 얼굴이 살짝 찡그려졌다.

"아무래도 저는 아직 소주가 좋네요."

멋쩍은 웃음을 짓는 철환을 보며 살짝 미소를 머금은 채린 역시 잔을 입으로 가져갔다. 독한 술이 익숙한 듯 채린은 잔에 있는 술을 단번에 마셨다. 비워지는 잔을 따라 그녀의 고개가 들리며 가녀리고 하얀 목선이 드러났다.

"이 술도 곧 익숙해지실 거예요."

강물 위에서 밝게 빛나던 해는 어느덧 수면 아래로 얼굴을 반쯤 가린 채 오늘 하루 동안 이 땅을 비출 얼마 남지 않은 빛을 내뿜고 있었다. 그 빛을 받은 그녀의 귀걸이가 은은하게 반짝였다.

26회

놀이동산에서 즐거운 시간을 보낸 선생 지은과 어린 지은 두 사람은 얼굴에 행복한 마음을 가득 띠운 채 숙소로 향했다. 서로 손을 잡고 걷고 있는 두 사람의 모습은 친구처럼 보이기도 했고 친 자매처럼 보이기도 했다. 나이에 비해 상당히 동안인 선생 지은의 모습이 두 사람을 그리 보이게 했을지도 모르지만 날이 갈수록 더욱 돈독해지는 두 사람의 관계와 서로를 아끼고 위하는 마음이 커지며 서로 사랑하는 마음이 컸기에 두 사람의 사이가 더욱 오붓하게 보였을 것이다.

늦은 시간까지 끼니도 거른 채 놀이동산을 뛰어 다닌 두 사람은 숙소에서 간단히 요기할 거리를 사가지고 돌아가는 길이었다.

같은 시간 채린과 술을 마신 철환도 숙소로 향하고 있었다. 채린의 집으로 향하는 방향 또한 마침 같았기에 철환은 채린의 차를 다시 한 번 타게 되었다. 데려다 준다는 채린의 호의를 처음에는 거절하였으나, 재차 함께 가자는 채린의 마음을 계속해서 거절하는 것이 미안하여 한 번 더 채린에게 신세를 지게 되었다.

두 지은이 숙소 입구에 도착하였을 때 철환이 타고 있는 채린의 차도 숙소 앞에 도착을 하였다.

철환이 차에서 내리며 먼저 교복을 입은 두 사람을 발견했다. 반가운 마음에 손을 들고 지은을 부르며 인사를 하였고, 그럼 철환의 모습을 채린이 차창을 넘어 발견하였다. 차를 다시 출발시키려던 대리 운전기사를 급하게 불러 차를 세우게 한 뒤, 채린이 자동차 뒷좌석에서 급하게 내렸다.

"작가님!"

철환을 부르며 달려온 채린이 철환의 팔에 팔짱을 끼며 안기다시피 몸을 밀착시켰다.

"어머, 작가님 딸? 너무 예쁘게 생겼다!"

한껏 목소리 톤을 올린 채린이 최대한 밝게 웃으며 두 지은에게 인사를 했고, 인사를 받은 두 지은도 얼떨결에 채린에게 꾸벅 인사를 하였다.

"작가님이 지금 쓰고 계신 책 출간하게 될 출판 담당자예요. 제가 꼭 베스트셀러가 되도록 만들 거예요."

아직 계약서에 사인을 받기도 전이었지만 채린은 당당하게 자신이 출판 담당자라고 소개했다. 취기 때문이었을까 채린의 몸이 흔들리며 팔짱을 낀 철환의 팔에 더욱 가까이 밀착되었다. 철환의 팔에 채린의 가슴이 닿는 감각이 느껴졌다. 화들짝 놀란 철환이 어색한 자세로 채린의 손에서 팔을 빼내며 선생 지은의 눈치를 살폈다. 그 순간 채린은 보았다. 선생 지은에게 고정 된 철환의 시선을.

집으로 돌아와 샤워를 마친 채린이 하얀 샤워 가운 하나만을 걸치고 한 손엔 붉은 와인이 담긴 잔을 들고서는 소파에 앉았다. 창문 가까이 놓여 있는 소파에 몸을 기댄 채, 창밖을 조용히 내려다보며 생각에 잠겼다.

채린의 머릿속에 자신의 팔을 어색하게 뿌리치는 철환의 모습과 그런 철환을 바라보며 적지 않게 당황하고 있던 그의 시선 끝에 서 있던 한 여자의 모습이 떠올랐다. 아무리 교복을 입고 있었고 동안의 얼굴이라 하지만 고등학생이 아닌 것을 알아채기에는 여자의 관점에서, 그리고 채린의 관점에서 너무도 쉬운 일이었다. 당황한 것 같으면서도 미묘한, 알 수 없는 표정을 짓고 있는 여자를 바라보며 철환의 눈동자는 심하게 흔들리고 있었다. 자신의 팔을 서둘러 뿌리치면서도 그 여자를 향한 시선을 옮기지 못하던 철환의 모습을 생각하던 채린의 입꼬리가 올라갔다.

"우리 작가님, 그게 고민이셨어요?"

한껏 가라앉은 목소리로 채린이 혼잣말을 했다.

창밖에는 넓은 한강의 모습과 이런저런 불빛들이 만들어낸 서울의 야경이 펼쳐지고 있었다.

다음날, 집으로 향하는 차 안에는 적막감만 감돌았다.

전날 서울에 올 때까지만 해도 쉼 없이 수다를 떨던 두 지은의 목소리는 지금은 좀처럼 들을 수 없었다. 철환은 계속해서 선생 지은이 신경 쓰였다. 하지만 그녀의 모습에서는 어떤 심경의 변화도 보이지 않는 것만 같았다.

잠이 부족했던 탓인지 두 지은은 서로에게 기댄 채 뒷좌석에서 잠이 들었고 철환이 운전을 하는 자동차는 계속 달렸다.

오후가 되어서야 세 사람을 태운 차가 마을 어귀에 들어섰다. 선생 지은의 집보다 철환의 집이 거리상으로 가까웠기에 여전히 잠에 취해있는 딸 지은을 먼저 집에 내려줬다. 어차피 영진에게 차를 돌려주러 가야했고, 피곤해 하는 딸을 데리고 영진의 집에서부터 걸어오고 싶지 않았던 철환은 먼저 딸을 내려주고 선생 지은의 집으로 향했다.

둘만 남은 차 안에서도 둘은 여전히 아무 말이 없었다.

모퉁이를 돌자 지은의 집 대문이 보이기 시작했다. 그리고 그 대문 옆 기둥에 한 사람이 기대어 서 있는 모습이 보였다.

철환의 차가 지은의 집 근처로 가까이 다가가 섰다. 지은의 집 대문 옆에 서 있는 사람은 근호였다. 철환의 눈동자가 흔들렸다. 뒷좌석을 돌아보며 지은에게 말을 걸려하는 찰나, 지은은 철환에게 말없이 고개로 꾸벅 인사를 하고는 차문을 열고 내렸다. 지은이 내리며 닫은 문이 내는 쿵 소리가 철환의 가슴을 때렸다. 마치 마음의 문이 닫히는 것만 같은 소리에 철환의 마음이 내려앉았다. 심각한 불안감을 안고 지은을 따라 차에서 내리는 순간, 따가운 시선이 날아왔다.

철환을 알아본 근호 역시 불편한 내색을 감추지 않았다. 얼굴을 잔뜩 찌푸리며 기둥에서 몸을 떼고는 철환을 향해 걸음을 내딛었다.

"학부형이 주말에 학교 선생이랑 단둘이 만나도 되는 건가?"

근호의 비아냥거리는 말투에도 철환은 아무 말도 하지 못했다. 왜 다시 나타났는지 따지고 싶었으나 지금 이 순간에는 오로지 지은에게 온 신경이 집중 되어 있었다. 여전히 철환에게서 등을 돌린 채로 근호에게 다가가고 있는 그녀를 가지 말라 소리쳐 붙잡고 싶었다. 한걸음 그리고 또 한걸음 지은과 근호 사이의 거리가 가까워지는 만큼 멀어지는 지은과 철환의 사이는 점점 흐릿해져갔다.

근호는 자신에게 다가오는 지은을 지나쳐 철환에게 달려들 기세로 걸어갔다. 그런 근호의 재킷을 지은이 붙잡았다. 거의 낚아채듯 재킷을 잡아당기던 탓에 근호의 상체가 휘청거렸다. 지은이 팔에 더욱 힘을 주어 근호를 제게로 끌어당기자 근호의 얼굴이 지은을 향했다. 그러자 지은은 고개를 들어 근호에게 입을 맞췄다. 갑작스럽게 벌어진 상황에 잠시 당황한 근호였으나 이내 손으로 지은의 머리를 감싸며 입맞춤에 호응을 하였다. 두 사람의 입맞춤은 점점 격렬해져 갔고 근호는 다른 한 손으로 지은의 가슴을 쥐었다. 근호의 허리를 끌어안은 지은의 팔이 부르르 떨렸지만 지은은 더욱 강하게 근호를 끌어안았다. 입맞춤을 멈추지 않은 채 근호는 철환을 바라보았다. 근호의 눈빛 속에는 환희와 조롱, 경멸과 쾌락이 공존했다. 그 눈빛이 철환의 가슴을 할퀴고 지나갔다. 가슴을 찢는 비수들의 고통속에서도 철환은 아무것도 할 수가 없었다. 두 발에 못이 박힌 것처럼 한 발자국도 뗄 수 없었고 눈앞에서 벌어지는 광경은 차마 본인의 마음과 정신이 감당 할 수 없었다.

서둘러 차에 올라탄 철환은 도망치듯 그곳을 빠져나왔다. 가슴을 세게 얻어맞아 가슴뼈가 부서진 것 같은 고통이 몰려왔고, 숨이 막혀왔다. 자신의 얼굴에 흐르는 것이 땀인지 눈물인지 조차도 알 수 없었다. 마음 속 깊은 곳에서부터 솟구쳐 올라오는 분노와 좌절 그리고 비참함은 당장에라도 그대로 차를 강물에 처박고 함께 물속으로 가라앉고 싶었다. 주먹으로 핸들을 내리치며 철환은 절규하며 소리를 질렀다.

근처 강가 한적한 곳에 차를 세운 철환은 차에서 넘어지다시피 뛰쳐나와 그대로 바닥에 무릎을 꿇었다. 하루 종일 아무것도 제대로 먹은 것이 없는 뱃속에서 시큼한 위액이 역류하여 올라왔다. 자신의 마음을 표현조차 할 수 없는 현실이 너무도 증오스럽고, 어떻게 해서도 지은과 함께 할 수 없다는 사실, 어떻게 해도 지은의 마음을 얻을 수 없을 것 같음에 절망스러웠으며, 자신의 마음대로 제어되지 않는 자신의 마음 또한 역겨웠다. 자신의 주먹보다 조금 더 큰 돌 하나를 집어 들었다. 그대로 돌로 머리를 쳐 고꾸라지고 싶은 생각이 마음을 잠식해갔다. 부들부들 떨리던 손을 치켜 올렸지만 차마 머리 위로 내리칠 수가 없었다. 솔직한 심정으로는 용기가 부족했고 남은 미련이 너무 많았다. 한참을 움켜쥐고 있던 돌덩이를 신경질적으로 내팽개치고 철환은 또다시 미친 듯이 절규했다.

아직 해가지지 않은 오후의 시간이었지만 철환의 눈에는 그저 어둠만이 가득하여 아무것도 보이지 않았다.

영진의 집 앞에 도착 했을 때 영진은 집 앞에 마중을 나와 있었다.

"날씨가 완전 봄이다 철환아."

철환의 상태를 알 리 없는 영진은 철환이 차에서 내리자마자 반갑게 인사를 건넸다. 하지만 이내 철환의 안색이 좋지 않음을 확인하고는 얼굴빛을 바꾸며 철환에게 다가왔다.

"너, 상태가 왜 이래 인마?"

"피곤한가봐, 멀미를 했네."

장거리 운전의 피로를 핑계로 둘러댔다. 집에까지 데려가 주겠다는 영진을 만류

하며 철환은 힘겨운 발걸음을 떼었다. 집으로 향하는 길이 천리만큼 멀게 느껴져 철환은 몇 번이고 자리에 주저앉았다. 도대체 왜 이렇게 까지 가슴이 찢어지는지, 도대체 왜 지은이라는 한 사람이 이렇게 마음속 깊은 곳까지 들어오게 된 것인지 알 수가 없었다.

간신히 집에 도착한 철환은 책상에 앉아 노트북을 켰다. 지필 중이던 소설을 계속해서 쓸 심산이었다. 그거라도 하지 않으면 머리가 터져버릴 것만 같았다. 하지만 머릿속엔 온통 지은과 근호가 입을 맞추던 장면이 떠나가질 않았다. 자신을 보며 조롱을 보내던 근호의 눈빛이 선명했다. 자신은 한마디 대항의 말도, 어떠한 행동도 하지 못한 완벽한 패배자의 모습이었다.

눈물이 나오려는 것을 억지로 삼켰다. 모니터에 시선을 고정한 채 한없이 무거운 손가락을 움직였다.

세상은 내게 봄이 왔다 하나
아직 내겐 봄은 오지 않았습니다.

나의 벗은 내게 봄이 왔다 하나
그대와 나 사이엔 겨울만이 가득합니다.

몸서리 쳐 질만큼 추운 겨울이
그대와 나 사이 한 가득입니다.

그대의 온기를 느낄 수 없는,
당신과 나 사이를 가득 채운 이 겨울이 언제쯤 지나갈까요.

나의 벗은 내게 봄이 왔다 하나
나는 아직 겨울에 삽니다.

마침표를 찍는 순간 철환의 시야가 뒤틀렸다. 상하좌우로 흔들리는 모니터 화면에 질끈 눈을 감았으나, 어느 순간 머리에 무언가 둔탁하게 부딪히며 희미하게 보이는 마지막 기억은 딸 지은이 자신을 부르며 달려오는 장면이었다.

그리고 철환은 다시 눈을 감았다.

얼마 후 철환이 눈을 뜬 곳은 병원이었다. 정신을 차리는 철환을 보고는 딸 지은이 울음을 터뜨렸다. 그리고 그 옆에는 영진이 서서 못마땅한 표정으로 철환을 내려 보고 있었다.

"의사선생님도 별다른 이상은 없다고 그냥 과로인 것 같다고 하셨으니까 쉬면 괜찮을 거야. 정신 차린 것 같으니까, 걱정하지 말고 집에 가 있어 지은아."

한참을 울던 지은을 겨우 달랜 영진은 자신이 철환 곁에 있을 테니 가서 쉬고 있으라며 지은을 집으로 돌려보냈다.

"괜찮냐? 아니 이 꼬라지를 해가지고 괜찮긴 뭐가 괜찮겠어. 과로는 무슨 얼어 죽을 과로. 아프다고, 힘들다고 아무한테 말도 못하고, 딸내미한테 창피해 죽겠지?"

영진의 질책이 쏟아지기 시작했으나 철환은 한마디도 대꾸조차 할 수가 없었다. 자신이 쓰러진 이유를 정확히 알고 있는 영진을 그저 멍하니 쳐다만 봤다.

"어떻게……"

"상사병 걸린 놈이 뻔하지. 그냥 소문을 다 내지 그래? 그런 시를 써놓고 정신 놓아 버리면 사람들이 다 알아주길 바라는 거지? 이럴 거면 차라리 고백이라도 해보지 그래? 너 이러다 정말 큰일 나. 기절까지 할 정도면 지금 너 매우, 아주 심각해."

눈물이 고여 금세라도 흘러내리기 직전인 눈동자가 흔들렸다. 핏줄이 터져 붉게 붙든 눈에 고인 눈물은 마치 피가 맺힌 듯 붉게 보였다. 눈빛은 희미했으며 희망이라고는 없는 듯 보였다. 고개를 돌려 영진을 바라보자 가득 차 있던 굵은 눈물 방울이 흘렀다. 힘겨운 신음소리와 함께 철환이 무거운 입을 열었다.

"나, 서울, 다시 가려고."

"말 같지도 않은 소리하지 말고 정신 차려 인마. 지은이도 조금 있으면 고3인데 전학 가서 학업 분위기 다 망쳐 놓을 셈이야? 네가 서울 간다고 마음이 편해 질 것 같아? 딸 이름도 지은이라서 잊지도 못 할 거 뻔히 다 보이는데."

자신의 마음속에 들어와 앉아 있는 것 같은 영진이 그토록 미워 보일 수가 없었다.

"그럼 나보고 어떻게 하라고?"

"몰라 인마, 넌 그런 걸 어떻게 연애 한 번 못해 본 총각한테 물어보냐? 그냥 받아 들여 애써 부정하지 말고. 좋아해도 되네 마네, 네 마음대로 되지도 않는 마음 애써 거부하고 버텨봤자, 너만 이 꼴 되는 거야. 차이더라도 인마, 말을 해보라니까?"

하지만 철환은 그럴 수 없었다. 마음을 보이다 행여나 남보다 못한 사이가 될까 두려웠다. 사이가 멀어져 그녀의 모습을 볼 수조차 없다는 것은 상상 할 수 없었다. 서울로 가겠단 자신의 말에 반대 되는 생각이었지만 지금의 이 생각이 철환의 진심이었다. 자신의 마음이 망가지더라도 그냥 이 정도의 거리에서 가끔씩 만나고, 얘기하고, 그녀의 웃는 모습 볼 수 있다면 그만 일 것이다. 지금 이 힘든 시간도 견디다 보면 무뎌질 것이라 그렇게 믿고 싶었다.

"자! 이거 보면서 잘 생각해봐. 차에 떨어져 있더라."

영진이 철환의 머리맡에 있는 협탁 위에 사진을 한 장 올려놓았다. 두 지은이 사진 속에서 환하게 웃고 있었다.

영진이 나가고 철환은 사진을 물끄러미 바라보았다.

"그래 난 이거면 돼."

무슨 생각이었는지 알 수 없었다. 하필 지금 집 앞에 서 있는 근호를 보는 순간 머릿속에 아무런 생각이 들지 않았다. 그저 자신에 대한 미움과 분노, 그리고 일종의 자괴감 같은 감정들이 휘몰아쳤다. 창피함에 당장이고 철환과 멀어지고 싶었다. 그가 빨리 떠나 버리길 바랐다. 그 선택이 근호와의 입맞춤이었다.

그에게 달려드는 근호를 붙잡았다. 눈을 질끈 감은 채 근호에게 입을 맞췄다. 잠시 당황한 듯 아무런 반응이 없던 근호였지만 어느새 머리를 감싸는 손길이 느껴지며 소름이 돋았다. 곧이어 기분 나쁜 근호의 혀가 입술을 비집으며 입 안으로 들어왔다. 하지만 거부 할 수 없었다. 구역질이 나오려 하는 것을 힘겹게 견뎌냈다. 스스로도 납득할 수 없는 상황에 정신이 무너져 내렸다. 지금 무슨 짓을 하고 있는 것인지, 왜 이런 상황이 자신에게 생긴 것인지 어느 곳에, 그리고 누구에게 원망을 해야 할지 모를, 그저 원망의 대상만 찾았다.

가슴에 손이 닿는 감각이 느껴졌다. 당장이고 근호를 밀쳐내고 속을 게워내고 싶었지만 아직 그 사람이 그대로 거기 서있었다. 그를 조롱하는 근호의 눈빛이 증오스러워 더욱 근호를 강하게 끌어안았다. 더 이상 자신의 의지와 감정은 의미가 없어져갔다.

그가 차에 오르고 급히 떠나는 소리가 들렸다. 그렇게 그는 떠났다. 자신의 모습을 보고 얼마나 실망을 했을까. 낙담이 들고 좌절감에 몸의 힘이 풀렸다. 하지만 근호는 몸이 달아올랐는지 입술로 지은의 몸을 탐닉하기 시작했다. 온몸에 벌레가 기어 다니는 느낌이 들었다. 그가 타고 떠난 차가 모퉁이를 돌아 시야에서 완전히 사라지자마자 있는 힘껏 근호를 밀어냈다.

숨이 가빠왔고 머리에 두통이 일었다. 세상이 무너지는 기분이 이런 기분이랄까.

하지만 눈앞에 서있는 이 남자는 지금의 행위를 멈출 의지가 없어 보였다.

아쉬운 듯 입맛을 다시던 근호는 지은의 손목을 잡아끌고 집안으로 들어왔다. 붉게 상기 된 얼굴에 마음이 급한 근호는 서둘러 벨트를 풀었다. 전라의 모습으로 근호는 지은에게 다가왔다. 치마 속에서 느껴지는 근호의 손길에 지은의 몸이 떨려왔다. 하지만 일말의 저항 의지조차 생겨나지 않았다.

'네 맘대로 해, 이 개자식아!'

마음속에서 많은 것을 내려놓은 지은은 몸에서 힘을 뺐다. 그리고 가만히 눈을 감았다. 근호의 동작은 전처럼 거칠지 않았다. 지은의 온 몸 이곳저곳에 입을 맞추며 공을 들였다. 근호가 아닌 마치 다른 사람과 관계를 가지고 있는 것 같은 착각이 들 정도였다. 어쩌면 조금은 쾌감을 느꼈는지도 모르겠다. 거기까지 생각이 닿자 지은은 헛웃음이 났다. 자신이 마치 미친것만 같았다.

"우리 결혼할래? 아니 결혼하자."

관계를 끝낸 뒤 개운하다는 얼굴로 히죽거리며 누워있는 근호에게 지은이 말했다. 아무런 감정이 없는 듯 무표정한 얼굴을 한 지은에게서 결혼이라는 단어가 나오자 근호의 얼굴 표정이 변했다. 당혹스러운 표정으로 그저 눈만 껌뻑이며 지은을 바라보았다.

"결혼하자니까? 우리 이제 그럴 때 됐잖아. 그럴 때가 뭐야 이미 늦고도 한참 늦었지. 아니야?"

"미쳤냐?"

"응, 미친 것 같아."

지은의 얼굴이 짜증이 가득한 표정으로 일그러졌다. 잠시간의 정적이 이어졌다.

"그럼 우리 헤어지자. 그리고 다시는 마주치지 말자. 나가줘, 내 집에서."

처음부터 지은은 헤어짐을 말하고 싶었다. 먼저 결혼을 말했던 것은 그저 구실에 불과했다. 행여나 근호가 결혼하겠다고 대답을 하면 어떻게 할까 일말의 걱정은 들었으나, 근호는 그러지 않을 것이라는 확신이 있었다. 그랬기에 근호에게 이별을 말했다. 그것이 지은의 진심이었고 바람이었다. 더 이상 이 남자의 인생에서 자신의 존재가 엮이지 않기를 바랐고, 자신의 인생에서 또한 이 남자가 사라지길 바랐다.

화가 난 근호의 손이 지은의 뺨을 내리쳤다. 입가에 피가 맺혔지만 아픔이 느껴지지 않았다. 지은은 곧바로 핸드폰을 들어 경찰에 신고를 했고, 다시 한 번 지은의 뺨으로 근호의 손이 내리쳐졌다. 그러자 지은도 근호의 뺨을 때렸다. 분노가 가득한 눈으로 근호가 다시 지은을 노려보자, 지은은 한 번 더 근호의 뺨을 내려쳤다. 지은에게 맞은 근호는 눈이 커지며 당혹감을 감추지 못했다. 욕을 하며 지은에게 달려들려는 순간 멀리서 사이렌 소리가 들렸다. 그 소리에 근호는 서둘러 옷가지를 챙기고는 지은의 집을 도망치듯 빠져나갔다.

근호가 떠난 후 집안에는 무거운 정적이 감돌았다. 간간히 훌쩍이는 지은의 흐느낌만 침묵을 깨고 들려올 뿐이었다. 지독하고도 슬픈 고독이 몰려왔다.

그때도 그랬다. 처음 그를 만났을 때, 처음으로 사랑이라는 감정을 느끼게 된 그를 만난 그 날. 그때도 그의 옆에는 너무도 완벽해 보이는 여자가 함께 있었다. 둘 사이를 비집고 들어갈 틈이라고는 없어 보이는 행복이 보였다. 자신은 그저 교복을 입고 있는 고등학생에 불과 했다. 그때는 인정 할 수밖에 없었다. 자신은 다가갈 수 없는 그저 동경의 대상일 뿐이라고, 동경 할 수 있는 대상이 있다는 것만으로도 그저 만족한다고 스스로를 위로했다.

하지만 지금은 그럴 수 없었다. 그때의 감정이 다시 살아나기 시작했지만 상황은 그때와 다르다. 그와 지척에서 지냈고, 그의 옆자리는 비어있었다. 혹시라도 자신에게 첫사랑을 이룰 수 있는 기회가 올지도 모르겠다는 작은 희망이라는 것을 가져보았다. 하지만 그의 팔에 팔짱을 끼며 다가온 그 여자는 이번에도 역시 너무도 완벽해 보였다. 아니 완벽했다. 셈이 날 정도로 예쁜 얼굴과 몸매 그리고 그녀가 입고 있던 옷도 그녀가 평범한 여자는 아니라고 말해주고 있었다. 자신의 남자는 자기가 기필코 성공 시켜 보이겠다는 넘치는 자신감과 말투는 지은은 따라 할 수도 없는 그 무엇이었다. 차에 대해 잘 모르는 지은이 보기에도 비싸 보이는 외국 유명 브랜드의 자동차 앞에 지은은 철저하게 기가 죽었다. 이번에도 역시 지은은 교복을 입고 있었다. 달라진 것은 고작 더 이상 고등학생은 아니라는 것. 그 뿐이었다. 자신이 너무나 초라했다.

집으로 돌아오는 내내 자는 척을 했지만 잠은 오지 않았다. 머릿속에서 떠나지 않는 그 여자의 모습이 자꾸만 지은의 마음을 괴롭혔다.

종이 가방에 넣어 가지고 온 교복을 꺼내 들었다. 교복에 새겨져 있는 박지은이라는 이름표를 가만히 바라보다 신경질 적으로 교복을 내던졌다. 그 옷을 입고 행복했던 고등학교 시절의 추억, 그리고 어린 지은과 함께 그 교복을 입고 보냈던 그 시간들이 증오스럽기까지 하여 교복을 찢어버리고 싶은 심정이었다.

한참을 그렇게 울었다. 불도 켜지 않은 방엔 어둠만 짙게 내려앉아 있었다. 얼마나 울었는지 모를 어느 순간, 핸드폰의 진동 소리가 방안에 울려 퍼지며 어두운 방에 한 줄기 불빛을 비추었다. 손으로 얼굴의 눈물 자국을 지우며 핸드폰을 바라보니 어린 지은에게서 걸려온 전화였다.

지은은 급히 얇은 겉옷만 챙겨 입고 집을 나와 달렸다. 핸드폰 너머로 들려오는 어린 지은의 울음소리에 조금 전까지만 해도 터져버릴 듯 복잡했던 자신의 머릿속과 감정은 순식간에 잊혀졌다. 강가를 따라 나있는 길을 쉬지 않고 달렸다.

가쁜 숨을 몰아쉬며 철환의 집 대문을 열고 안으로 들어서자 툇마루에 걸터앉아 손으로 머리를 감싼 채 떨고 있는 어린 지은의 모습이 보였다. 달려가 어린 지은을 끌어안았다. 사시나무 떨 듯이 온몸을 떨고 있는 어린 지은이 참고 있던 울음을 터뜨렸다. 어린 지은의 입에서 엄마라는 한 맺힌 말이 터져 나왔다. 가만히 어린 지은을 안으며 어깨를 토닥이던 지은의 눈에서 눈물이 주르르 흘렀다.

가슴에 묻었을 엄마라는 존재, 한창 엄마의 사랑이 필요한 시기에 엄마를 떠나보내야 했다는 것은, 어린 지은에게는 감내하기 힘든 너무나 커다란 상처였다. 그동안 내색하지 않았던 어린 지은의 마음속에 꾹꾹 누르며 견뎌 온 슬픈 감정들이 지은에게 전해지는 듯 했다.

그 동안 잘 참아왔지만 철환이 쓰러지면서 모든 감정들이 한꺼번에 터져 나왔다.

"엄마가 너무 미웠어. 우리만 남겨두고 떠나버린 엄마가 너무 미웠어. 그리고 엄마가 떠났는데 아무렇지 않게 밥을 먹고 웃던 아빠도 너무 미웠어. 그런데 나, 보고 말았어. 아빠가 우는 모습을, 혹시라도 내가 볼까봐 방에 몰래 숨어서 울고 있었어. 책상에 엎드려서 울던 아빠 모습이 자꾸 생각나. 그래서 나, 한 번도 아빠한테 엄마 얘기 한적 없어. 엄마가 너무 보고 싶고, 너무 많이 울고 싶었는데, 나 꾹 참았어. 나 때문에 아빠가 더 힘들어 할까봐. 내가 아빠한테 짐이 될까봐. 그래서 꾹 참았어. 그런데 이 바보 같은 아빠는 왜 자기 마음대로 그러는 건데? 나 이렇게 혼자 두고 왜 그러는 건데? 나 너무 무섭단 말이야. 아빠마저 엄마 따라서, 나 혼자 두고 갈까봐 너무 무섭단 말이야."

은영을 그리워하던 아빠의 모습은 어린 딸의 가슴에 또 하나의 아픔으로 자리잡았다. 아빠의 마음에 또 다른 무거운 짐이 되지 않겠다며 그렇게 어린 지은은 너무도 일찍 철이 들어 버렸다. 하지만 너무나 큰 존재의 부재는 그저 잊으려한다고 잊을 수 있는 것이 아니었다. 그냥 덮어두고 참는 것이었다. 하지만 오늘, 철환이 거실에 쓰러지는 모습을 보며 덮어두었던 모든 인내가 한계에 다다르며 마음 속 응어리가 울음과 원망으로 쏟아져 내렸다. 행여나 아빠마저 그렇게 잃게 될 까 너무도 무섭고 두려웠다.

"언니, 나도 엄마가 있었으면 좋겠어."

어린 지은의 입술이 부르르 떨렸다. 눈물이 쉬지 않고 흐르는 눈으로 지은을 바라보며 마음속에 오랫동안 참았던 말을 했다. 아빠가 힘들어 할까봐 한 번도 꺼내보지 못했던 말이었다. 지은은 아무 대답도 하지 못하고 다시 한 번 어린 지은을 꼭 껴안았다. 흐느끼는 어린 지은의 몸의 떨림에 지은의 몸도 떨려왔다. 예전 뱃속에 잉태 되었던 아이가 세상에 나왔다면 지금쯤 어느 정도 자라 자신에게 엄마라 부르며 세상 가장 예쁜 귀여움을 떨고 있지 않았을까. 딸이었을지 아들이었을지 모를 그 아이가 문득 떠올라 지은은 자신의 품안에서 들썩이는 어깨를 다시 힘껏 안았다.

짙은 어둠이 내린 밤이 늦은 시간 철환이 집으로 돌아왔다. 거실에 작은 불이 켜져 있는 집은 조용했다. 딸의 신발이 아닌 신발 한 켤레가 더 있는 것을 보고는 철환은 지은이 와 있다는 것을 알았다. 딸을 챙겨주어 고마운 마음보다 앞선 건 반가움이었다. 그녀를 보고 싶단 마음에 철환의 걸음은 이미 딸의 방문 앞에 가 있었다. 방 안에서 아무런 소리가 들리지 않자 노크를 하려던 손이 멈칫했다. 살며시 방문을 열었다. 침대에 두 사람이 누워 있는 모습이 희미하게 보였다. 지은의 품에 안겨 잠이 든 딸을 보고는 조용히 다시 거실로 나왔다.

긴 한숨이 거실의 적막을 채웠다. 자신의 머릿속에 끝도 없이 밀려오는 생각과 이룰 수 없을 것만 같은 바람에 고개를 좌우로 흔들었다. 그 모든 것이 자신의 욕심인 것 같았다.

인기척을 느꼈는지 지은이 거실로 나왔다. 눈이 마주친 두 사람 사이에 어색함이 감돌았다.

"겨우 잠들었어요. 아빠한테 무슨 일이 생길까봐 많이 무서웠나 봐요."

어색하게 고개를 숙여 인사를 하고는 지은이 돌아가려 했다.

"차 한 잔, 하고 갈래요? 아니 차 한 잔만 하고 가요."

식탁에 마주 앉은 두 사람 사이에는 여전히 적막함이 가득했다. 전기주전자에서 물이 끓는 소리가 집 안에서 들리는 유일한 소리였다.

"고마워요. 우리 지은이가 선생님한테 많은 위로를 받네요."

늦은 저녁 시간, 집이라는 공간에서 단둘이 마주하는 것은 처음이었다. 지은의 심장이 눈치 없이 뛰기 시작했다.

"저도 지은이 덕분에 많은 위로를 받는 걸요."

그 뒤로 다시 두 사람사이에 침묵이 자리했다.

물이 다 끓어 전기주전자의 전원이 탁 하는 소리와 함께 꺼졌다. 철환이 가져 온 은은한 허브 차 향기가 두 사람의 사이를 채우며 퍼져나갔다.

다시 자리에 앉는 철환의 눈에 낮에는 보이지 않던 지은의 얼굴에 난 상처가 눈에 들어왔다. 그리고 잠시 생각 밖에 있었던 근호의 존재.

"그 사람이 남긴 상처인가요?"

지은은 대답하지 않았다. 철환은 짧은 한숨을 내뱉었다. 그 한숨 끝에 가슴이 저릿했다.

"한 여자를 진정으로 사랑하는 남자는 자신이 사랑하는 여자의 눈에서 절대로 눈물 흘리게 하지 않아요. 그 여자의 마음을 아프게 하는 것만큼 가슴 찢어지는 일은 또 없으니까요. 아무리 그 사람이 내게 잘못을 하고 내 가슴에 못을 박았다 할지라도, 내가 그 사람을 사랑하기에 가슴에 박힌 못 까지도 품을 수 있는 거죠. 그 못이 가슴을 찌르는 아픔을 참으며 눈물을 흘리게 되더라도, 절대로 그 못을 뽑아 상대에게 다시 꽂지 않아요."

"내가 그래요. 내가 그만큼 그 사람을 사랑해요."

지은의 목소리는 차분했다. 너무나도 차분했기에 철환은 더 이상 무어라 말을 할 수가 없었다. 이루 말할 수 없는 답답함이 가슴을 조여 왔다. 도대체 근호라는 사람이 뭐라고. 어떻게 이렇게 한 여자의 몸과 마음에 상처만 안겨 주는지 다시 한 번 정신이 아득해 지는 것 같았다.

"그렇다면, 그 사람은 선생님을 그렇게 사랑하나요?"

지은은 대답이 없었다. 대답대신 인사를 하고는 자리에서 일어나 떠났다. 일어나는 지은을 철환은 차마 잡지 못했다.

지은이 떠난 자리에 남겨진 아직 식지 않은 찻잔만 그저 하염없이 바라보았다.

조용한 나날이 이어졌다. 무언가 새로운 일도, 무언가 특별한 일도 없는 어찌 보면 무료하다 느껴질 날들만 계속해서 흘러갔다. 계절도 이제는 봄의 끝자락에 접어들려 했고, 한 낮에는 더운 기운마저 느껴지기도 했다. 꽃이 피었다 떨어진 자리에는 녹색이 짙은 잎이 햇빛의 기운을 조금이라도 더 받으려 넓게 자라나고 있었다.

그 사이 동네에서 일어난 가장 큰 일은 지은이 철환의 집을 그렇게 떠난 며칠 후 강가에서 근호의 시신이 떠오른 사건이었다. 머리에서 발견 된 충격에 의한 외상의 흔적에 경찰은 타살의 가능성을 두고 한동안 수사를 했지만 폐쇄회로 화면에 잡힌 근호의 모습은 혼자였고, 술에 잔뜩 취해 비틀거리는 몸을 주체하지 못하는 모습이었다. 이후 다리 위에 설치 된 폐쇄회로에서 다시 근호의 모습이 발견 되었으나 그 장면은 다리 위의 난간에 올라 한동안 멍하니 어딘가를 바라보다 다리 아래로 몸을 던지는 장면이었다. 부검 결과 근호의 사인은 익사가 아닌 두부 손상과 장기 손상에 의한 사망이었다. 물의 표면에 부딪히며 일차적 충격에 의한 장기 손상이 있었고, 수심이 깊지 않은 부분에 떨어지면서 강 밑바닥에 머리를 부딪치며 2차 충격에 의한 사망이었다. 폐에 물이 차지 않은 점으로 미루어, 물속에서 익사하기 전 이미 근호의 숨은 끊어진 상태라는 결론이었다. 그렇게 자살로 근호의 죽음은 정리되었다.

철환은 경찰의 조사에 소환 된 지은을 먼발치에서만 바라보았다. 충격을 받은 모습이었으나 눈물을 흘리거나 크게 힘들어하는 모습을 보이진 않았다. 사랑하는 사람을 잃은 여인의 모습은 전혀 아니었다. 그리고 마을의 사람들 또한 그 누구도 근호의 죽음을 슬퍼하거나 애통해하지 않았다. 지은에게 위로의 말을 건네는 사람은 많았으나, 다들 그 죽음이 차라리 잘 되었다는 식이었다.

철환은 그 뒤로 지은을 만나지 못했다. 지필 중인 소설을 완성하기 위해 집중한 이유도 있었지만 가능한 지은을 생각하지 않으려 스스로를 바쁘게 만들었다. 일부로 찾지도, 만날 이유도 만들지 않았으며, 외출은 최대한 하지 않았다. 지은 역시 그 뒤로 철환의 집에 찾아오거나 하지 않았기에 두 사람은 꽤 오랜 시간 만나지 못했다. 딸 지은과는 여전히 자주 연락하는 듯 했으나, 철환을 함께 대동하여 세 사람이 시간을 가지는 경우는 일절 없었다.

그렇게 시간은 하루하루 계속 흘렀다.

채린의 마음은 조급하다 못해 폭발하기 직전이었다. 책상 앞에 앉아 있었지만 정신은 다른 곳에 가 있었다. 머리를 받치고 있는 손을 보면 누구든 현재 채린의 불편하고 불안한 심리 상태를 알 수 있을 듯 했다. 검지손가락이 잠시도 가만히 있질 못하고 계속해서 머리를 톡톡 건드리고 있었다. 아무 일에도 집중하지 못했고 안절부절 못하는 모습이 마치 뭐 마려운 강아지 모습이었다. 지금쯤이면 벌써 오고도 남았어야 할 철환에게서의 연락이 오지 않고 있기 때문이었다. 며칠 지나지 않아 철환에게서 연락이 올 것이라는 채린의 기대와 예상은 보기 좋게 빗나갔고, 첫 만남의 자리에서 자신의 번호만 주고 철환의 연락처는 받지 않은 자기 자신을 수도 없이 책망했다. 마음 같아서는 진수에게 곧장 연락해서 철환의 연락처를 물어보고 싶었지만 철환에게 바람 맞았다며 자신을 놀려대며 배를 잡고 웃을 진수의 모습이 떠올랐기에 진수를 찾는 것은 자신의 자존심이 허락하지 않았다. 그리고 진수는 결정적으로 철환의 연락처를 순순히 줄 사람이 아니었다.

채린은 인터넷으로 철환에 대한 검색을 해보았다. 무언가 도움이 될 만한 기사가 있을지 한참을 검색했다. 그러던 중 어느 한 문학 잡지사에서 올려놓은 철환의 인터뷰 기사에서 철환이 살고 있는 마을에 대한 이야기가 언급 되어 있는 것을 보았다. 기사 내용 중 아내가 떠난 후 새로 마음을 정착한 곳이라는 말이 있는 것으로 보아 지금 철환이 있는 곳임에 분명했다. 채린의 얼굴에 미소가 살며시 피어났다.

본인도 조금은 무모하다는 생각이 들었지만 채린은 그대로 운전대를 잡았다. 마을에 찾아가 철환의 이름만 말하면 대부분의 사람들이 알 것이라는 막연하지만 이유 있는 기대를 가지고 무작정 출발 했다.

하지만 예상보다 먼 장거리 운전이었다. 운전에 극도로 지쳐갈 때 쯤 마을의 이름이 적힌 이정표가 눈에 들어오기 시작했다. 길을 따라 얼마를 더 지나 언덕을 하나 넘었을 때, 채린은 눈앞에 펼쳐진 풍경에 그만 넋을 잃었다. 오후의 햇빛을 받아 황금빛으로 반짝이는 넓은 강이 흐르고 그 강줄기를 따라 벚꽃이 흐드러지게 피어 있는 모습은 세상의 그 어느 대단한 화가가 그린다 해도 그 색을 표현할 수 없을 것 같았고, 세상 그 어떤 유명한 작가가 표현한다 해도 형용할 수 없는, 마치 자연이 작정하고 만든 작품 같았다.

"우리나라에 이런 곳이 있었다니."

평소 여행이 취미였던 채린은 봄이면 여기저기 벚꽃이 예쁜 곳이라면 어디든 찾아 다녔다. 지금까지 많은 곳을 다녀 보았으나 지금 펼쳐진 장관은 그 중 단연 최고였다. 이렇게 아름다운 곳이 왜 유명해지지 않았는지 궁금할 뿐이었다. 잠시 차를 멈추고 풍경을 감상하고 싶은 마음이 간절했지만 당장은 해야 할 일이 있었기에 채린은 마음을 고쳐 잡고 계속해서 차를 몰았다.

동네에 들어서자 조그만 기차역이 보였다. 채린은 기차역 앞에 있는 작은 주차장에 차를 세우고는 주위를 살폈다. 기차가 들어오는 시간이 아니어서인지 기차역은 한산하기 그지없었다. 영화에서나 나올 법한 작은 기차역은 나름 낭만이 있어 보였다. 마침 지나가던 역무원 하나를 쫓아가 불러 세웠다.

"혹시 이 동네에 고등학교가 어디 있는지 알 수 있나요?"

"이 앞에 큰 길 따라 쭉 가면 중학교가 하나 나오는데, 그 길 따라 조금만 더 가면 고등학교가 하나 있어요. 이 동네에 고등학교는 그 고등학교 하나 밖에 없어요."

외지인의 방문이 그리 많지 않은 동네에서 외지인의 분위기가 물씬 풍기는 채린에게 역무원은 약간은 경계하는 말투였지만 나름 친절하게 채린에게 길을 알려주었다.

역무원의 설명을 들은 채린의 표정이 환하게 밝아졌다. 채린의 기억 속에 철환의 딸은 고등학생이었다. 만났을 당시에도 교복을 입고 있었기에 하교 시간에 맞추어 학교 앞에서 기다리면 어쩌면 마주치지 않을까 하는 막연한 생각이었다. 혹시라도 고등학교가 여러 곳이 있다면 어떻게 해야 하나 고민이 되던 차에 고등학교가 하나라는 말은 사막에서 바늘을 찾던 채린에게 오아시스 같은 말이었다.

마침 조금 있으면 하교 시간이 다가오던 시간대라 채린은 역무원에게 고맙다는 인사를 한 뒤 서둘러 학교를 찾아 갔다. 학교를 찾기는 그리 어렵지 않았다. 길은 한 갈래였고, 그 길을 따라 계속 가니 역무원이 말했던 중학교가 나왔다. 중학교를 지나치는 순간 바로 고등학교가 시야에 들어왔기에 채린은 기분이 들뜨기 시작했다.

교문 옆에 차를 세우고는 하교 시간을 마냥 기다렸다. 아직 수업이 끝나지 않은 학교는 조용했고, 이따금씩 열린 창문으로 아이들이 웃는 소리가 흘러나왔다. 채린은 교정을 바라보며 잠시 추억에 젖었다.

얼마 후 학교 건물에서 아이들이 하나둘씩 나오기 시작했다. 채린은 신경을 바짝 세우고 교문으로 다가오는 아이들을 하나하나 살피기 시작했다. 그리고 잠시 후 채린의 얼굴이 환해졌다.

선생 지은의 머리가 지끈지끈 거렸다. 조금 전까지만 해도 어린 지은과 함께하는 퇴근길에 같이 서점에 가서 기다리고 기다리던 새로 출간 된 책을 살 생각이었다. 그리고는 함께 근처 카페에서 수다를 떨 생각에 마음이 둥실둥실 들 떠 있었던 찰나였다. 그런 봄바람 같이 따뜻하고 포근했던 마음에 갑자기 한 겨울에 찬물을 끼얹는 것 같은 기분을 선사해 주는 이 여자가, 눈앞에서 뭐가 그리도 좋은 건지 싱글벙글 웃음이 가득한 얼굴을 들이밀고 있는 다시는 보고 싶지 않았던 이 여자가 대체 왜 이곳에 나타났는지 모를 일이었다. 걸을 때 마다 들려오는 하이힐의 또각또각 소리는 매우 거슬렸고, 어린 지은과 함께 하려던 자신의 계획을 망쳐버렸다는 사실이 너무도 불편했다. 그리고 가장 한심했던 것은 이 여자를 발견한 순간 그저 무시하며 못 본 척, 못 알아보는 척 지나치지 못하고 그 자리에 두 다리가 얼어붙고만 본인 스스로가 아주 개탄스러웠다.

역시나 채린을 알아 본 어린 지은이 그녀에게 꾸벅 인사를 하려는 순간 지은은 어금니를 꽉 깨물고 낮은 목소리로 속삭였다.

"인사 하지 마!"

"왜?"

인사를 하기 위해 허리가 반쯤 굽혀진 어린 지은을 팔로 잡아당기는 바람에 어린 지은의 몸이 한쪽으로 기울며 넘어지려 하는 것을 겨우 붙잡았다.

카페에 앉아 있는 세 사람 사이, 정확히 말하면 채린과 선생 지은의 사이에서 불꽃이 이는 듯 했다. 그 사이에 앉아 있는 어린 지은은 마치 가시 방석에 앉은 기분이었다. 여전히 얼굴에 웃음을 띠고 있는 채린에 비해 선생 지은의 얼굴에는 표정이 없었다.

"작가님 딸 맞지?"

지은의 무표정한 얼굴은 가볍게 무시한 채 채린은 어린 지은에게 말을 걸었다. 동그란 눈으로 채린을 바라보던 어린 지은이 대답 없이 고개만 끄덕였다. 채린이 테이블 위에 작은 상자 하나를 올렸다.

"뭘 좋아하는지 몰라서 내가 그냥 골라봤는데, 마음에 들면 좋겠네. 선물이야."

누구든 보면 알 만한 해외 유명 브랜드의 머리핀이었다. 선물을 받아 든 어린 지은이 눈이 휘둥그레졌다.

"아직 어린 학생한테 이런 선물은 너무 과한 거 아닌가요?"

"과하다니요, 요즘 고등학생들 명품 하나씩은 다들 가지고 있잖아요."

조금은 격양 된 지은의 말을 채린은 어린 지은에게 고정된 시선을 돌리지 않으며 차분한 억양으로 받아쳤다. 달리 할 말이 없어진 지은은 불만 가득한 얼굴로 한숨을 내쉬었다.

"작가님은 요즘 어떻게 지내셔?"

채린의 물음에 지은의 눈동자가 미세하게 떨렸다. 지은 역시 최근 철환의 근황을 모르고 지냈다. 철환이 바깥출입을 하지 않은 탓도 있었지만 지은 또한 애써 철환에 대해 묻거나 알려하지 않았다. 하지만 궁금한 것은 사실이었기에 채린의 물음을 빌려 알고 싶었다. 두 여자의 시선이 어린 지은의 입술에 집중 되었다. 채린이 준 머리핀에 시선을 고정한 채 어린 지은이 입을 열었다.

"요즘 계속 글만 써요. 뭐에 홀린 사람처럼. 그러다 가끔 멍해 질 때가 있는데, 그 땐 제가 옆에 가도 몰라요. 어느 날은 글 쓰다가 혼자 울기도 하고. 내가 놀라서 왜 그러냐고 물어보니까 소설 속 주인공의 감정이 이입 돼서 그렇다나. 암튼 요즘 아빠는 그냥 글 쓰는 거, 그거 밖에 안 해요. 밥도 잘 안 먹고. 그러다가 지난번처럼 또 쓰러지는 건 아닌지 모르겠어요. 걱정하는 사람 신경은 쓰는 건지. 또 한 번 그러면 정말 아빠 미워할 거예요."

선생 지은의 표정이 침울해졌다. 얼굴에서 조금의 걱정과 그리고 조금의 그리움이라는 것이 묻어나는 표정이었다.

그리고 그날, 그리 늦지 않은 저녁 시간 채린의 핸드폰에 처음 보는 번호로 전화가 왔다. 순간 채린의 눈에서 빛이 났다. 들려오는 목소리는 채린의 예상에 따라 철환이었다. 철환의 첫 마디는 딸에게 너무 비싼 선물을 준 게 아니냐며 채린을 추궁하는 말이었다. 하지만 곧이어 목소리를 차분하게 가라앉힌 철환은 채린에게 감사를 전했다.

"고맙습니다. 한 번도 딸한테 이런 선물을 해줘 본적도, 해줘야 한다고 생각해 본적도 없었어요. 딸아이가 너무 좋아하네요. 어떻게 제가 보답을 해야 할지."

"그러면, 그때 작가님이 말했던 소주랑 삼겹살 사 주실래요? 저 지금 배고픈데."

지글지글 익어가는 고기 앞에 두 사람의 잔에 투명한 술이 채워졌다. 시원하다 못해 차가운 술을 품은 소주잔은 이내 뽀얗게 습기가 맺혔다.

이곳에 도착한 시간을 고려하였을 때 서울까지 다시 돌아갈 엄두가 나지 않던 채린은 근처 모텔에 방을 잡았다. 막 방문을 열고 들어가려 할 때 철환에게서 연락이 왔고 그 덕에 두 사람이 다시 마주 앉게 되었다. 무작정 계획도 없이 찾아온 곳이었지만 본인이 원했던 모든 그림이 그려지게 되어 채린은 무척이나 기분이 좋았다.

점심부터 지금까지 제대로 된 식사를 하지 못했던 채린은 맛있게 익어가는 고기를 보니 입안에 침이 돌았다.

"얼굴이 많이 상하셨네요. 따님한테 들었어요. 얼마 전에 쓰러지셨다고. 건강 잘 챙기셔야 해요. 작가님 글 기다리는 사람들이 얼마나 많은데."

철환은 대답 대신 씁쓸한 웃음을 지으며 술잔을 들었다. 쓰고도 단 소주의 맛이 입안에 감돌았다. 채린도 철환에 맞추어 술잔을 비웠다.

"혹시 그 여자분 때문이에요? 박지은이었나? 그날 따님이랑 같이 있던 여자분이요. 선생님이시던데 그때는 교복을 입고 있어서 마냥 어리게만 봤지 뭐예요."

철환은 이번에도 역시 대답을 하지 않았다. 조금 전과 마찬가지로 웃음을 지어보였으나 웃음의 뒤에 쓸쓸함과 고독이 비쳤다. 비어있는 잔에 소주를 다시 채우고 다시 입안으로 털어 넣는 철환의 표정이 살짝 찡그려졌다. 소주 맛이 이번에는 유독 썼다. 고기 한 점을 젓가락으로 집어 먹고는 채린도 철환을 따라 소주 한 잔을 채운 뒤 입으로 가져다려다 멈칫했다.

"어머, 여기 진짜 삼겹살 맛집이네."

뒤늦게 고기 맛을 느낀 채린이 왼손으로 잔을 옮겨 든 채 오른손으로 젓가락을 들어 고기를 한 점 더 집어 먹었다. 그리고는 왼손에 있던 술을 입안에 털어 넣었다. 그 모습을 보고 철환이 피식하고 웃음을 터뜨렸다.

"어, 웃었다. 봐요, 웃으니까 얼마나 좋아요. 작가님답지 않게 그러고 계시지 마세요."

"나다운 게 뭐죠?"

"저야 모르죠. 이제 두 번 밖에 못 만나봤는데, 말이 그렇다는 거죠. 말이 나왔으니, 앞으로 작가님다운 게 뭔지 많이 보여주시면 되겠네요."

철환은 채린의 당돌함에 한 번 더 웃음이 나왔다. 얼마 만에 웃어 본 것인지 생각은 나지 않았지만 마음속에 쌓여있던 우울했던 감정이 조금은 사라지는 기분이 들었다.

두 사람의 잔이 공중에서 만났다.

술과 고기로 어느 정도 배를 채운 뒤 불판 위에는 두 번째 안주인 돼지 껍데기가 타닥타닥 소리를 내며 익어가고 있었다. 고소한 콩가루를 앞에 두고 간절한 눈으로 껍데기가 익기를 기다리던 채린이 본격적인 이야기를 꺼내 놓았다. 사실 채린도 어디부터 어떻게 이야기를 할지 정리 할 시간이 필요했다. 하지만 정리는 쉽지 않았고, 그렇다고 마냥 정리가 될 때까지 기다릴 시간적 여유도 가질 수 없었다. 그래서 그냥 복잡한 생각을 있는 그대로 꺼내 놓기로 마음먹었다.

"작가님이랑 이렇게 마냥 먹고 마시면서 이야기나 하고 싶은 마음이 큰 데, 그래도 우리 일 이야기는 해야 할 것 같아요. 그래서 여기까지 오게 된 거고."

철환은 드디어 올 것이 왔구나 하는 생각에 침이 꼴깍 넘어갔다. 마치 엄마에게 혼이 나기 직전인 어린 아이처럼 가슴이 두근거려왔다. 때마침 채린의 눈이 가늘게 떠지며 새침한 표정으로 철환을 노려보듯 바라보았다. 딱히 철환이 잘못 한 것도, 추궁을 당할 일도 하지 않았지만 채린의 눈빛이 날아와 꽂히자 철환의 심장이 덜컥 내려앉는 것만 같았다.

"대체 왜! 연락을 안 주신 거예요? 내가 그 동안 정말 많은 작가님들을 만나 보았지만 작가님처럼 연락 안 주는 사람은 진짜 처음이야. 작가님 연락처를 받아 놓지 않은 내가 얼마나 바보 같고 후회스러웠는지 알아요? 우리랑 일하는 게 싫은 건가? 계약 조건이 마음에 안 드시는 건가? 계약 조건이 마음에 안 들면 말을 해주시든가. 여기는 또 왜 이렇게 멀어. 오늘 집에도 못 가고. 내가 얼마나 걱정이 많았으면 얼굴 피부! 이거, 이거 푸석푸석 해진 거 봐요. 작가님이 다른 건 몰라도 내 피부는 책임지셔야 돼 정말."

쏟아지는 채린의 말에 철환은 정신이 하나도 없었다.

"돼지 껍데기에는 콜라겐이 많이 들어 있어서 피부에……"

"농담하지 마시고요."

마침 다 익은 돼지 껍데기를 집게로 집던 철환은 무안한 표정을 지으며 먹기 좋게 잘라 채린의 앞에 놓아 주었다. 채린의 입술이 씰룩거리는 것이 무언가 하고 싶은 말을 하지 못하고 있는 것 같았다. 우선 앞에 놓아진 돼지 껍데기를 집어 콩가루를 듬뿍 묻히고 입으로 가져간 뒤 잔에 남은 소주를 마저 비웠다.

"어휴 답답해, 빙빙 돌려 말하는 거 내 스타일 아니거든요? 그래서 그냥 단도직입적으로 말할게요. 그러니 솔직히 말해줘요. 그 선생님 때문 인거죠? 글은 계속 쓰고 계시다면서요. 우리가 작가님한테 제시한 계약 조건은 괜찮은데 그게 걸리시는 거잖아요. 서울로 와야 한다는 조건. 작가님은 서울로 오시기 싫은 거죠? 그 선생님이랑 멀리 떨어지기 싫으니까. 작가님이 그 선생님을 마음에 두고 있으니까. 그런데 두 사람 사귀거나 그런 사이는 아닌 것 같아 보이던데. 작가님 혼자 좋아하는 막, 그런 거예요?"

발가벗겨진 기분이었다. 실오라기 하나 걸치지 않은 채로 이 여자 앞에 앉아 있는 느낌이 들어 창피함이 몰려왔다. 꺼내지도 않은 속마음을 마치 훤히 들여다보고 있는 듯 정확하게 알고 있는 이 여자가 무섭기 까지 했다. 얼굴이 새빨갛게 변하다 못해 검게 변해 갈 때쯤이었다. 채린이 가방에서 서류봉투 하나를 꺼내 철환에게 내밀었다. 마치 죄지은 사람처럼 고개를 숙이고 있던 철환이 살며시 고개를 들어 봉투를 바라보았다.

"팔 아파요, 빨리 받아요. 서울로 오시라는 조건은 빼고 다시 쓴 계약서니까. 대신 가끔씩 인터뷰 정도는 응해 주세요. 내가 그 계약서 허락 받느라고 얼마나 힘들었는지 알아요?"

툴툴거리는 목소리로 말하는 채린에게서 봉투를 받고 계약서를 꺼내 보았다. 채린의 말대로 기존 모든 조건은 동일하고 서울로 옮겨와야 한다는 조건만 삭제되어 있었다. 철환은 채린에게 고맙다는 인사를 몇 번이나 했는지 모를 정도였다. 그 자리에서 곧장 계약서에 사인을 하고 한 부씩 서로 나눠가졌다. 계약서를 받은 채린은 못내 아쉬웠다. 그 아쉬움은 아마 채린의 개인적인 아쉬움 그 무엇이었을지도 모른다.

"오늘 우리 대화는 우리 둘 밖에 모르는 거예요. 그런데 내가 또 답답해서 하는 말인데요."

채린은 짧게 한숨을 내뱉은 후 잔에 담긴 소주를 입에 털어 넣은 뒤 말을 이었다.

"대체 뭐해요?"

집으로 돌아온 철환이 책상에 앉았다. 기분이 좋으면서도 한편으로는 뒤숭숭했다. 서랍에 넣어둔 딸과 지은을 함께 찍은 사진을 꺼내어 한참을 바라보았다. 너무도 예쁜, 사랑하는 두 여자가 사진 속에서 환하게 웃고 있었다. 왼쪽 가슴이 저려왔다.

"그래 이걸로 된 거야. 볼 수 있으니 그걸로 된 거야."

닿지 못 할 사람아
그만 예뻐라

속절없는 마음만
새카맣게 타버리니

멀어지는 사람아
그만 예뻐라

혹여 내 맘 들킬까
고개 숙여 돌아서니

볼 수 없는 사람아
그만 예뻐라

텅 빈 자리 공허함
나만 홀로 우두커니

이제 없는 사람아
그만 예뻐라

아련했던 시간을

술 한 잔에 넘기 우니

다신 못 올 사람아

그만 예뻐라

선생 지은의 심기가 매우 좋지 않았다. 낮에 만난 채린의 하이힐 소리가 계속해서 귓전에 맴돌았다. 그리고 비싼 명품 머리핀을 보며 좋아하던 어린 지은의 모습에 지금까지 그런 선물을 한 번도 해줘보지 못한 자기 자신이 또 바보 같아 보였다. 집에 돌아와서도 불편한 마음이 떠나가질 않았다. 아무 생각도 하지 않으려 텔레비전을 보기도 했고, 침대를 뒹굴 거리며 다른 생각을 하려 애를 쓰다, 일찌감치 잠을 청해도 보았지만 잠은 오지 않았다. 술이라도 마시고 그 기운에 잠을 불러보려 냉장고를 열어 보았지만 평소 술을 즐기지 않는 지은의 냉장고에 술이 있을 리가 없었다. 복잡한 머리를 식힐 겸, 산책이라 생각하고 편의점을 다녀오려 집을 나섰다. 선선한 밤공기가 들숨을 타고 시원하게 가슴으로 들어왔다. 길게 숨을 내뱉어 보아도 가슴에 얹혀있는 무언가는 여전히 답답하게 숨길을 막고 있는 듯했다. 익숙한 길을 따라 걸어서 편의점에 도착한 지은은 냉장고에서 맥주 한 캔을 집어 들었다.

그리고 돌아서는 그 순간이었다. 지은은 그 자리에 우두커니 선 채 그대로 다시 한 번 얼어붙었다.

시골의 밤은 일찍 어두워지는 느낌이었다. 도시처럼 밝은 조명과 상점들이 많이 있는 곳이 아니었기에 번화가라고 불리는 읍내도 상점들이 문을 닫기 시작하자 금방 어두워졌다.

채린은 못내 아쉬운 마음에 숙소로 향하는 발걸음이 더디었다. 철환과 계약을 하긴 했지만 안 하니만 못한 기분이 지배적이었다. 정겹게만 보였던 시골 길이 마냥 정겹지 않았다. 어두움의 고요를 뚫고 들려오는 풀벌레 소리는 도시에서 느껴보지 못 한 낭만이 있었지만 지금 채린의 기분은 그런 감성을 느낄 마음이 아니었다.

무거운 걸음으로 조금 더 걸어가자 어두움 속에서 홀로 빛을 내고 있는 편의점이 보였다. 철환과 마셨던 술이 조금은 부족하다 느껴졌기에 숙소에서 간단하게 조금 더 마실 생각으로 편의점으로 향했다. 문을 열고 들어가니 낯이 익은 사람이 냉장고에서 맥주를 꺼내는 모습이 보였다. 선생 지은이었다.

"어!"

두 사람이 동시에 서로를 아는 채 했지만 그 둘의 아는 채에 대한 반응은 정 반 대였다. 채린은 지은을 보자마자 나름 반가운 내색을 하며 손을 흔들며 다가왔지 만 지은의 표정은 말 그대로 뭐 씹은 표정으로 바뀌었다. 두 발이 그 자리에 얼 어붙은 듯 꼼짝 하지 않고 있는 지은의 곁으로 채린이 다가왔다. 다가 온 채린에 게서 옅은 체리 향기와 술 냄새가 함께 풍겨왔다.

"맥주 마시려고요? 혼자 마시기 좀 그랬는데 잘 됐다. 같이 마셔요."

대답을 주저하는 지은을 지나친 채린은 냉장고를 열어 지은이 들고 있는 것과 같은 종류의 맥주를 세 캔 더 꺼내 들었다. 그렇게 사야 싸다며 지은의 들고 있 던 맥주를 집어 함께 계산했다. 얼떨결에 과자 몇 가지를 집어 온 지은은 뜻하지 않게 편의점 앞에 있는 파라솔 아래에서 채린과의 불편한 술자리를 가지게 되었 다.

두 사람의 사이에는 풀벌레 소리만 가득했다. 한동안 풀벌레의 노랫소리를 감상 하던 두 사람 사이에 맥주 캔을 여는 소리가 그 적막을 깼다.

한 모금을 겨우 넘기는 지은과는 달리 채린은 연거푸 꿀꺽꿀꺽 맥주를 삼켰다. 그 모습을 지은은 신기한 듯 바라보았다.

"술을 참 잘 드시네요."

지은의 말에 채린은 그저 싱긋 웃어 보였다.

"처음부터 잘 마시진 못했어요. 하는 일이 여러 사람 만나야 하는 일이다 보니 어느 순간 술이 늘어 있더라고요."

지은이 다시 한 모금을 꼴깍 하는 순간 채린은 어느 새 맥주 한 캔을 비웠다.

"멋있어 보여요. 일에 대한 열정이나 자신감이 넘치는 당당한 모습이. 일을 정말 즐기면서 하시는 것 같아요."

"물에 떠있기 위해 물 아래에서 쉴 새 없이 발버둥 치고 있는 백조 같은 모습인 가요?"

채린이 손을 팔락이며 백조의 모습을 흉내 내자 지은도 살며시 웃어보였다. 채린 은 일을 하며 만난 여러 사람들 이야기를 들려주었다. 채린의 얼굴에 술을 뿌린 어느 한 사람의 이야기를 들을 때 지은은 화들짝 놀래기도 하고 같이 화를 내기 까지 하며 채린의 말을 재미있게 들었다. 이야기를 하다 보니 어느 새 사온 맥주 를 다 마셔버린 두 사람이었다. 하지만 채린이 거의 다 마셨고 지은은 처음부터 들고 있던 맥주를 이제 막 다 마시던 참이었다. 채린은 편의점으로 들어가 맥주를 더 사와서는 다시 자리에 앉았다.

지은에게 새로 사온 맥주 한 캔을 열어 건네자 지은이 잠시 머뭇거렸다. 이미 평소 마시던 주량을 넘어가고 있었기에 술기운이 올라오고 있음을 느끼고 있었던 지은이었다. 하지만 이내 결심이라도 한 듯 채린에게서 맥주를 건네받았다. 그렇게 한동안 채린의 이야기가 계속 되었다.

지은의 얼굴이 빨갛게 물들었을 때 채린이 지은에게 물었다.

"선생님은 내가 왜 싫어요?"

놀란 지은의 눈이 채린을 빤히 바라보았다. 채린도 지은을 지그시 바라보며 무언으로 지은의 대답을 재촉했다. 아무 말도 못하고 있던 지은이 맥주를 연달아 삼켰다. 탄산의 따끔한 느낌에 지은의 표정이 찡그려졌다. 머리도 어질어질 했다.

"질투가 나서요. 너무 예쁘고 멋있으니까."

한동안 채린의 웃음소리가 어둠이 깔린 공간에 울려 퍼졌다. 대답을 하고도 마냥 부끄러웠는지 깔깔대는 채린의 앞에서 지은은 계속해서 맥주만 들이켰다. 한참을 웃던 채린이 겨우 정신을 차렸다. 얼마나 웃었는지 눈가에 눈물도 살짝 맺혔다.

"난 선생님한테 더 질투 나는데요? 소녀 같고, 예쁘고. 처음에 선생님 보았을 때, 난 정말 고등학생인 줄 알았잖아. 나중에 선생님이란 사실을 알고는 얼마나 놀랐다고요. 그리고 작가님……"

순간 어린아이 같은 지은의 울음이 터져버렸다. 갑작스런 지은의 울음에 놀란 채린이 허겁지겁 손수건을 꺼내 지은에게 건넸다. 하지만 지은은 손수건을 손에 꼭 쥔 채 눈물을 닦을 생각은 하지 않고 더 크게 울며 말했다.

"그때도 그랬어. 그때 그 사람 옆에 있던 여자도 너무 예쁘고 멋있었다고, 나는 그저 교복 입은 고등학생이었고. 그런데 이게 뭐야 지금 다시 그 사람 옆에 있는 언니는 너무 예쁘고 멋있었어. 나는 그저 나이만 먹었지 여전히 교복을 입고 있는 어린애 일 뿐이었다고. 내가 너무 작고 초라해 보여서 견딜 수가 없단 말이야."

채린은 무슨 반응을 보여야 할지 알 수 없어 그저 지은을 잠자코 지켜보고만 있었다. 몇 번 보지 못한 자신도 눈치 챌 만큼의 두 사람의 감정 상태를 정작 당사자들은 알지 못한다는 것에는 분명 어느 무언가가 오해를 만들어 마음의 눈을 가리고 있다고 밖에는 생각이 들지 않았다. 자신이 그 오해의 중심에 있는 것만 같아 미안하기도 했고, 지금 당장 눈앞에서 눈물 콧물을 쏟아내고 있는 지은을 보고 있자니 마음이 불편했다.

"내가 작가님을 얼마나 오랫동안 좋아했는데!"

"작가님도 선생님 좋아해요."

"네 뭐라고요?"

자신의 울음소리에 묻혀 채린의 말을 듣지 못하고 지은이 되물었다.

"작가님도 말이에요. 선생님!"

결국 취기를 이기지 못하고 지은은 테이블 위에 머리를 떨어뜨리며 쓰러졌다. 쿵 소리가 나며 지은은 테이블에 엎어진 채 잠이 들어버렸다.

다음날 느지막이 잠에서 깨어난 지은은 몰려오는 숙취에 힘들어하며 눈을 떴다. 그리고 잠시 후 화들짝 놀라며 이불을 걷어차고 일어났다. 아무리 생각을 하려해도 어떻게 집으로 돌아 왔는지 기억이 나질 않았다. 잠옷으로 갈아입고 있는 것을 보니 집에 잘 돌아와 옷도 잘 갈아입고 별일 없이 잠이 든 것 같았지만 찜찜한 기분이 사라지지 않았다. 무겁기만 한 머리를 가지고 더 생각을 하는 것조차 힘들어 다시 이불을 파고들었다.

조용한 밤하늘에 채린의 힘겨운 신음소리가 울려 퍼졌다. 평소 한없이 가볍고 경쾌했던 그녀의 하이힐 소리도 유독 무겁고 둔탁했다.

"선생님 제발 정신 차려 봐요. 제발! 대체 집이 어디냐고!"

채린에게 온 몸을 의지하고 있는 지은의 긴 머리가 한없이 흩날렸다. 맥주 두 캔을 마시고 지은은 정신을 차리지 못할 정도로 만취 상태가 되어버렸다. 채린의 이마에 땀이 송골송골 맺히기 시작했다. 아무리 작고 가벼운 사람이라 해도 만취하여 쓰러진 사람을 끌고 간다는 것은 여간 어려운 일이 아니었다. 더욱이 어디로 가야하는지 알지도 못하는 상황에 술 취한 사람의 의지대로 걸어가는 귀소본능만 전적으로 믿고 가야하는 지금은 그 힘듦이 배 이상이었다.

"제발, 지은아!"

길거리에 버리고 갈 수도 없었고 인적이 전혀 없는 시골 밤길에서 채린은 거의 울기 직전인 상태였다. 지은을 깨워보려 연신 지은의 이름을 부르면서 정처 없이 힘겨운 걸음을 옮기고 있었던 그때였다.

"혹시, 설마, 선생님?"

어디선가 들려오는 익숙한 목소리에 채린의 얼굴에 안도의 미소가 피었다. 고개를 돌려 보니 어린 지은이 서 있었다. 거의 업혀 있다시피 한 선생 지은을 보고는 놀란 눈을 한 채 그 자리에서 손으로 입을 막고 있었다. 하지만 지금 채린의 입장에서는 구세주를 만난 심정이었다.

"아, 살았다. 이렇게 보니까 정말 너무 반갑네요. 그런데 이 시간에 왜 밖에 나와 있어요?"

"공부 하다가 잠깐 산책 나왔는데, 어디서 누가 절 부르는 소리가 나서요."

아직도 눈앞에 펼쳐진 상황이 이해가 안 된 어린 지은이 어색하게 대답을 했다. 하지만 곧 자신을 만나게 된 상황이 너무도 우스워 채린과 함께 웃음이 터지고야 말았다. 이름이 같은 것이 이럴 때는 너무 좋다며 두 사람은 다시 한 번 웃음을 터뜨렸다.

어린 지은의 도움으로 겨우 지은의 집까지 오게 되었고 오는 길에 더럽혀진 지은의 옷도 힘겹게 잠옷으로 갈아입힌 뒤 침대에 눕혔다. 두 사람이 힘겨운 시간을 보내는 그 순간에도 지은은 깨어나지 않았다.

채린은 아끼는 구두에 상처가 난 것을 보고 울상을 지었다.

"우리 아기 다친 거 봐."

뒤따라 나오던 어린 지은은 괜히 자신이 잘못한 것 같아 채린의 눈치를 살폈다. 어린 지은이 눈치를 보는 것을 느낀 채린은 곧장 울상을 지우고는 어린 지은에게 웃어 보이며 고맙다는 인사를 전했다.

주말이 끝난 뒤 어린 지은에게 그날의 일을 들은 지은은 창피함에 얼굴도 못 들고 울기 직전이었으나 아무리 기억을 더듬어 보아도 그날 채린과 무슨 대화를 했는지는 끝내 기억을 할 수가 없었다.

채린은 다음날 일찍 서울로 떠났고 그날의 지은에 대한 이야기와 함께 나눴던 이야기는 절대 그 누구에게도 입 밖으로 꺼내지 않았다.

이따금씩 어린 지은이 선생 지은을 놀릴 때 언급 되던 어린 지은의 기억 속에 있는 술 취한 지은의 모습만 가끔씩 회자 될 뿐이었다.

시간이 흘러 드디어 철환은 글을 완성하였고, 드디어 책이 세상에 나왔다.

30화

철환의 책은 세상에 나오는 순간부터 많은 사람들의 관심을 얻었다. 철환의 책을 기다린 사람들이 많았던 탓도 있었고, 채린의 홍보력까지 더해져 서점에 책이 깔리기가 무섭게 팔려 나갔다. 출간 된지 며칠이 지나지 않아 철환의 책은 베스트셀러 목록에 올랐다.

"작가님 굳이 말씀 안 드려도 분위기는 잘 아시죠?"

채린의 전화였다. 채린의 목소리는 한층 들떠있었다. 독자들의 반응은 가히 놀라울 정도였고 평론가들의 극찬이 이어졌다.

"인터뷰가 잡혔어요. 서울에 한 번 와주셨으면 좋겠어요."

철환은 기꺼이 가겠다고 말했다. 채린과 약속 날짜와 장소, 시간을 확인한 뒤 철환은 전화를 끊었다. 전화를 끊는 순간에도 채린의 목소리는 분주했지만 기분 좋은 분주함이 느껴졌다. 그 목소리를 듣고 있자니 철환의 기분도 조금은 좋아지는 것 같았으나 그의 표정은 어딘가 모르게 복잡했고 또 미묘했다.

그리고 약속했던 날짜가 되었다. 오랜만에 서울에 올라온 철환에게 서울의 분주함은 이제는 조금 낯선 풍경이 되어 있었다.

인터뷰가 진행 되는 장소에 생각보다 많은 기자들과 손님들이 찾아 온 것을 보고 철환은 어안이 벙벙했다. 철환이 도착한 것을 발견한 채린이 반가운 마음으로 달려 나왔다.

"작가님, 오시는 데 힘들지 않으셨어요?"

"이곳에 오는 것 보다 이제부터가 더 힘들 것 같은 예감이드네요."

"긴장하지 마시고 작가님 생각에 떠오르는 대로만 말씀해주시면 되요."

생긋 웃는 채린의 얼굴에는 여전히 여유가 넘쳤고 자신감이 가득했다. 계속해서 들어오는 기자들과 손님들을 하나하나 모두 아는 채하며 인사를 건네는 그녀의 모습에 새삼 대단함을 느끼며 철환은 준비 된 자리에 가서 앉았다.

"참으로 힘든 여정이었습니다. 사랑이라는 감정을 어떻게 표현해야 독자 여러분들의 마음속에서 공감이라는 것을 얻을 수 있을지 수도 없이 고민했습니다. 하지만 단순히 이 머리로 아는 것만으로는 표현하는 글자 속에는 그 어떤 울림도 없다는 것을 알았습니다. 저는 그렇게 믿습니다. 여기 계신 분들의 가슴과 저희 가슴이 이어졌을 때, 그 때 진정한 마음의 울림이 전해 질 수 있다는 것을요. 저는 그 울림을 함께 느끼고 싶었습니다."

철환의 집필 소감을 시작으로 인터뷰가 시작되었다. 다소 경직 된 표정이었으나 차분하게 말을 이어갔다.

"실제 나의 가장 가까운 누군가의 이야기를 듣고 있는 것처럼 너무도 사실적인 이야기가 펼쳐지는 것 같아 독자들로 하여금 더욱 많은 공감을 끌어내신 것 같습니다. 주인공들의 슬픔과 아픔, 그리고 사랑의 속앓이가 마치 작가님이 직접 느껴 보신 것 같다는 생각을 안 할 수가 없게 되던데요. 혹시 작가님 본인의 이야기인가요?"

객석에 있던 어느 한 독자의 질문에 사람들의 이목이 철환에게 주목 되었다. 짓궂은 질문 같아 보였지만 철환의 책을 읽은 많은 사람들이 궁금해 하던 질문이기도 했다. 머리로만은 결코 알 수 없을 것 같은 가슴 시린 사랑의 감정을 그대로 옮겨 놓은 활자의 나열 속에서 읽는 사람으로 하여금 인생에 한 번 쯤은 겪어 봤을 가슴을 울리는 사랑의 감정이 되살아났기 때문이다. 철환은 조용히 눈을 감고 생각을 정리 했다.

"가슴으로 직접 느끼지 못하고는 이 책을 쓸 수 없었을 것입니다. 책을 쓰는 그 모든 순간 저는 책 속의 주인공이었습니다. 그의 아픔이 곧 저의 아픔이었고, 그의 슬픔이 곧 저의 슬픔이었습니다. 책의 마지막 장 마침표를 찍으며, 우리의 관계도 이렇게 마침표를 찍기를 수도 없이 바랐었습니다. 그렇게 우리 사이를 연결해 주던 가늘고 가늘었던 인연이라는 실을 저 혼자서 수도 없이 놓았었습니다. 하지만 미련하고도 미련한, 참으로 못난 그 미련이란 두 글자 때문에 마음이 뭉개지는 것을 알면서도 내가 놓쳐버린 그 실이 행여나 바람에 날아가 버릴까, 바람에 날아가 버린 그 실을 다시 찾지 못할까 두려웠고, 그렇게 정말 그 인연을 잃게 될까 무서워 서둘러 그 실을 다시금 주워들었습니다. 얇디얇은 그 실이 손에서 미끄러져 다시 놓칠세라 손가락에 질끈 묶었습니다. 지금은 그 실이 제 살을 파고듭니다. 살이 패이고, 피가 나고, 진물이 나지만, 차마 이 실을 끊어 버릴 수가 없습니다. 아무런 희망조차 보이지 않는 초점 없는 두 눈은 이미 눈물로 얼룩졌고, 가슴은 텅 빈 깡통처럼 시끄러운 소리만 요란하게 쿵쾅 입니다. 너무 아픈데, 아파서 정말 죽을 것 같고, 숨조차 쉴 수 없고, 마냥 죽고만 싶은데, 죽을 용기도, 그 인연을 지켜 낼 용기도 없는 제 자신이 너무도 밉기까지 합니다. 이 책 속의 이야기는 저의 이야기 일지도 모르지만, 우리는 모두 이 책 속의 주인공이 될 수 있습니다. 제 이야기냐고요? 글쎄요. 저는 그렇다, 아니다, 말 할 수가 없습니다. 이 이야기는 우리 모두의 이야기이며, 우리 모두의 마음 속 어딘가 무겁게 가라앉아 있는 감정을 건드리는 그런 이야기이길 바랍니다."

조금은 울먹이며 말을 이어가는 철환의 목소리에 장내의 분위기가 차분히 내려 앉았다. 다들 어떤 생각에 잠긴 듯 한동안 그 누구도 말을 하지 않았다. 간혹 작은 탄식을 내뱉는 사람이 있는가 하면, 손수건을 꺼내 눈가를 닦는 이도 있었다. 다들 각자의 생각 속, 그리고 추억 깊은 그 어딘가 소중히 고이 넣어 두었던 어느 기억을 조심히 꺼내보고 있었다.

사람들 무리 뒤에서 가만히 지켜보던 채린 역시 짧은 한숨을 내쉬었다.

집으로 돌아가는 기차 안에서 철환은 빠르게 스쳐 지나가는 창 밖 풍경을 조용히 바라보았다. 작고 어린 딸의 품에 안긴 뜨겁게 사랑했던 사람의 마지막 떠나던 그날의 기억이 창 밖 풍경과 함께 사라져갔다.

다신 없을 거라 여겼던, 그리고 다신 오지 않을 것이라 생각했던 감정 앞에서 한없이 무너져 내렸던 자신의 모습 또한 지나쳐 갔다. 가슴 한편이 시렸다. 하지만 철환은 시린 가슴을 살며시 감싸며 미소를 지었다.

기차에서 내린 철환을 딸 지은이 기다리고 있었다. 이제 많이 자란 딸은 더 이상 어린 아이가 아니었다. 고개를 돌려 철환이 다가오는 것을 바라보는 딸 지은의 긴 머리가 찰랑였다. 싱긋 웃으며 자신에게 다가온 꽃다발을 가슴에 안고 있는 한 아가씨와 마주 섰다. 원피스 치맛자락이 바람에 살랑였다.

"성공적인 복귀 축하해요. 아빠."

딸 지은이 건네는 꽃다발을 받은 철환은 감격에 겨웠다. 너무도 예쁘고 아름답게 잘 자라준 딸이 너무도 고마워 그 자리에서 딸을 꼭 끌어안았다. 눈물이 주르륵 흘러내렸다. 애써 참지 않았다. 그저 눈물이 흐르는 대로 그냥 두었다. 딸 지은의 눈에서도 눈물이 흘렀다. 아마도 이 순간 두 사람이 흘리는 눈물의 의미는 같았을 것이다.

"고마워, 그리고 사랑해."

선선한 바람이 부는 석양이 저물어가는 시간 철환은 강가 선착장 의자에 앉았다. 사랑을 보낸 그 곳에 앉아 깊은 숨을 내보내니 가슴 속에 쌓였던 그 무언가가 불어오는 바람에 실려 떠나가는 듯 했다. 그리고 떠나보낸 그 자리에 선생 지은의 모습이 희미하게 채워졌다. 시린 사랑의 감정이라도 느낄 수 있는 애틋함이 남아있음에 감사했다. 그럼 감정을 느낄 수 있게 해준 그녀에게 감사했다.

'마음 속 내 목소리는 들리지 않는 메아리 되어 다시 돌아옵니다. 숨을 마실 때마다 들어오는 공기조차 예리한 칼날이 되어 내 가슴에 생채기를 내고, 한 움큼 피와 함께 내뱉어 집니다. 나 다시 꿈을 꾸었습니다. 그 꿈 속, 당신은 없습니다. 한없는 어둠만이 나를 집어 삼키고, 차갑고 추운 그 속에서 나는 그저 그리움에 몸부림치며 서럽게 울었습니다. 그러나 나 이제 압니다. 나에게 당신의 의미가 얼마나 컸는지, 그리고 지금 다시 꿈을 꾸어 봅니다. 당신과 내가 행복에 겨운 얼굴로 서로를 마주하고 있는 너무도 달콤한 꿈을 꾸어 봅니다. 이룰 수 없는 꿈이라는 것 너무도 잘 압니다. 하지만 자꾸만 이 꿈에서 깨고 싶지 않아요. 그래서 이제 더 이상 꿈을 꾸지 않으려 합니다. 이제 그만 그 꿈에서 깨어나려 합니다.'

에필로그

칠판 앞에서 선생 지은이 수업을 진행하고 있었다.

이번 시간은 어느 한 문학 소설을 가지고 자유롭게 생각을 말하고 의견은 나눠 보는 시간을 가지고 있었다.

"이 소설 속에서 작가가 우리에게 하고 싶은 말이 무엇인지, 전하고 싶은 메시지가 무엇인지 파악하는 일은 어쩌면 매우 복잡하고 어려운 일일 수도 있어. 하지만 그 안에 숨어있는 뜻을 생각하면서 글을 읽는다면 우리는 아마도 작가의 내면세계를 들여다 볼 수 있는 기회를 얻을 수도 있겠지. 나 자신이 작가의 입장에서 작가가 이 글을 쓴 의도와 생각을 이해 할 수 있게 되는 거야. 오늘은 자유롭게 의견을 나눠 보자. 무슨 생각을 하던 사람마다 느끼는 바가 다르기 때문에 누가 어떤 느낌을 받고, 어떤 생각이 드는지 하는 것에는 정답이란 없어. 같은 문장을 보고도 어떤 사람은 어느 특정 한 사람에게 전하는 메시지라고 생각이 들수도 있고 또 어떤 사람은 작가가 우리 모두에게 전하는 메시지라고 생각하는 사람도 있기 마련이거든. 그렇게 여러 생각을 들게 하는 것 또한 작가의 의도라도 봐도 돼. 내 글을 읽고 많이 생각해 주고 많이 공감해 주세요. 하는 작가의 뜻인 거야."

아이들은 저마다 조를 만들어 자기들의 생각을 친구들과 나누기 시작했다. 소설의 전체적인 내용을 보며 생각을 말하는 아이도 있었고, 어느 한 특정 문단의 내용을 깊이 생각하며 본인이 느낀 감정을 말하는 아이도 있었다.

학교 수업이 모두 끝나고 지은은 철환의 책을 가슴에 앉고 산책을 나섰다. 석양의 노란빛이 강물에 비치며 눈이 부시게 반짝이는 시간이었다.

강가 선착장에 가까이 이르렀을 때 멀리 익숙한 모습이 눈에 들어왔다. 순간 지은의 눈에 눈물이 고였다. 하지만 걸음은 멈추지 않고 계속해서 익숙한 그 모습에게로 다가갔다.

철환이 고개를 돌려 자신에게 다가오는 한 사람을 바라보았다. 이미 눈에는 눈물이 가득하여 금방이라도 얼굴을·타고 흐를 것만 같은 표정의 여전히 철환의 눈에 한없이 아름답기만 한 지은이 가까이 다가와 앞에 섰다. 지은의 가슴에 안긴 책이 보이자 철환의 눈에도 눈물이 고였다.

그리고 한동안 두 사람은 말이 없었다. 말없이 그저 서로의 얼굴만 바라보았다. 지은과 철환의 눈에 고였던 눈물이 얼굴을 타고 흘러내렸다. 여전히 말이 없었지만 마치 두 사람은 미소를 지었다.

두 사람의 그 미소는 지금껏 보았던 그 어느 미소보다 아름다웠다.

-끝-

ICO STO
스타트업 펀드
레이징의 새로운 대안
암호화폐 발행해서
블록체인 사업하기

이제 필요한 돈은 벌지 말고,
직접 만들어서 쓰자. 남이
만든 암호화폐를 살 것이
아니라, 내가 만들어서 팔면
된다. 학생도 회사원도 누구나
화폐의 창조자가 될 수 있다.
여러분이 곧 권도형이다.

IR을 잘한다는 것!

이 책은 주가 관리를 위해
기업 내부에서 어떤 일이
벌어지고 있는지에 대한 탁
월한 증언이다.
증권 투자로 성공하려는 사
람이라면 누구나 한번쯤은
읽어봐야 할 책이다.
대한민국 주식 시장에 상장
되어 있는 상장 회사 CEO는
물론, IPO를 준비 하고 있는
회사라면 상장 전에 꼭 일
독을 권한다.